novum pro

AF162164

Lara Steinkamp

Im Zeichen Abbadons

novum pro

www.novumverlag.com

Bibliografische Information
der Deutschen Nationalbibliothek:

Die Deutsche Nationalbibliothek
verzeichnet diese Publikation in
der Deutschen Nationalbibliografie.
Detaillierte bibliografische Daten
sind im Internet über
http://www.d-nb.de abrufbar.

Alle Rechte der Verbreitung,
auch durch Film, Funk und Fernsehen,
fotomechanische Wiedergabe,
Tonträger, elektronische Datenträger
und auszugsweisen Nachdruck,
sind vorbehalten.

© 2017 novum Verlag

ISBN 978-3-95840-151-8
Lektorat: Dr. Annette Debold
Umschlagfotos: Sazori,
Zacarias Pereira Da Mata,
Veronika Surovtseva | Dreamstime.com
Umschlaggestaltung, Layout & Satz:
novum Verlag

Gedruckt in der Europäischen Union
auf umweltfreundlichem, chlor- und
säurefrei gebleichtem Papier.

www.novumverlag.com

Prolog

Ich schreibe über eine sehr wilde Zeit, in der Götter und Dämonen sich die Welt teilten. Was Gut oder Böse ist, obliegt dem Betrachter. Beide Seiten bergen Schatten wie Licht. Aber vor allem geht es um die Zuflucht, die jede verlorene Seele braucht. Der Ort der verlorenen Seelen ist Abbadon. In den schwarzen Himmel ragt die rote Flagge mit dem goldenen Drachen von Abbadon. Der Drache symbolisiert die niemals versiegende Kraft der Seele, die sich aufbäumt gegen den Schmerz des Erlebten und stolz die Mauern stützt um Abbadon, dass keiner diese Stadt je nehmen könne. Das Gold steht für die goldene Stadtmauer und die Pracht der Stadt, die alle Tränen und allen Kummer überdauern. Das Rot für das Blut, das vergossen worden ist. Keine verfluchte Seele bleibt heimatlos, denn Abbadon ist ihre Heimat und liebt seine Kinder, egal was sie verfolgt. Jede Seele braucht eine Heimat; vor allem wenn sie umherirrt im Nirgendwo, führen alle Wege nach Abbadon!

Kapitel 1

Die alten Bauherren hatten vor langer Zeit das Universum betreten. Das Geschlecht der Götter wurde geboren, und die Menschen waren das zweite Experiment der Bauherren. Die Götter teilten sie auf. Es gab den Himmel, wo ein erdenförmiges Raumschiff hinter dem Mond stand, damit die Menschen es nicht sehen konnten. Dann wurde die Unterwelt gegründet im Innersten der Erde, wo die Wesen waren, deren Herzen besonders wild schlugen und das Schicksal der Baumeister infrage stellten. Es war eine sehr wilde Welt, aber die Welt der Götter im Himmel war genau genommen nicht besser, bloß strahlender. Die Baumeister lenkten das Schicksal des Himmels, der Unterwelt und der Erde, wo jeder seinen Platz einnehmen musste, ob er wollte oder nicht. Ob Gott, Mensch oder Dämon, jeder war der unendlichen Macht der Baumeister unterstellt!!!

Tief im Herzen des Himmels stand der Palast des Lichtgottes Apollo. Blumen und Schlingpflanzen umarmten die Mauern des Palastes. Es gab keine Tore, und nur Apollo konnte den Palast betreten und wieder verlassen. Der Himmel spiegelte sich auf den Gemäuern des Palastes wider und fing jede Stimmung ein, die die Natur offenbarte. Nur selten war Apollo in seinem Palast, er war mehr errichtet für seine beiden Kinder Appollyon und Ariadne, Kinder von einer Menschenfrau, die Apollo schon vor langer Zeit verloren hatte, im Kindbett der Ariadne. Appollyon kannte noch seine Mutter, aber Ariadne war neun Tage alt, als sie starb. Apollo hatte viel Unglück mit den Frauen, die er liebte, und den Kindern aus ihrem Schoße. Fast alle seiner Kinder waren gestorben, und darum bildete er einen solchen Hochsicherheitstrakt um seine beiden Kinder. Aber für Appollyon und Ariadne war es oft eher ein Gefängnis! Eine Amme und Bedienstete kümmerten sich die ganze Zeit um sie, und nur selten kam ihr Vater Apollo nach Hause. Das verband Appollyon und Ariadne immer enger. So abgeschnitten von der Außenwelt entstand etwas zwischen den beiden, was kein Außenstehender verstehen konnte. Die Geschwisterliebe spann Bände, die sich immer enger zogen. Ariadne war ein durch und durch reines Wesen, wie ihr Name es besagte, und sie war einfach bezaubernd. In Appollyon schlummerte etwas sehr Wildes, was in der Abgeschnittenheit unbändig auflebte. Da er nun einmal nur seine Schwester hatte, lebte er es mit ihr im wilden Spieltrieb aus, was Ariadne oft überforderte, da sie die Kleinere war, ihr aber allzu gut gefiel, denn auch sie besaß sehr viel Temperament, was man gar nicht vermutet hätte auf den ersten Blick. Doch die beiden wurden älter, und sie wuchsen heran, was große Probleme in sich barg. Abgöttisch liebte Ariadne ihren Bruder, und Herz war gefangen von ihr. Immer näher kamen sie sich, und ihre Seelen wurden eins. Was der eine dachte, wusste schon vorher der andere. Die Katastrophe war unaufhaltsam, denn solche Liebe konnte nicht platonisch bleiben!

„Ariadne!" Es war dunkle Nacht, und Ariadne war wie benommen, als ihr Bruder sie weckte. „Komm, es ist eine schöne Vollmondnacht und so wunderschön warm draußen!" Wenn Ariadne in das Gesicht von Appollyon blickte, musste sie immer lächeln, was sie jetzt auch tat als Antwort. Die Grillen zirpten draußen, und keine Wolke war am Himmel, nur der Vollmond. Die Blumen der Nacht waren so entzückend wie die Ariadne selber, die bereits zur Frau heranwuchs. Nur im knappen Nachtgewand war sie verführerischer als Venus. Appollyon stockte der Atem bei ihrem Anblick. Keine Frau würde je wieder sein Herz so gefangen nehmen, und es kam wie tausend Stiche aus ihm raus: „Weißt du eigentlich, wie sehr ich dich liebe?" Ariadne lächelte honigsüß. „So sehr, wie ich dich liebe! Mein Herz wird dir immer gehören, Liebster!" Das Blut schoss in ihm hoch, und er war von sich losgelöst. Der sehnsuchtsvollste Kuss, den Himmel, Erde oder Hölle jemals erblickt haben, verließ Appollyon, und er drückte seine Ariadne dicht an sich in seinen Armen. Da war nichts Verwerfliches oder Schmutziges, es war reine Liebe, die von einem zum anderen floss. Solche Schönheit der Gefühle hatte der Himmel noch nie beherbergt, und die geheimen Mitwisser dieser Nacht schlossen die Augen, vor dem Inzest, der nichts Falsches in sich trug, sondern Liebe in ihrer vollendeten Form war und selbst die Zustimmung der Herren des Himmels fand, die als Einzige davon wussten. So ließen sie die Liebenden sich als Mann und Frau vereinen. Ariadne wurde die Geliebte ihres Bruders, und ob Tag oder Nacht, ihrer beider Seelen und Körper konnten den anderen nicht mehr entbehren. Eine solche Liebe wurde geboren, wie es sie im Himmel noch nie gegeben hatte. Ihre Umarmungen waren immer ein Liebesbekenntnis der allumfassenden, nie versiegenden Quelle allen Seins, und kein Liebesgott und keine Liebesgöttin hätten ihre Liebe im Entferntesten erreichen können. Diese Liebe entzog sich allem, was jemals existiert hatte, und die beiden Liebenden wurden eins. Es gab keine Grenze mehr zwischen Gelebtem und Ungelebtem. Jede Berührung sang tausend Lieder, jeder Kuss ließ sich in der Ewigkeit auflösen. Jeder Liebesakt war die unendliche Zärtlichkeit des Himmelszeltes über ihnen. Warm am Tage durch die goldene Sonne, samtig die Nachtstunde. Kein Wesen hatte jemals ein so behutsames, inständiges Gefühl verlassen wie Ariadne und Appollyon. Aber der Himmel forderte seinen Preis für diese Liebe!

Die großen Baumeister des Plans der Götter, die Überwesen, die sogar über den Göttern standen, beschlossen schweren Herzens das Schicksal von Ariadne und Appollyon.

Ariadne wurde schwanger. Panik ergriff die beiden. Was, wenn ihre geheime Liebe rauskäme? Mit Sicherheit würden sie für immer getrennt werden, und den Gedanken ertrug keiner von beiden. So versteckte Ariadne gekonnt ihr Geheimnis unter weiter Kleidung, und weiters wollten sie sehen, wenn es so weit war. Genauso freuten sie sich über die Frucht ihrer Liebe, die heranwuchs mit jedem Tag. Voller Liebe und zugleich Angst standen sie ihrem Kind gegenüber. Jede Nacht lag Appollyon bei ihr und streichelte sanft ihren Bauch, um sie dann mit Küssen und Liebe zu überdecken. Das Herz der Baumeister schmerzte sehr, aber das Schicksal der beiden war besiegelt, denn kein Mensch und kein Gott konnte sich dem entziehen. So sollte die Prüfung vor ihnen alles entscheiden.

Der Tag der Geburt kam, und leider gab es Komplikationen. Das Leben von Ariadne stand auf Messers Schneide, und Appollyon musste handeln. So rief er seinen Vater Apollo in seiner Not. Als Apollo das Geschehen betrat, versteinerte er. Was war in seiner Abwesenheit passiert, wie konnte Ariadne schwanger werden …? Tausend Fragen, die sich alle in nichts auflösten, denn es ging um das Leben seiner Tochter. Auch wenn Apollo der Gott der Heilkunst war, so konnte er nicht beiden helfen. Stunden kämpfte er um das Leben seiner Tochter und ihres Kindes. Ariadne überlebte, aber das kleine Mädchen war eine Totgeburt. Apollo schaute das Kind an und konnte seinen Augen nicht trauen. Auf der rechten Pobacke trug es das Mal von Appollyon. Tausend Welten starben in Apollo, und er hatte sich nicht im Griff. „Du hast deine eigene Schwester geschwängert? Wie pervers bist du eigentlich? Ich wusste immer, in dir ist was Dunkles! Du bist von Grund auf böse und gehörst in die Unterwelt zu diesen Bastarden, denn du bist nichts anderes. Von heute an bist du nicht mehr mein Sohn!" Ariadne zerbrach das Herz. „Gib mir mein Kind der Liebe!" Apollo war sprachlos und schaute sie mit großen Augen an. Ohne zu zögern, riss sie ihm ihre Tochter aus den Armen. „Ich will nicht leben ohne meinen über alles geliebten Appollyon. Du hättest mich sterben lassen und das Kind retten sollen. So will ich mit meinem Kind sterben und meine Liebe zu Appollyon ewig in mich einschließen in Besieglung des Todes!" Keiner der beiden erreichte sie schnell genug, und Ariadne stürzte aus dem Fenster und zerbarst an dem Felsgestein vor der Mauer. Fest hielt sie ihre Tochter in den Armen und liebte sie in den letzten Sekunden ihres Lebens so, als hätte sie das Mädchen ein ganzes Leben lang geliebt!!!

Apollo und Appollyon liefen so schnell, wie sie konnten, hinunter. Ariadne hatte ihre Tochter fest in den Armen, so als hätte sie sie vor dem Sturz beschützen wollen. Appollyon starb beim Anblick seiner toten Geliebten und dem kleinen Wesen seiner Tochter.

Keine Träne kam über sein Angesicht, denn dafür war der Zorn auf Apollo zu groß. „Du bist schuld, dass sie sich das Leben genommen hat! Ihre Tochter war tot, und du hast den Rest in ihr getötet mit deinen Worten! Was weißt du schon von unserer

Liebe? Da war nichts Schmutziges dran. Es war die vollkommene Schönheit der Berührung. Immer war ich voller Ehrfurcht vor meiner Schwester und habe sie geliebt, mehr wie alles in diesem Universum! Aber du hast recht, ich gehöre in die Unterwelt, denn heute ist alles in mir gestorben. Ich werde dorthin gehen, wo ich hingehöre: zu den Verdammten! Ich bin tausend Mal lieber bei den Verfluchten als bei dir!" Apollo wollte seinen Sohn aufhalten, aber Appollyon nahm Apollos Streitwagen und fuhr davon.

Der zerschlagene Apollo saß Stunden bei den Leichnamen seiner Tochter und seiner Enkelin, dann begrub er beide im Garten des Palastes. Apollo war klar, dass ihn eine große Strafe dafür erwartete, und er sehnte sich danach, denn sein Herz war schwer wie Stein von seiner Schuld. Gerade hatten beide ihr Kind verloren, wie konnte er so die Beherrschung verlieren? In Ruhe hätte er mit beiden reden sollen. Nun hatte er beide Kinder verloren, und das Schicksal, das er befürchtet hatte, holte ihn wieder ein. Keine Frau und kein Kind sollten ewig bei ihm sein. Und diesmal durch eigene Schuld!

Appollyons Ankunft in der Unterwelt sorgte für Aufruhr. Der Zorn in seinem Herzen ließ Blitze ihn begleiten. Die Unterwelt hatte noch nie eine so eindrucksvolle Erscheinung eines Gottes gesehen, und alle hielten den Atem an. Die schwarzen Götter waren beeindruckt und hießen den mächtigen Sohn Apollos willkommen. Schnittig kam Appollyon auf sein Anliegen zu sprechen. „Ich will eine Stadt unter euch errichten! Die Stadt soll Abbadon heißen. Sie soll unter dem Zeichen des Drachen stehen, meines Drachen, denn wie ein Drache werde ich alle Feinde verschlingen. In der Luft wie zu Land und Wasser werde ich alles zermalmen. Ich bin der Gott der Zerstörung, und mein Reich soll die Heimat für die verlorenen Seelen sein, so wie ich eine bin. Deren Schicksal sie gebrochen hat und die wiedergeboren werden sollen als Götter der Dunkelheit. Meine Seele ist mit meiner geliebten Schwester zerschmettert, und ich will nun der mächtigste schwarze Gott werden; mit dem Zorn und Bösen in mir geboren, will ich denen helfen, die ihre Seele verlieren und eine Heimat brauchen, um sich in der Finsternis wiederzufinden, auf dass sie keine Bastarde seien, wie mein Vater sagte, sondern Gottes Kinder in der Unterwelt, die sich dem Bösen verschreiben, um das Blut, das vergossen worden ist, zu rächen und dem Himmel zu zeigen, wie verlogen er ist!!!!" Laut jubelten alle ihm zu und errichteten die Stadt Abbadon, die schöner war als alles, was jemals errichtet worden ist. Kilometerweit erstreckte sich die Stadt. Selbst der Himmel bewunderte die vollendete Arbeit, und Appollyon erfüllte sein Schicksal und wurde der mächtigste schwarze Gott der Unterwelt!

„Wo bin ich?" Es war so hell, dass Ariadne keine Kontur erkennen konnte, und eine Stimme aus dem Nichts antwortete ihr: „Kleine Ariadne, du bist in der Zwischenwelt. Dort, wo die verlorenen Seelen hinkommen, bis sie ihr Schicksal weiter begehen!" Ariadne krümmte sich vor Schmerzen. „Ich wollte sterben, was tue ich hier?" Die Stimme wurde ganz sanft. „Wir lassen doch nicht unsere Ariadne einfach sterben. Du wirst eine große Prüfung durchlaufen. Erst als Menschenfrau und dann als Göttin. Bis du geboren wirst, bleibst du bei uns in der Zwischenwelt." Ariadne weinte bittere Tränen. „Ich will nicht mehr sein. Ich bin mit meinem Kind gestorben, und zu groß ist die Schande über meine Liebe zu meinem Bruder. Ich will aufhören zu existieren. Bitte befreit mich und tötet mich!" Umsichtig erklärte die Stimme ihr: „Vielleicht wirst du sterben; wenn, dann tötet dich ein Wesen, das dich liebt. So wird dein Schicksal sein. Aber dein Vater Apollo stirbt gerade tausend Tode, und wir wollen ihm eine Chance geben, alles wieder gutzumachen. Wir hatten nie etwas gegen eure Liebe und haben gesehen, wie rein sie war. Aber auch er wird geprüft werden und eine zweite Chance bekommen, doch dieses Gelingen ist abhängig von dir. Wir haben genau überlegt, welches Schicksal ihr haben sollt, und es ist beschlossen. Jeder Einzelne erfüllt darin seine Prüfung und Aufgabe. Du ebenso. Aber komm jetzt erst mal zur Ruhe. Ein paar Jahrhunderte wirst du hier verweilen, weil wir noch auf drei Personen warten, die du treffen sollst. Den Blauen Garten werden wir dir öffnen, und deine Seele wird etwas heilen, auch wenn die Wunden nie ganz verheilen!" Es wurde Nacht. Die Eulen riefen den Namen von

Ariadne, und der schönste Garten im ganzen Universum tat sich vor ihr auf. Solche farbenprächtigen Blumen hatte Ariadne noch nie erlebt. Die Bäume reichten in die Unendlichkeit, im blauen Schimmer, der sich über den ganzen Garten zog. Der Mond gab dem Blau einen Ton, der atemberaubend war. Ein kleines Häuschen stand in der Mitte des Gartens, wo sich Ariadne niederließ. Kein anderes Wesen war im Garten, nur Ariadne, aber sie liebte die Einsamkeit und war glücklich allein zu sein. Der Zauber des Blauen Gartens ließ Monate wie Stunden sein. Keinerlei Zeitgefühl hatte man in dieser fremden Welt, die nur der Wind durchstreifte und jetzt Ariadne auf ihren Wanderungen. Oft weinte sie, und ihr Herz schmerzte so sehr, aber die Schönheit, die sie umgab, spendete ihr Trost, und sie war nicht allein, denn der Garten war ein Teil der großen Baumeister, und sie konnte Ariadne im Gras, den Blumen, dem See, den Bächen und den Tieren fühlen. Im Wind flüsterten sie ihr Trost und Liebe zu, und ihre Seele atmete auf. Aber die Stunden des Kummers kamen und gingen wie das Flüstern des Gartens!

~ Kapitel 2 ~

Der Vater von Asmodei war ein Hüter des Lichts, aber in ihm wohnte große Dunkelheit. Seine Frau behandelte er wie Eigentum, und der kleine Asmodei musste vieles sehen, was für Kinderaugen nicht bestimmt war. Ohne Rücksicht schlug er seine Frau vor Asmodei. Keinerlei Scham hatte er, seine Frau mit Gewalt zu nehmen, in Anwesenheit seines Sohnes. So wurde Asmodei zu einem sturen, halsstarrigen Jungen, der seinem Vater stumme Gegenwehr leistete. In Asmodei gärte der blanke Hass, und er wurde ein sehr zorniger Junge, der keine Rauferei ausließ, um stellvertretend mit seinem Vater den Schlagabtausch zu halten, den er nie ausführen konnte!

Irgendwann schaffte es die Mutter von Asmodei, mit ihrem Sohn wegzulaufen. So flüchteten sie von einem Ort zum anderen, denn ihr Mann verfolgte das untreue Weib. Auf der Erde fand sie dann Zuflucht. Ein wirklich guter Menschenmann war allzu sehr gerührt von ihrem Schicksal und nahm sich ihrer an. Es entstand tiefe Liebe daraus, und sie wurde seine Frau. Fünf Kinder gebar sie ihm in voller Hingabe. Asmodei war und blieb ihr Liebling, denn mit ihrem Sohn hatte sie viel durchgestanden, und das verband sie zutiefst! Aber Asmodei war kein leichter Junge, und sein neuer Vater hatte viel Arbeit mit ihm, doch er war in der Lage, ihn zu lenken, und so brachte er ihn wieder auf den rechten Weg. Weg von der Gewalt und dem Schmerz, in ein normales Leben.

Aber der Hüter des Lichts ließ nichts ungetan, um seine Frau wiederzufinden, und es kam der Tag, dass er seine Frau fand bei dem Erdenmann. Welche Schande, von einem gewöhnlichen Menschen eingetauscht worden zu sein!!!

Es waren vier Krieger des Lichts, die am Morgen kamen, um Rache zu nehmen. Die Mutter bemerkte sie sofort, rasch versteckte sie den fünfzehnjährigen Asmodei im Schlafzimmerschrank. Dieser hörte die Schreie seiner Geschwister, als die

Krieger des Lichts sie abschlachteten. Die Folterschreie seines Ziehvaters drangen tief in jede Faser seiner Seele ein, und er erstarrte im Kleiderschrank. Bei lebendigem Leib zogen sie dem Menschenmann die Haut vom Leib, um ihn dann zu pfählen.

Zitternd saß Asmodeis Mutter auf dem Ehebett und sagte immer wieder zu Asmodei: „Egal was passiert, du bleibst in deinem Versteck!" Dann kamen die vier Lichtkrieger ins Schlafzimmer. Vor den Augen von Asmodei vergewaltigten alle vier seine Mutter zu Tode, und es war späte Nacht, bis sie nicht mehr lebte!

Überall suchten die vier nach Asmodei, aber im Kleiderschrank schauten sie nicht, so als hätte seine Mutter eine Eingebung gehabt. Nach Stunden gaben sie auf und gingen.

Fassungslos schaute sich Asmodei das Blutbad an. Seine kleinen Geschwister waren bis zur Unkenntlichkeit zerfetzt von den Klingen der Krieger. Sein Ziehvater war ein Bild des Grauens. Lange saß er am Bett seiner Mutter und betrachtete ihren geschändeten Körper. Von all den Schlägen war ihr Leib wie verquollen. Überall war Blut. Asmodei machte die gespreizten Beine zusammen und deckte seine Mutter warm ein.

Dann ging er raus. Immer weiter ging er, um nur fern zu sein dieses furchtbaren Ortes des Verbrechens. Keine Träne rann über sein Gesicht, denn er stand unter Schock. Keinen Hunger, weder Müdigkeit noch Durst spürte er, denn sein Leib war wie zugeschnürt. Es zog ihn in die Dunkelheit, wo er all seinen Schmerz und die blutigen Tränen seiner Seele verbergen konnte. So stieg er hinab in die Unterwelt, die ihm die Tore öffnete. Der Himmel verschloss seine Augen vor diesem zerberstenden Massaker unter Tränen der Hoffnungslosigkeit, aber die Unterwelt hatte Erbarmen mit dieser gepeinigten Seele, natürlich nicht ohne Hintergedanken. Wenn die Engel im Himmel weinen, tut sich das Tor zu Abbadon auf, das allen verfluchten und verlorenen Wesen Zuflucht bietet. Die Verdammten finden dort Zuflucht. Die Wesen, die ein Grauen erlebt haben, von dem der Himmel sie nicht heilen kann, finden ihre Heimat in Abbbadon.

Der Herr von Abbadon war der schwarze Gott Appollyon. In der Unterwelt gibt es drei schwarze Götter, und Appollyon war der mächtigste von allen dreien. Immer hielt er ein Auge offen auf das Geschehen des Grauens, und so ließ er Asmodei gezielt zu sich kommen. Zu erschütternd war sein Schicksal, was er von Weitem beobachtet hatte. Wie in Trance war Asmodei umhergewandert, ohne einmal sein Haupt zu heben, bis er an seinem Ziel angelangt war. Asmodei hob seinen Kopf und schaute in das ernste Gesicht von Appollyon. Er befand sich in einer Festtagshalle, und Dutzende von Männern saßen an den Tafeln zur Rechten und Linken. Der Thron von Appollyon über allem. Dann stand Appollyon auf und ging zu Asmodei. „Ich habe gesehen, was passiert ist. Ich bin der Herrscher von Abbadon und will dir eine Heimat geben hier. Willst du bei mir bleiben?" Asmodeis erste Gefühlsregung ging durch seine Seele und seinen Körper, denn Abbadon brachte die verlorenen Seelen zurück. Unbeschreiblicher Zorn wurde in ihm geboren, und er wurde zu einem Mann in diesem Moment. Mit einer dunklen, harten Stimme schrie er alle Wut aus sich raus. Die Männer im Saal klopften rhythmisch ihre Schwerter auf den Tisch. Auch sie stießen Schreie der Totentrauer aus, die im dunkelsten Ort, fernab aller Gerichtsbarkeit, gehalten wurde. Dann wurde Asmodei still und schaute mit versteinerter Miene Appollyon an, der die Tränen weinte, die Asmodei nicht entweichen konnten. Danach kniete dieser vor Appollyon nieder. „Ich weiß, wer du bist. Ich weiß, was ABBA-Don ist. Genug Geschichten habe ich im Himmel gehört. Die Hölle ist genau der Ort, an den ich gehöre. Nie mehr will ich ein Lichtwesen um mich haben. Jeden Lichtkrieger, dem ich begegne, werde ich töten! Die ewige Dunkelheit wird meine zerfetzte Seele beherbergen, und ich will einer von euch sein. Ihr habt mich gehört, aber der Himmel hat mich verstoßen. In meinem Herzen ist so viel Schmerz und Wut, dass ich einer der mächtigsten Dämonen der Unterwelt werden will, und der Himmel wird vor mir erzittern. Die Engel werde ich das Fürchten lehren. Ich werde ein Leben führen, das allem Anstand und jeder Sitte entsagt. Mein Name soll überall im Dunkeln wie im Hellen erklingen, und ein Raunen soll durch die Welt dringen, bis hin zum Himmel, dass alle wissen, Asmodei ist der Dämon der dunkelsten Abgründe, die sich in einem Wesen auftun können. Wer in meine Augen blickt, sieht in die Dunkelheit!!!" Alle Männer schrien auf und zollten Asmodei tosenden Beifall. Appollyon lächelte auf seine so ganz bestimmte Weise, die Amüsement, aber auch Tiefgründigkeit in sich barg. Er ließ Asmodei verstehen, wieder aufzustehen, und nahm in väterlich zur Seite. „Ich werde dich in die Obhut von Pazuzu geben, denn ohne Zweifel hast du in ihm den besten Lehrer. Er ist der mächtigste aller Dämonen. Von ihm wirst du alles lernen, und ich werde stets ein Auge auf dich haben. In dieser Nacht bist du zum Mann geworden, dein Kinderdasein ist vorbei. Das Kind Asmodei ist gestorben mit deiner Familie. Jetzt fängt ein neues Leben an, und ich verspreche dir, deine Seele wird heilen. Nicht ganz, das könnte nicht mal der Himmel vollbringen, aber ich biete dir eine Heimat und Freunde für immer an!"

Die Initiation war eine Woche danach. Alle mächtigen Dämonen waren anwesend, und Appollyon leitete die Initiation. Selbst die zwei anderen schwarzen Götter waren anwesend; der eine hieß Asul und war ein ganz furchtbarer schwarzer Gott, der andere war Arziell, ein undurchschaubarer knallharter Mann. Alle Fürsten waren gekommen, um ihren neuen Dämon willkommen zu heißen. In dem Ritual wurde Asmodei das ewige Leben gegeben, durch den Trank der Götter, der im Himmel wie in der Unterwelt gleich war. Da Asmodei zur Hälfte ein Lichtgott war, musste bewirkt werden, dass er für immer unsterblich war. Mit dreiunddreißig Jahren würde er aufhören zu altern. Zum neuen Dämon der Lüfte wurde er ausgerufen. Pazuzu war der Dämon des Südens. Pakker der Dämon des Nordens. Ariel, der einzige Dämon, der sowohl Lichtwesen wie Dämon war, der Dämon des Westens. Asmodei vollendete nun diese Gemeinschaft, indem er der Dämon des Ostens wurde. Seine drei Kollegen würden ihn einführen in die Dämonologie! Ein rauschendes Fest der Unterwelt folgte, bei dem es an nichts fehlte, ob Frauen, Wein, Festmahl, Musik oder Tanz. Asmodei ging ganz darin auf und genoss es in vollen Zügen. So etwas hatte er noch nie erlebt, und er wusste, das war seine Bestimmung: Weib und Wein. Da er ein sehr aparter Junge war, waren vor allem die Frauen von ihm hingerissen. Asmodei war ein schon sehr großer junger Mann, auch sehr schlank, und seine pechschwarzen, halblangen gewellten Haare sowie seine ebenso fast schwarzen, tiefgründigen Augen ließen jede Frau dahinschmelzen. Die gewisse Melancholie, die ihn begleitete, machte ihn ungemein interessant. Jede Frau wollte mit ihm tanzen und bot ihm flüsternd noch mehr an in der verschlingenden Umarmung. Appollyon verfolgte das Geschehen mit größtem Interesse und gebot die Musik zu beenden, dass Ruhe im Saal sei, dann richtete er sein Wort an Asmodei und alle Anwesenden. „Wir haben jetzt in der Unterwelt, was immer gefehlt hat. Es ist ein schwarzer Liebesgott in unsere Mitte getreten! Asmodei, du sollst der Dämon der Wollust und Begierde sein. Welche der Damen hat die Ehre, deine erste Frau zu sein?" Verlegen schaute Asmodei ihn an, denn als männliche Jungfrau vor so vielen harten Burschen benannt zu werden, war schon sehr peinlich. Appollyon lachte lauthals. „Mein Lieber, du bist gerade mal fünfzehn Jahre alt, da ist es keine Schande, eine Jungfrau zu sein! Aber du bist ein Naturtalent, ich habe noch nie erlebt, dass die Frauen in Anwesenheit eines Mannes so kopfstehen! Du wirst den Damen reihenweise das Herz brechen, doch vor allem werden sie ganz auf ihre Kosten kommen, da habe ich keinen Zweifel!!!" Jetzt musste auch Asmodei lächeln und schaute in die Runde, wo sich alle köstlich amüsierten. Pazuzu meinte trocken zu ihm: „Also in die Liebe werde ich dich nicht einweisen, das schaffst du ohne Zweifel allein. Aber ich gebe dir einen Tipp, nimm Lilith, von der kannst du alles lernen und noch mehr!" Die schwarze Verführung trat zu Asmodei, eine der wenigen Frauen, die ihn nicht umgarnt hatten. Ihre pechschwarzen, offenen langen Haare reichten bis zur Hüfte und schwangen mit einer jeden ihrer verführerischen Bewegungen mit. Ihr wohlgeformter Körper lud zu so manchem ein, und ihr geheimnisvolles schönes Gesicht übertraf das einer jeden Frau im Saal. „Willst du mit mir die Nacht verbringen, Asmodei, und die Welt der Erotik und Vereinigung erleben?" Da war Asmodei wie von Sinnen, denn schöner konnte die Versuchung nicht sein. Leidenschaftlich nahm er sie in den Arm und küsste sie voller Begierde. Kaum konnte Lilith ihn bremsen, da entwich ihr heiser: „Na, jetzt haben wir aber wirklich einen schwarzen Liebesgott, so geküsst hat mich noch keiner. Willst du es gleich hier mit mir machen, oder gehen wir in ein Zimmer?" Eigentlich sollte das ein Scherz sein, aber Asmodei schritt zur Tat. Er warf sie auf einen Tisch und machte Liebe mit ihr, dass Lilith nur eines über die Lippen kam: „Asmodei." Die Herren waren zutiefst beeindruckt von dem Können Asmodeis, und keiner sah mehr den kleinen Jungen in ihm, denn er hatte es ihnen allen gezeigt, selbst Appollyon hatte er ausgespielt. Der neue Dämon Asmodei war geboren!

Es gab kein Fest ohne Asmodei; er öffnete die Welt des zügellosen Verlangens. Keine Frau konnte ihm widerstehen; gleich ob er ein wilder oder sanftmütiger Liebhaber war, die Herzen der Frauen waren ihm gewiss. Jedem noch so wüsten Gelage verlieh er den dunklen Zauber der Liebe und Ekstase. Kein Liebespiel, das er nicht beherrschte, und die Frauenwelt der Unterwelt war ihm hörig. Wie viele Gespielinnen sich auch in seinem Bett wiederfanden, Asmodei war stets Herr der Lage, und keine Frau, auch wenn es drei waren, verließ unbefriedigt seine Arme. Nur sein Herz schenkte er keiner; lediglich Lilith ließ er näher zu sich, denn für sie fühlte er eine gewisse Liebe, die er aber mit Vorbehalt und Vorsicht genoss. Doch sein Herz konnte er an ihrer Brust wärmen. Zu sehr war es für die Liebe erstarrt, denn seine Mutter konnte er nicht vergessen, und mit ihr war die Liebe gestorben. Natürlich behandelte Asmodei aus tiefster Seele jede Frau gut, aber es wurde eben nicht die große Liebe, und nur Lilith konnte einen festen Platz an seiner Seite gewinnen, denn sie nahm ihn so, wie er war. Niemals bedrängte sie ihn, sondern bot ihm immer das warme Feuer einer liebenden Frau an. Auch war es kein Problem für sie, ihn mit so vielen Frauen zu teilen, denn ihre Liebhaber waren ebenso zahlreich, und so manche Geliebte fand sich in ihrem Bett, und Asmodei lernte die Kunst der bisexuellen Liebe mit Frauen kennen, die ihm sehr gefiel und die er noch um einiges mehr steigerte. Zwei Frauen, die sich berührten, und er war der willkommene dritte Gast. Fast alle

Grenzen der Erotik sprengte es, doch da war noch eine Sache, die er lernen und die ihn vollkommen machen sollte als Gott der Wollust und Begierde! Pazuzu nahm sich Asmodeis bestens an. Ein richtiger Haudegen und Draufgänger war er. Im Kampf der Waffen erprobte er den jungen Gott stundenlang, und Asmodei konnte all seinem Zorn und Hass Luft machen. Einer der härtesten Gegner hatte Asmodei an ihm selber, denn Pazuzu galt als der beste Einzelkämpfer in der Unterwelt, und nicht viele hatten ihn je geschlagen. Aber Asmodei wuchs an ihm ins Grenzenlose, und jeder Waffengang wurde um einiges härter. Pazuzu war ihm wohl körperlich überlegen, denn er war ein männliches Kraftpaket, dessen Muskeln aufs Härteste trainiert waren, aber Asmodei war sehr geschickt und wendig. Zuerst gelang ihm ein Unentschieden, und dann und wann schaffte er den Sieg. Was ihm an Stärke fehlte, glich er mit intelligenter und raffinierter Taktik aus. Wie ein Bruder wuchs Pazuzu ihm ans Herz, denn ob im Sieg oder in der Niederlage, stets war er ein erstklassiger Kampfpartner, und im Feiern übertraf Pazuzu einen jeden, der ihn verstand und respektierte. Ohne Problem verkündete es Pazuzu, wenn er verloren hatte, und rühmte dann Asmodei hoch, denn Pazuzu hatte in ihm einen Ebenbürtigen gefunden, und das gefiel ihm sehr. Jeder Draufgänger braucht eine Herausforderung, und Pazuzu wollte sein Spektrum erweitern. Beim nächsten Festgelage brachte er auf den Punkt, was ihm unter den Nägeln brannte. „Sag mal, warst du schon mit einer Frau und einem anderen Mann im Bett?" Erstaunt sah Asmodei ihn an. „Nein, wie kommst du auf das Thema?" Pazuzu räusperte sich. „Nun, ich hoffe, ich trete da in kein Fettnäpfchen, aber wir haben eine gemeinsame Geliebte: Lilith. Und ich würde gerne mit euch beiden ins Bett gehen!" Da lachte jetzt Asmodei, denn natürlich wusste er von den beiden, schließlich hatten Lilith und er keine Geheimnisse voreinander. „Lilith ist eine freie Frau, und ich weiß zu gut von ihr, was für ein Liebhaber du bist. Ein verdammt wilder Bursche bist du! Also Wettkampf im Bett? Wer ist der Bessere?" Wenn Asmodei gewusst hätte, worauf das alles abzielte, wäre er nicht so locker geblieben, und Pazuzu meinte abwiegelnd: „Nun, wir wollen doch Spaß dabei haben, und ich weiß, dass du phänomenal im Bett bist, und das nicht nur von Lilith! Ich glaube, es wird eher auf ein Austesten der Grenzen hinauslaufen!" So gingen sie stark angetrunken zu Lilith, die aber nicht allein war. Ohne zu zögern, schmissen sie den Liebhaber raus, denn ihr Anliegen war wichtiger. Lilith war völlig überrumpelt, aber als die beiden anfingen sie zu verführen, war nur ein breites Lächeln auf ihrem Gesicht, denn sie vereinte sich mit ihren beiden Meistgeliebten, und ihr Körper erklang in ungekannten Lauten, die die Herren voll und ganz bestätigten. Natürlich wetteiferten sie um die volle Bestätigung der heißbegehrten Dame. Alkohol floss in vollen Zügen, und die Musik wurde immer lauter, doch das war alles nur beiläufig, denn die Lust und Liebe war grenzenlos, sodass die beiden Männer in eine ganz seltsame Stimmung kamen. Einem Mann beim Geschlechtsakt so nah zu kommen, war Asmodei unbekannt. Wenn sie zur gleichen Zeit in Lilith eindrangen, konnte er durch die Membran von ihr Pazuzus Glied spüren, und das war wirklich sehr prickelnd für ihn; er war überrascht, wie sehr es ihn aufregte. Als die Dame nach Stunden der Wollust um Pause bat, sah Pazuzu ihn auf eine so rätselhafte Weise an, die alles und nichts sagte. Es lag ihm etwas auf den Lippen, aber es kam nicht raus. Lilith verließ den Raum, und Asmodei betrachtete den nackten Pazuzu vor sich. Keiner konnte einen schöneren und männlicheren Körper haben als Pazuzu. Sein Glied war rahmensprengend und Energie der Lust pur. Sein schnittiges und allwissendes Gesicht war einfach Antwort auf alle Fragen. Asmodei kam in Stimmung, zum ersten Mal einen Mann zu berühren, und es war ihm egal, wie Pazuzus reagieren würde. Er ging zum direkten Kampf über und küsste Pazuzu wüst, der völlig perplex war; aber genau das war es, was er die ganze Zeit wollte, und ebenso wild antwortete seine Zunge Asmodei. Die beiden umarmten sich so heftig, dass die Welt stehen blieb. Lilith kam zurück und setzte sich auf einen Sessel vor dem Bett; belustigt kam es von ihr „Nun, Asmodei, du musst wissen, Pazuzu ist bisexuell, aber er ist der Mann im Ring. Bist du bereit, eine Frau zu sein?" Asmodei schaute sie an, lächelte und sagte ihr: „Ist das in Ordnung für dich? Danach kümmern wir uns auch wieder um dich!" Lilith winkte ab. „Macht mal, ich schau nicht zum ersten Mal zu, auch Männern habe ich schon dabei zugesehen; wenn mir danach ist, gesell ich mich zu euch!" Pazuzu ging ganz ungewohnt bedächtig mit Asmodei um, da er ihn sehr liebte und ein schönes erstes Mal für ihn wollte. Es war ein Ergießen wahrer erfüllter Männerliebe, und Lilith war richtig gerührt. Als Frau hatte sie ihn als Erste und als Mann ihr so geliebter Pazuzu. Es war perfekt, und eine Träne rann über ihr Gesicht, als die beiden kamen. Sacht legte sie sich zu Asmodei, der aufgewühlt lachte. Lieb küsste sie ihm den Mund. „Jetzt weißt du, wie in etwa eine Frau fühlt; denk daran, wenn du in eine eindringst. Leidenschaft ist erregend, aber das Gefühl lässt dich beflügeln. Ich habe schon anderen Männern dabei zugesehen, aber so was Schönes habe ich noch nicht erlebt. Ich hoffe, du interessierst dich weiterhin für Frauen nach dieser Erfahrung?" Zärtlich nahm Asmodei sie in die Arme und hatte mit ihr den hingebungsvollsten Sex mit einer Frau, der je seinen Köper verlassen hatte. Und Pazuzu schaute zu. In ihm war alles durcheinander, aber vor allem war er grenzenlos glücklich, denn nie hatte er einen Mann so geliebt wie Asmodei, und nie wieder würde ihn noch mal ein Mann so lieben!

Doch Asmodei wurde zu unvorsichtig in seiner Abenteuerlust der Sexualität. Alles wollte er ausprobieren, und er fühlte sich zu stark. So geriet er leider eines Tages an die drei falschen Männer – bei einer wilden Schwulenorgie. Klar hatte Asmodei den dreien gesagt, dass er der männlich Aktive sein wolle, denn Asmodei schwankte immer mit seiner Stimmung. Einmal wollte er der Mann im Bett sein, dann die Frau, aber nur bei Männern, die er gut kannte, so wie Pazuzu. Auf solchen Orgien wäre er nie auf die Idee gekommen, der Passive zu sein, denn da wollte er Herr der Lage sein. Gekonnt lenkten sie ihn ab, und er fand sich in einem separaten Schlafzimmer wieder, wo ein Bock stand mit Ketten. Asmodei schaltete zu spät, und die drei überwältigten ihn. Brutal fesselten sie ihn an den Bock und vergewaltigten ihn zu dritt; Asmodei war wie gelähmt. Alles Leben rann aus ihm raus, und der Schmerz war unermesslich. Aber Appollyon hatte stets ein Auge auf Asmodei, denn im gesamten Abbadon waren Überwachungskameras, und Appollyon sah das Furchtbare. Sofort rief er Pazuzu und Ariel, und sie eilten ihm zu dritt zu Hilfe. Als Asmodei von seinen Fesseln befreit war, richtete er sich auf und schrie, dass die Wände zitterten. Wutentbrannt griff er nach dem Schwert von Pazuzu und schlug auf die drei Peiniger ein. Mit solcher Wucht schlug er mit dem Schwert auf sie ein, dass er sie komplett zerstückelte. Ariel war von Sinnen. „Er hat drei Dämonen getötet. Solche Macht haben nur ganz wenige. Nur die schwarzen Götter und wenige Dämonen, wie ich, Pazuzu und Pakker. Das ist unglaublich! Asmodei, du bist einem schwarzen Gott gleich! Was auch Schlimmes dir hier passiert ist, du kannst stolz auf dich sein, denn heute erfahren alle, dass du der mächtigste unter den Dämonen bist! Vergiss die Scham, denn du hast sie mit Blut besiegelt. So was wird dir nie wieder geschehen. Denn wir werden allen sagen, wie groß und mächtig du bist und was deinen Feinden passiert ist. Selbst die Unterwelt muss vor dir erzittern!" Alle Scham und Erniedrigung wichen aus Asmodeis Körper, und wild sah er die Männer an, die nun den Raum betraten. „Sagt allen, was passiert, wenn man Asmodei nicht respektiert und sich mit ihm anlegt. Zerstückeln tu ich euch!", schrie er die Neugierigen an. Der Name von Asmodei ließ die gesamte Unterwelt erschauern, denn solche Macht zollte größten Respekt und Ehrfurcht unter den Bewohnern der Unterwelt, und keiner wagte es noch einmal, sich mit Asmodei zu messen. Sein Name war in aller Munde, und alle fürchteten ihn nun. Aber Asmodei war sehr in seiner Seele verletzt worden, doch das zeigte er keinem, nur seiner geliebten Lilith und in den starken Armen von Pazuzu. Auch kamen sich durch das Begeben nun Ariel und Asmodei näher. Oft unterhielten sie sich und wurden mit der Zeit beste Freunde. Appollyon kümmerte sich wie ein Vater um Asmodei und half ihm, das Erlebte zu verarbeiten. Aber es gab so manche dunkle Stunde, wo es ihn einholte!

Kapitel 3

Die Baumeister ließen Apollo kommen, der die letzten vier Jahrhunderte ein trostloses, verhärmtes Dasein geführt hatte. Der große Baumeister Lido hieß ihn willkommen und brachte es ohne Umschweife auf den Punkt: „Deine Tochter Ariadne ist nicht tot, aber du solltest das glauben, denn das war unsere Strafe für dich. Was jetzt kommt, ist die Prüfung für dich! Deine Tochter wurde vor vierzehn Jahren als Menschenfrau geboren. Ihr Name ist Psyche. Götter und Dämonen werden sie wild lieben bis in den Tod. An dir liegt es, ob deine Tochter lebt oder stirbt. Nun kannst du ihr zeigen, ob du ein guter Vater bist und sie beschützen kannst! Der Gott Eros macht sich heute auf den Weg zu ihr. Psyche ist eine so wunderschöne, bezaubernde Frau, dass die Menschen aufgehört haben Aphrodite anzubeten. Stattdessen verehren sie Psyche als fleischgewordene Aphrodite unter sich. Die wahre Aphrodite hat ihrem Sohn Eros den Auftrag gegeben, Psyche zu töten, denn die Schmach der eitlen Aphrodite ist zu groß. Wenn du dich beeilst, findest du deine Tochter vor Eros. Wenn nicht, hast du versagt, und sie wird sterben, durch den Pfeil von Eros." Apollo wurde leichenblass. „Ihr müsst mir mehr Informationen geben! Wo lebt sie, wer sind ihre Eltern …? Das ist unfair, wie soll ich sie finden vor Eros?" Lido lachte bei der Panik von Apollo. „Du bist ein sehr intelligenter Gott, streng deinen Kopf an, und bewahr die Ruhe! Los, die Zeit läuft!!!"

Apollo machte sich unsichtbar und heftete sich an die Fersen von Eros, der ihn nicht bemerkte.

Nach langen, ausgiebigen Liebeleien mit zwei Frauen machte Eros sich endlich auf seinen Weg, und Apollo verfolgte ihn auf Schritt und Tritt. Im Garten des Königreiches von Psyche stockte nicht nur Apollo der Atem, als er Psyche erblickte. Keine Erdenfrau oder ein anderes Wesen war so lieblich wie die zarte Psyche. Ihre beiden Gäste waren unsichtbar, aber Psyche sah sie direkt an, als könne sie die Männer erkennen. Apollo musste nicht einschreiten, denn der arme Eros war wie vom Blitz getroffen, so tief berührte ihn die Liebe zu diesem sanften Mädchen. Die Schmetterlinge flogen um die süße Versuchung und dann zu Eros. Die Tiere liebten Psyche ebenso wie die Menschen. Ein lavendelfarbener Schmetterling flüsterte Eros ins Ohr: „Sie ist das Schönste, was die Götter uns je gegeben haben! Du kannst sie doch nicht töten! Jeden, der sie sieht, durchfließt tiefste Liebe. So ein Geschenk der Baumeister muss leben und wenn nur den Moment des Sommertages, wie wir Schmetterlinge. Aber niemand darf ihre Existenz beenden, denn dafür ist sie zu bezaubernd. Ihre Seele ist das Reinste, was jemals diese Welt erblickt hat, und auch im Himmel gibt es kein schöneres Geschöpf. Bitte tu ihr nichts!" In die letzten Worten klangen alle Schmetterlinge ein, um ihr Flehen an Eros zu richten. Dieser war ein eher verhaltener Mann, der sehr zum Zynismus neigte. Flatterhaft wie die Schmetterlinge war sein Dasein. Nichts und niemand konnte ihn zum Bleiben veranlassen. Eros war ein wunderschöner Mann, bei dessen Anblick jedem die Liebe im Herzen sang, aber er war sich seiner Wirkung voll bewusst und nutzte sie für seine Zwecke aus. Sehr gefürchtet war Eros unter den Göttern, denn keine Waffe ist grausamer als die der Liebe. Da Eros der Gott der Liebe war, besaß er die Waffe, die jeder fürchtete. Keiner wusste, wie es in Eros aussah, denn tief drinnen war er sehr verletzt und einsam. Was jetzt geschah, sprengte seine Dimensionen, denn solche Liebe hatte noch nie sein Herz erfasst. Die Reinheit und alles überstrahlende Aura der Psyche nahmen alle Härte von Eros, und er war vollends entwaffnet. So ging er zu Psyche und tat, was seine Seele ihm zuflüsterte. Sacht gab er ihr einen Kuss auf die Lippen. Psyche war wie benommen und schaute ihm direkt in die Augen, die den Kuss mit tiefer Liebe beantworteten. In seinem ganzen Dasein hatte noch nie eine solche Liebe aus den Augen einer Frau gesprochen. Eros verlor seine Seele an die kleine Psyche, und Tränen traten auf sein Gesicht. Noch nie hatte Eros so etwas Wunderschönes gefühlt. Wie konnte das sein? Eine Erdenfrau berührte so tief sein Herz, und er konnte sich nicht mal wehren, dabei war er doch immer Herr der Lage. Sacht nahm er sie in die Arme und küsste sie vor Dankbarkeit auf die Wange, als Zeichen der Achtung. So eine Achtung hatte er noch nie vor einem Wesen gehabt, denn Eros war ein sehr harter Mann, dessen Begleiter die Arroganz war, die jeden wie Messer schnitt, denn seine Zunge war zum Fürchten. Hier bei der kleinen Psyche fand Eros zum ersten Mal seinen so lang ersehnten Frieden! Ganz bedächtig weilte er bei ihr und verfolgte jeden ihrer Schritte, und er wusste, dass er nie mehr so glücklich sein würde wie in diesem Moment, aber es erfüllte sein Herz bis auf Innerste. Eros verabschiedete sich still von der kleinen Psyche, als sie schlief. Ein letztes Mal küsste er sie voll Liebe auf den Mund. Psyche wachte auf und schaute direkt in seine Augen; Eros wusste in diesem Moment, was wahre Liebe ist.

Aphrodite schäumte vor Wut, dass ihr Sohn sich ihr widersetzt hatte, denn sie hatte alles mit angesehen aus der Ferne. Eros ließ sich nicht mehr blicken und war verschwunden, überall und nirgends, was er so gut konnte. Also musste Aphrodite sich einen neuen Plan überlegen, und der war diabolisch. Aphrodite ging in die Unterwelt zu keinem Geringeren als dem schwarzen Gott Asul. Der staunte nicht schlecht, was wohl die Liebesgöttin von ihm wollte. Gekonnt kam sie auf den Punkt: „Eine Erdenfrau ist mir ein Dorn im Auge. Ich will, dass sie verschwindet. Es gibt auf Erden keine schönere und lieblichere Frau, großer Asul. Ich will sie dir zur Frau geben!" Laut lachte Asul. „Ich hatte drei Frauen, mir reicht es!" Doch Aphrodite wickelte ihn samtweich ein: „Oh, das ist eine ganz Süße. Gerade vierzehn Jahre alt. Keinerlei Erfahrung mit Männern. Sie ist so rein wie Schnee. Sie kannst du dir formen, wie es dir beliebt, denn sie ist eine ganz Liebe und weiß gar nichts!!! Schau sie dir doch mal an!", und Aphrodite zeigte Asul Psyche auf dem Monitor. Es gab kein grausameres Wesen in der Unterwelt als Asul. Als Frauenhasser war er bekannt, und er war knallhart mit Frauen, aber als er Psyche sah, regte sich allzu viel in ihm, was ihn sehr verwunderte. Eine Zeit lang schaute er Psyche zu, dann wandte er sich ab und wiegelte ab. Er richtete sich wieder an Aphrodite: „Gut, einverstanden. In sieben Tagen werde ich zu ihr kommen und sie mit mir nehmen. Hier mache ich sie zu meiner Frau. Dafür habe ich aber etwas gut bei dir!" Apollo war Aphrodite gefolgt und erstarrte bei diesen Worten. Nirgendwo konnte es einen grausameren Ehemann für Psyche geben, ihr Schicksal wäre furchtbar. Eine Ehefrau hatte Asul sogar getötet, da sie ihm untreu war. Aphrodite ging zu Psyches Eltern und vollendete ihren Plan; klar drohte sie ihnen: „Wenn ihr eure Tochter nicht Asul zur Frau gebt, wird euer Königreich von Seuchen und Kriegen überzogen. Ich werde euch zerstören!" Eingeschüchtert willigten sie ein, und Psyches Schicksal schien besiegelt, doch jetzt schritt Apollo ein. Ohne Zögern stöberte er Eros auf, den er nicht aus den Augen verloren hatte. Ihm berichtete er, welches Schicksal Psyche erwartete. Sichtlich entsetzt war er, aber allzu unschlüssig, wie Eros es oft war. „Gut, das ist furchtbar, aber was soll ich machen? Ich habe schon Krieg mit meiner Mutter, und sie ist ein verdammt harter Gegner. Ich sollte Psyche töten und habe mich zum ersten Mal widersetzt. Ich weiß vor allem nicht, was ich da tun kann!" Apollo war sehr wütend und fuhr ihn an: „Sie ist dein Schicksal und ebenso eine Prüfung für dich wie für mich! Wir müssen etwas tun. Ich werde sie nicht diesem Kerl überlassen! Machst du mit, oder was?" Eros wusste nicht, was er sagen sollte, und Apollo fuhr fort: „In zwei Tagen holt Asul sie. Es bleibt keine Zeit zum Überlegen!" Eros sah das süße Gesicht von Psyche vor sich, und es wurde ihm ganz warm. „Gut. Ich helfe ihr." Apollo folgte ihm. „Was hast du vor?" Eros wies ihn zurück. „Das ist meine Sache, halt du dich da raus!" Aber natürlich hielt sich Apollo nicht heraus und folgte ihm unsichtbar.

So ging Eros wieder zu seiner kleinen Psyche, die schlief, als er eintraf. Sanft gab er ihr einen Kuss auf den Mund, und Psyche erwachte. „Du bist wieder da! Ich habe dich so vermisst! Wer bist du?" Eros schluckte, denn zum ersten Mal sprach sie zu ihm, und sein Herz war getroffen vom Pfeil der Liebe. „Ich bring dich hier weg, ich will nicht, dass du diesen furchtbaren schwarzen Gott heiratest!" Fest nahm er sie in die Arme und flog in seinem Schiff mit ihr in seinen Himmelspalast zwischen der Erde und dem Himmel. Weit weg von allem und dahin, wo keiner sie finden würde. Dort war sein Geheimversteck, vor allem für geheime Affären. Es gab nur ein Wesen, das den Himmelspalast betrat: Eros! Asul tobte bei dem Betrug und suchte überall Psyche, aber nur einer wusste, wo sie war: der im Hintergrund stehende Apollo. Alle, vor allem Aphrodite, suchten sie, doch vergebens, denn keiner hatte Eros eingeplant oder in Verdacht, damit etwas zu tun zu haben. Aber für Asul endete die Suche nach Psyche nie, selbst nach Jahrhunderten nicht!

Im Palast bekam Psyche nie jemanden zu sehen, denn alle hatten die Order, sie nicht zu sehen oder anzutreffen; so wurde alles in ihrer Abwesenheit getan. Eros kam immer unsichtbar zu ihr, da er nicht wollte, dass sie ihn sah. Vielmehr wollte er wissen, wie eine Frau mit ihm umginge, wenn sie nicht seinen so schönen Anblick sähe. Nie sprach er mit ihr. Eine ganz andere Welt bot sich Psyche dar, und sie war sehr verunsichert. Immer nachts kam Eros und weckte sie liebevoll. Seine Küsse und Umarmungen waren so reinen Herzens, wie die Liebe eines Mannes nur sein konnte. Eros offenbarte sich ihr als Mann, der er war. Keineswegs machte er irgendwelche Liebespiele mit ihr, die sonst der Liebesgott mit Frauen trieb. Nein, er war so, wie er tief drinnen war, ohne irgendwelche Tricks eines Liebesgottes. Als einfacher Mann trat er Psyche entgegen, und Eros war ein ganz anderer! Die Stunden, die er bei Psyche verbrachte, waren die Zeit, in der er lebte, und es war die befreiendste Erfahrung, die er jemals gemacht hatte. Psyche erblühte unter seiner Liebe zur wunderschönen Frau, die voller Hingabe und Liebe jede Nacht ihren Liebsten erwartete. Die pure Form der Liebe floss durch die beiden. Als Mann und Frau begegneten sie sich, ohne den Zwang der Außenwelt oder das Ego des Einzelnen, der etwas zu beweisen hatte. Die beiden waren ganz bei sich und brauchten keine Lügen oder Ausflüchte vor dem anderen, denn ihr Leben entzog sich dem. Eros war befreit von seiner Härte und seinem Zynismus und genoss es zu schweigen bei seiner geliebten Psyche. Durch Psyche befreite sich Eros von seiner Mutter, die ihm Schlimmes angetan hatte, worüber Eros oft bei seiner kleinen Psyche nachdachte. Sie konnte seine Tränen nicht sehen oder seine Gedanken lesen. Aber

Eros war nicht allein mit sich und seinem Schmerz. Auch Psyche fühlte seinen Kummer und fragte ihn, was er habe, dann nahm er seine geliebte Psyche in die Arme, und wie eine poetische Welle zog seine Liebe im Liebesakt durch sie hindurch, dass Psyche der Atem wegblieb. So schön rein und wahrhaftig. Eros arbeitete mit der unwissenden Psyche sein Kindheitstrauma auf. In der Stille dachte er darüber nach, wie seine Mutter ihn als kleinen Jungen sexuell missbraucht hatte, um ihn dann zu formen und zu biegen, wie es ihr gefiel. Im Liebespiel mit Psyche befreite er sich vollends von seiner allgegenwärtigen dominanten Mutter. Nicht, dass es nicht mehr schmerzte, aber Eros konnte sich lösen von seinem Trauma, und zum ersten Mal in seinem Dasein war er befreit. Das schmerzende Gefühl wurde dumpfer, und Eros konnte wieder leben. Frei von allem, dem Himmel mit seinen Bewohnern, jeder Geliebten oder jedem Liebhaber und seiner Familie, fand Eros zu sich selbst. Nächte voller Tränen und der schönsten Liebe, die ihn je in die Arme genommen hatte!

„Wo treibt sich eigentlich Eros rum? Ich sehe und spreche ihn kaum noch. Der hat irgendein Geheimnis, und ich wüsste zu gern, welches!", säuselte Aphrodite ihrem Liebhaber Dionysos ins Ohr. Der war verwundert: „Lass ihn doch, jeder hat Geheimnisse." Dionysos mochte Eros sehr, denn etwas an ihm ging ihm unter die Haut und unterschied ihn von anderen Männern. Da Dionysos nie Probleme mit ihm gehabt hatte, sah er Eros eher locker. „Trotzdem, ich möchte wissen, was mit ihm ist. Er ist so ganz anders. Ich erkenne ihn nicht mehr wieder. Ich habe überhaupt keinen Bezug mehr zu ihm." Dionysos war mehr am Fortsetzen des Sex interessiert, als dieses Gespräch zu führen, daher kürzte er es ab. „Nun, irgendwann verliert jede Mutter den Einfluss auf ihr Kind, das ist ein normaler Prozess, und das solltest du akzeptieren. Aber bitte, ich werde mal schauen, was los ist, damit du dich beruhigst!"

Dionysos setzte einen Spion auf Eros an, und der berichtete Dionysos, dass Eros jede Nacht unsichtbar in seinen geheimen Himmelspalast gehe und ihn im Morgengrauen verlasse. Nun, was sollte das bedeuten? Kurzum entschloss sich Dionysos, sich diesen Palast näher anzuschauen, inkognito. So betrat er unsichtbar am Tag den Palast, damit keiner ihn bemerkte, außer Apollo, der es mitbekommen hatte. Schnell eilte Apollo zum Himmelspalast. Aber als er eintraf, hatte Dionysos bereits Psyche gefunden. Apollo gab sich Dionysos zu erkennen: „Was tust du hier, Dionysos?" Psyche sprang auf und sah Dionysos an. „Du bist da? Am Tag warst du noch nie da! Ich freu mich so! Ich bin am Tag immer so einsam und zähle die Stunden, bis du endlich kommst!" Völlig überrumpelt war Dionysos, und Apollo nahm die Hand von Psyche, um ihr eine Antwort zu geben. Verunsichert schaute Psyche ihn an. „Ist etwas passiert? Du warst gestern so traurig. Ist alles in Ordnung?" Sacht gab Apollo ihr einen Kuss auf die Stirn, und Psyche lächelte. „Gut, das ist genug der Antwort. Komm, setzen wir uns und schweigen etwas. Nimm mich doch in den Arm, und halte meine Hand, dann bin ich immer so glücklich!" Apollo nahm seine Tochter auf den Schoß und hielt ihre Hand. Für den wilden Dionysos war das alles sehr abstrakt, und er konnte überhaupt nichts mit alldem anfangen. Aber die junge Frau war einfach bezaubernd, und Dionysos konnte sich allzu gut vorstellen, was Eros die ganze Nacht mit ihr machte! Doch dann kam er wieder ins Gegenwärtige zurück. Was war hier los? Wer war diese Frau? Warum versteckte Eros sie? Misstrauisch schaute Apollo seinen Halbbruder an, den er allzu gut kannte, und leider war Apollo klar: Jetzt wird es kompliziert! „Schickt dich Aphrodite?" So durchschaut zu werden, verletzte schon seinen Stolz. „Hör mal, ich bin nicht der Handlanger von Aphrodite, ja!" Apollo warf ein: „Aber ihr Liebhaber, und im Bett flüstern Frauen einem Mann so manches zu!" Jetzt lachte Dionysos, denn dass er so ein offenes Buch für seinen Bruder war, hatte er nicht gewusst. Gemütlich setzte er sich zu den beiden. „Also unter uns, was soll das hier? Was ist mit Eros los?" Dionysos war ein wilder Draufgänger, der in tosenden Festen seine Erfüllung fand. Aber vor allem hatte er einen wirklich guten Kern und ein Herz aus Gold unter seiner Übermannhaftigkeit. Also entschloss sich Apollo für die Wahrheit, denn das schien der beste Weg mit Dionysos. „Die junge

Frau vor dir ist Psyche." Dionysos fielen fast die Augen raus. „Die Psyche, die von Aphrodite und Asul verfolgt wird? Das gibt's doch nicht. Eros hat sie alle reingelegt." Dionysos lachte, dass er sich den Bauch halten musste. „Na, bei mir ist sein Geheimnis sicher. Ich erzähl doch keinem was. Ich lass mir was einfallen für Aphrodite, um sie zu beruhigen, und Asul und ich sind Todfeinde!" Dionysos beugte sich zu den beiden vor, und Apollo sah sein „Aber ..." in den Augen. Apollo hatte keine Lust auf Spiele. „Raus damit, was ist deine Bedingung?" Dionysos lachte sich kaputt, denn sein Bruder war immer so ernst und schlau, dass er stets schon alles wusste. „Ach komm, ich will die Kleine nur kennenlernen. Sie ist doch einsam. Ich will sie am Tag mal besuchen, wenn Eros unterwegs ist. Ich möchte wissen, was mit ihr ist, dass alle so durchdrehen bei ihr!" Apollo war entsetzt. „Du alleine mit meiner Tochter? Du Schwerenöter bestimmt nicht!" Dionysos war platt. „Sie ist deine Tochter?" Leider war das Apollo in der Erregung rausgerutscht, und er ärgerte sich über sich selbst, aber der Schlamassel war nicht zu beheben. „Ich bin nicht der Vater von Psyche, aber ich bin der Urvater ihrer Seele. Einst war sie meine Tochter Ariadne, vor vielen Jahrhunderten. Das hier ist meine Prüfung als Vater, weil ich damals versagt habe!" Jetzt wurde Dionysos sehr ernst. „Das war vor meiner Zeit, richtig?" Apollo nickte nur, und Dionysos verstand ohne Worte, dass etwas sehr Ernstes passiert sein musste. „Schau mal, ich bin dann mehr oder weniger ihr Onkel. Ich werde mich vernünftig benehmen und keinen Blödsinn machen. Voller Respekt werde ich deine Tochter in ihr sehen. Ich bin nur neugierig." Psyche drehte sich zu Apollo. „Du bist heute ganz anders, auch habe ich das Gefühl, es ist noch jemand anders da. Ist alles in Ordnung, Liebster?" Zärtlich streichelte er ihr über die Haare, wie Eros es immer tat, und Psyche war ganz beruhigt. „Dionysos, Eros braucht Psyche. Das ist wahre, tiefe Liebe zwischen den beiden. Mach nichts kaputt, denn das wäre ein Verbrechen!" So ein friedliches Bild hatte Dionysos noch nie gesehen, es ging etwas von Psyche aus, was die Zeit stehen ließ. Irgendwie konnte sie jedes Herz im Augenblick des Seins auf so sanfte, stille Art berühren. Diese Frau hatte so viel Tiefe und Wärme, und das aus reinstem Herzen. Der Zauber der Venus, auf eine ganz andere Art und Weise. Nicht erotisch, sondern durchdringend. Nicht verführend, sondern rein. Nicht umgarnend, sondern wahrhaftig. Diese Frau konnte das Beste und Schlimmste in einem Mann wecken, denn ihrem Zauber konnte man sich nicht entziehen, und sie ließ den Wildesten Blumen flechten, um ihr zu gefallen. Auch der stürmische Dionysos wurde ganz ruhig und bedächtig, und ihm entwich: „Je, ist die süß!" Apollo raunte ihn an: „Treib keine Spiele mit ihr. Ich werde genau schauen, was du mit ihr machst. Du kannst ein lieber Onkel sein, aber das war's auch schon, mein Lieber!!!" Jetzt war Dionysos sichtlich verletzt. „Dass alle immer so negativ von mir denken. Sie ist doch wirklich süß. Vielleicht braucht mein Herz sie auch!" Apollo war sprachlos, so hatte er seinen Bruder noch nie gesehen, butterweich wurde Dionysos unter den Augen von Psyche, und eine Seite kam zum Vorschein, die Apollo bis dahin nicht kannte. Das rührte ihn, denn er mochte seinen Bruder, auch wenn sie Feuer und Wasser waren. „Gut, ich vertrau dir! Aber du passt auf, dass Eros das nicht rauskriegt, dann habe ich riesigen Ärger mit ihm. Das ist unser Geheimnis!" Dionysos lächelte gutmütig. „Keiner wird es erfahren. Ich hüte dein Geheimnis und du meines!"

Am nächsten Tag besuchte Dionysos wieder Psyche und den Tag darauf und darauf. Dionysos verfiel ihr ebenso wie Eros, und er liebte es, bei Psyche zu sein. Dann wollte Psyche eines Tages wissen: „Warum sprichst du eigentlich nie mit mir?" Da fiel Dionysos wirklich kein Grund ein, warum wohl Eros nie mit ihr sprach, drum meinte er dann trocken zu ihr: „In Ordnung, dann unterhalten wir uns eben!" Stunden der Gespräche vergingen, und Psyche war glücklich endlich jemanden zum Reden zu haben. Der arme Dionysos verlor mehr und mehr sein Herz an dieses reizende Geschöpf, das eine fantastische Gastgeberin war. Das Mädchen war so klug und reif bereits, und ihre Naivität war so zuckersüß. Natürlich sprach sie abends Eros über den Tag an, der erbost tags darauf zu Apollo ging; dieser setzte sein bestes Pokerface auf und meinte: „Psyche braucht Gesellschaft, das arme Mädchen vereinsamt völlig, drum besuche ich sie am Tag und rede mit ihr, was du nicht tust. Jeder braucht jemanden zum Sprechen!" Da war Eros schachmatt und beruhigte sich. So nahm er es hin und verstand es befürwortend.

Dionysos lief zur Höchstform auf und war der beste Unterhalter, den man sich wünschen konnte. Oft lachte Psyche herzhaft und leuchtete wie tausend Sterne vor Glück. In der Nacht schloss sie dann heiß ihren Eros in die Arme und schwieg, denn es war alles gesagt, und die Stunde der Liebe war gekommen. Aber mit der Zeit, kam Psyche ins Grübeln, warum Eros einmal so und dann so war. Auch verstand sie andere Sachen nicht, auf die sie Dionysos ansprach, und das Gespräch ging jetzt in eine Bahn, die sehr gefährlich für Dionysos wurde. „Sag mir, Schatz, warum reden wir am Tag und in der Nacht nicht? Warum fasst du mich nur nachts an? Am Tag machst du nie Liebe mit mir." Ja, was sollte da wohl Dionysos sagen? Der beste Redner, der Dionysos ohne Zweifel war, kann an seine Grenzen kommen. Betretenes Schweigen entstand, und Psyche haute dann Dionysos um. „Ich muss dir was sagen. Ich glaube, ich bin schwanger. Ich denke, das ist der Grund, warum mir so seltsam ist. Warum bist du immer unsichtbar? Bist du so hässlich? Bist du ein Ungeheuer? Bist du ein Dämon? Warum zeigst du dich mir nie? Ich habe Angst schwanger zu sein, wer weiß, wie mein Kind sein wird." Ja, das haute Dionysos um, und er wusste, dass er jetzt etwas tun musste, stellvertretend für Eros. So nahm er sie auf den Schoß und küsste sie. Tausend Blitze gingen durch Dionysos, und Liebe war kein Ausdruck für das, was in ihm war. „Ich liebe dich über alles, meine Süße, und du brauchst keine Angst zu haben. Ich bin ein Gott, und dein Kind wird wunderschön sein!"

Psyche war von Sinnen, denn so hatte Eros sie noch nie geküsst; sie schmiegte sich eng an ihn und streichelte sanft ins Unsichtbare, fand aber genau seinen Körper, wie in der Nacht. Was dann geschah, entzog sich allem, und Psyche konnte kaum fassen, was ihr geschah. Dionysos verlor jede Kontrolle unter der zärtlichen Berührung von Psyche und machte so leidenschaftlich Liebe mit ihr auf dem Kanapee, dass Psyche aufging in einer bis dahin ungekannten Ekstase, ja dass sie fast die Besinnung verlor. Das Herz von Psyche erblickte eine neue Welt der körperlichen Liebe, die sich vollkommen ihrem Verstehen entzog. Apollo gab in der Ferne auf und schritt nicht ein, denn die Katastrophe war schon vorprogrammiert. Dionysos trat ein in die Welt von Psyche, und er erblickte die schönste Liebe, die ihm je widerfahren war. Noch nie hatte er solch eine Frau in den Armen gehalten. Auch ihm war klar, dass das alles ein böses Ende nehmen würde, aber er konnte nicht aufhören voller Inbrunst die süße Psyche in seine Arme zu schließen. Wie losgelöst war Dionysos, wenn er in sie eindrang, und eine Welt der Sexualität öffnete sich ihm, die selbst seinen Rahmen sprengte, und dabei war Dionysos der Gott des Sex! Ein solches phänomenales Eintreten in den weiblichen Schoß der Unendlichkeit war selbst ihm zu viel, aber er konnte nicht aufhören. So verbrachte er den ganzen Tag bei Psyche und ging missbilligend am Abend, bevor Eros kam. Bei so viel Leidenschaft und körperlicher Liebe verlor Psyche den Überblick, und dann kam der Abend, an dem sie dem Falschen die richtige Frage stellte!

„Du bist wie zwei Männer. Ich versteh dich nicht. Am Tag bist du der größte Redner und leidenschaftlichste Liebhaber, den man sich vorstellen kann, und abends sprichst du kein Wort und bist sacht wie der Flügelschlag eines Schmetterlings. Ich versteh gar nichts mehr!" Zornig fuhr Eros im Bett hoch. Nun gab er sich zu erkennen vor Psyche, die fast zu Staub verfiel bei seinem wunderschönen Anblick. Aber aus seinen Augen sprach der blanke Hass. „Die Antwort ist ganz einfach. Es sind zwei Männer, die dich besuchen. Ich war immer nur nachts bei dir, am Tag war dieser Mistkerl von Apollo bei dir. Wie lange betrügst du mich schon?!" Psyche verschlug es die Sprache, und unter der Schmach rann alles Leben aus ihr raus. Ihren Geliebten vor sich zu sehen, war zu rahmensprengend. Immer hatte sie ihn sehr geliebt, aber was sie jetzt empfand, war so groß, dass die Liebe schmerzte. „Du brauchst mir nicht zu antworten, ist auch egal. Du warst nur ein Zeitvertreib für mich, nicht mehr. Ich liebe dich nicht, und Asul oder Aphrodite können mit dir machen, was sie wollen. Ich geh jetzt und komm nie mehr wieder!" Unter Tränen wollte sie Eros aufhalten, aber er stieß sie hart von sich und verschwand. Das Herz von Psyche brach in tausend Stücke, und sie weinte, dass sie die Meere damit füllen konnte.

Im Liebesspiel mit drei Damen kam der erzürnte Apollo ins Schlafgemach von Dionysos, der leichenblass wurde. „Schmeiß die Weiber raus, aber sofort!" Als sie allein waren, rastete Apollo völlig aus. „Du Arschloch konntest nicht die Finger von ihr lassen! Eros hat sie verlassen, und nur du bist daran schuld! Und du amüsierst dich hier, während sie durch die Hölle geht! Es gibt kein niedrigeres Wesen als dich, alles geht bei dir nur durch den Schwanz!" Dionysos duckte sich unter seiner Standpauke, aber gewann wieder Stand. „Ich fahr zu ihr! Ich kümmere mich um sie. Was glaubst du eigentlich? Eros ist besser als ich? Am Tag amüsiert er sich doch auch. Er ist doch nicht treu, Psyche. Der macht doch, was er will. Wo ist der besser als ich!" Erzürnt stieß Apollo aus: „Er hat sie geliebt!" Verletzt, wurde Dionysos sehr böse. „Was weißt du schon über mich? Ich liebe sie genauso wie Eros, wenn nicht noch mehr. Für diese Frau würde ich sterben!" Apollo zuckte zusammen, das Bild seines Sohn Appollyon tauchte vor ihm auf, denn dieses Gespräch glich ihm, und so beruhigte sich Apollo auf einen Schlag. „Gut, du sagst, du liebst sie, dann beweis es. Eros' Zorn wird über sie kommen. Asul sucht sie immer noch, und Aphrodite ist sie ein gefundenes Fressen. Dann zeig mal, was du kannst. Ich schau mir das an!" Bedrückt klärte Dionysos ihn auf: „Und sie ist schwanger von Eros!" Das war das Déjà-vu von Appollyon und Ariadne, und Apollo wurde es ganz schlecht, aber ihm war klar, es war an Dionysos, der geprüft werden sollte. Apollo entschied sich, weiterhin im Hintergrund zu bleiben. „Na, da hast du jetzt eine Aufgabe, Dionysos!"

Als Dionysos bei Psyche eintraf, diesmal in seiner wahren Gestalt, war die nicht gerade erfreut. „Bist du Apollo?" Erstaunt sah Dionysos sie an. „Wie kommst du darauf? Apollo ist dein Göttervater und hat mich zu dir geschickt, dir zu helfen." Irritiert schaute sie ihn an. „Eros hat gesagt, Apollo wäre tags bei mir gewesen; habe ich mit meinem Vater geschlafen, oder wie ist es?" Verlegen klärte er Psyche auf. „Natürlich nicht. Ich war bei dir!" Angestachelt wiederholte Psyche: „Wer bist du?" Schmal kam über seine Lippen: „Dionysos." Psyche sprang auf, als wäre sie von einer Tarantel gestochen worden. „Der Dionysos!? Der Wüstling, der wilde Orgien zelebriert und dessen Mänaden vor blinder Ekstase durch die Welt ziehen? Der Gott des Rausches und des Sex? Ich glaube, ich drehe jetzt durch. Wegen dir habe ich die Liebe meines Daseins verloren! Er sagte, ich war nur ein Spiel für ihn. Für dich war ich auch bloß ein Zeitvertreib. Ach, das Leben ist grausam. Was tue ich jetzt? Ich bin unverheiratet und schwanger. Ich werde gesucht und habe keine Heimat mehr, in die ich zurückkehren kann. Ich kann mich auch gleich von der nächsten Klippe stürzen, ist sowieso egal!" Als Dionysos sich ihr nähern wollte, fuhr sie komplett aus der Haut. „Fass mich nie mehr an, du Schwerenöter. Deinen Ruf kenn ich. Weib, Wein und Gesang!" Heute bekam Dionysos wirklich Prügel von allen Seiten, aber nach Apollo war ihm schon alles egal, und dass Psyche seine Tochter war, zeigte sich jetzt ohne Zweifel „Beruhig dich. Dasselbe habe ich heute schon gehört. Ich versteh nicht, was ihr mit Eros habt, der ist doch nicht besser als ich. Er ist der Gott der körperlichen Liebe, und der wälzt sich durch sämtliche Laken, ob Männer oder Frauen!" Das brachte Psyche runter, verdutzt hakte sie nach: „Männer?", und Dionysos schüttelte den Kopf. „Güte, ja! Du kennst doch Eros gar nicht. Was meinst du, was er für ein Herzensbrecher ist. Die Frauen und Männer sind ihm völlig verfallen. Jede Nacht kann er drei haben, so ist er gefragt. Was ist da der Unterschied zu mir? Nur weil er so fein und galant ist? Ja, ich bin ein ungehobelter Klotz, aber glaub mir, ich liebe dich von ganzem Herzen und werde dir helfen. Ich lass dich nicht allein!" Da war Psyche still und überlegte. Da war etwas an Dionysos, was sie sehr berührte und ihr Herz schneller schlagen ließ, im stillen versteckten Liebeslied, aber sie war zu gekränkt „Was gedenkst du zu tun, Dionysos?" Tief atmete Dionysos durch. „Erst mal dich hier wegbringen, nicht dass wir Besuch bekommen! Wir gehen auf die Erde und suchen einen Ort, wo du sicher bist. Ab heute bist du nicht mehr Psyche, dein Göttername ist Ariadne, und so werde ich dich nennen!"

~ Kapitel 4 ~

Eros rächte sich bitter an Apollo, er ließ ihn in Liebe verfallen zu seiner Zwillingsschwester Artemis, und Apollo sollte jetzt am eigenen Leib spüren, was Ariadne und Appollyon passiert war, nur dass Apollo nie intim mit seiner Schwester werden würde. Natürlich nahm Apollo das auf sich und verriet Dionysos nicht, denn das Wohl seiner Tochter stand über allem! Überall suchte Eros nach Psyche, da er sie mit seinem Pfeil der Liebe dazu verdammen wollte, dem hässlichsten Mann auf Erden in Liebe zu verfallen! Doch Eros fand sie genauso wenig wie Asul und Aphrodite. Dionysos hatte Ariadne bestens untergebracht in Persien, wo keiner sie suchte. Dort hatte Dionysos Ariadne in die Obhut der Götter Marduck und Ishtar gegeben, die ihre göttliche Residenz auf Erden hatten unter den Menschen. Nicht wie die griechischen Götter, die im Olymp lebten, hinter dem Mond. Liebevoll wie ein Ehemann kümmerte sich Dionysos um Ariadne, als wäre er der Vater ihres ungeborenen Kindes. An nichts fehlte es ihr, und Dionysos umsorgte sie so lieb, dass Ariadne ganz weich wurde. Unter der harten Schale von Dionysos war ein herzensguter Mann, den Ariadne mehr und mehr liebte. Es war etwas ganz anderes als mit Eros, denn da war sie fast noch ein Kind, und so war auch ihre Liebe zu ihm unbefleckt und hingebungsvoll. Was sie mit Dionysos verband, war etwas Gereiftes, Tiefes, schon fast wie für einen Ehemann. Der wilde Liebhaber hatte Pause wegen ihrer Disposition, und Dionysos war der einfühlsamste Liebhaber, den sich eine schwangere Frau wünschen konnte. Mehr und mehr wuchs die Liebe zwischen ihnen. Die zarte Psyche wurde in den Armen von Dionysos zur Frau und war noch anziehender als je zuvor. Der arme Dionysos verlor sich immer mehr in Ariadne, und diese empfand so aufrichtige Liebe, wie eine Frau für einen Mann fühlen kann. So oft wie möglich war er bei Ariadne und stand ihr bei, als Mann an ihrer Seite.

Jeder wusste, dass sie Dionysos gehörte, und selbst Marduck, der als Vater von Ariadne jetzt galt, auch großen Gefallen an Ariadne fand, beherrschte sich. Mit Dionysos legte man sich nicht an, denn sein Zorn war mehr als gefürchtet, und keiner wollte dem ausgesetzt sein. Im hochschwangeren Zustand war Ariadne besonders bezaubernd, und alle schmolzen dahin. Dionysos verlor seine Seele an Ariadne und liebte diese Frau, wie ein Mann nur einmal eine Frau lieben konnte.

Das kleine Mädchen von Psyche und Eros wurde geboren, und es war das süßeste Baby, das die Welt je erblickt hatte! Ariadne schlief tief und fest nach den Mühen der Geburt, und Dionysos saß bei dem Baby, was ebenfalls fest schlief. Tränen rannen Dionysos über das Gesicht, denn so was hatte er noch nicht erlebt. Die ganze Geburt über war er bei Ariadne und hielt sie; als das kleine Geschöpf die Welt erblickte, wusste Dionysos, was Vaterliebe ist. Das, kombiniert mit seiner unendlichen Liebe zu Ariadne, warf Dionysos um. Da kam er ins Grübeln, als die beiden schliefen. Seine Kindheit tauchte vor ihm auf. Zeus hatte seine Mutter ebenfalls unsichtbar geschwängert, und sie forderte ihn auf, sich zu erkennen zu geben. Das tat Zeus auch, und seine Mutter verfiel zu Staub. Zeus rettete Dionysos und brachte ihn in den Olymp, wo er in einem Brutkasten zu Leben reifte. Als er geboren wurde, brachte man Dionysos zu seiner Tante, die ihn aufzog. Doch der Zorn der Hera kam über ihn, der Bastard ihres Mannes Zeus sollte sterben. So schickte sie die Titanen zu Dionysos, die seine ganze Familie vor seinen Augen töteten und dann ihn in tausend Stücke rissen. Seiner Großmutter Reha im Olymp brach das Herz, und sie ging zum toten Dionysos, um ihn wieder zum Leben zu erwecken. Danach versteckte Zeus seinen Sohn bei den Nymphen, wo er nur unter Frauen aufwuchs. Als Mann kam Dionysos wieder auf die Erde, wo Hera in weiter verfolgte. Sie ließ ihn wahnsinnig werden, und er irrte umher in der Welt. Doch Dionysos bezwang den Wahnsinn. Später belegte er seine Feinde mit dem Wahnsinn, der ihn befallen hatte. Dann ließ Hera über Dionysos den Rausch des Weines kommen, und er verfiel ganz dem Wein. Nur noch betrunken und rumhurend durchwanderte er die Welt, bis seine Großmutter Reha ihn wieder zur Vernunft brachte, und Dionysos machte sich auch das zu seiner Stärke: Er wurde der Gott des Weins und der Ekstase. Dionysos hatte allen Zorn der Hera überlebt. Stolz ging er in den Olymp und machte sich unsterblich! Da lag jetzt dieses süße Mädchen vor ihm, und Dionysos kam ins Nachdenken. Was war wohl ihr Schicksal? Aphrodite war sehr gefährlich. Eros wusste nichts von seinem Vaterglück, und Dionysos hatte Ariadne versprochen, Eros nie etwas zu sagen. Was, wenn Eros seine eigene Tochter töten würde? Oje, und dann war da noch Asul, der war der Brutalste von allen. Das kleine Mädchen hatte schon zu viele Feinde, was würde aus ihr werden? Dionysos hatte nur Hera als Feind, das Mädchen hatte gleich drei Feinde! So entschied Dionysos schweren Herzens, die kleine Tochter von Ariadne zu den Nymphen zu bringen, die ihn aufgezogen hatten. Nur sollte sie immer dort bleiben, auf dass ihr nie etwas geschehe!

Als Ariadne erwachte, saß Dionysos auf ihrer Bettkante. Mit gesenktem Kopf versuchte er ihr beizubringen, was er getan hatte. Ariadne fuhr völlig aus der Haut. „Du hast mir meine Tochter weggenommen? Wer gibt dir das Recht dazu? Meinst du, ich wäre eine schlechte Mutter? Ist es, weil sie nicht deine Tochter ist?" Dionysos versuchte so bedächtig wie möglich vorzugehen, aber eine Frau, die gerade ihr Kind verloren hat, kann man nicht besänftigen. „Damit sie in Sicherheit ist! Was, wenn die anderen sie finden?" Ariadne sprang auf. „Sie ist hier in Sicherheit. Du hast mir mein Kind weggenommen, das werde ich dir nie verzeihen. Trete nie mehr unter meine Augen! Ich hasse dich! Nie wieder will ich etwas mit dir zu tun haben! Verschwinde, und treib, was du willst. Meine Liebe zu dir hast du für immer getötet! Weißt du eigentlich, was für ein Schmerz es ist, sein Kind zu verlieren? Am liebsten würde ich sterben, aber mein Zorn über dich ist größer, sodass ich dich lieber hassen will mein Leben lang, bis ich sterbe! Ob ich an Altersschwäche sterbe, durch Asul, durch Eros oder Aphrodite, ist mir auch schon egal. Wir sind geschiedene Leute. Das war's!!!!" Dionysos rang nach Luft, denn jetzt tötete Ariadne ihn. Wild suchte sie ein paar Sachen zusammen, und Dionysos rief Ishtar und Marduck, denen er alles erklärte. Die besonnene Ishtar versuchte Ariadne zu beruhigen, ebenso Marduck, aber es half nichts. „Ich geh jetzt meinen eigenen Weg, ohne Mann. Mir reicht es. Ich bin kein Kind und kann für mich alleine sorgen. Ich will weg von all dem hier, was mich krank macht. Ich mach jetzt, was ich will, und Dionysos kann verrecken!"

Ariadne ging nach Kreta, und Dionysos lief ihr hinterher wie ein kleiner Junge und bettelte sie an, ihm zu verzeihen. Aber alle Versuche von Dionysos blieben fruchtlos. Ariadne schlug ihn, wo es nur ging. Auf Kreta rief man sie zur Liebesgöttin aus, und Dionysos schäumte vor Wut. Seine kleine Ariadne eine Liebesgöttin, die alle wollten, da brach ihm wirklich der Zacken aus der Krone, und er zog erst mal von dannen. Aber Ariadne war noch lange nicht fertig. Der heldenumwobene Theseus kam auf Kreta, und sie begann eine so leidenschaftliche Affäre mit ihm, dass Dionysos alles kurz und klein schlug. Doch Ariadne wusste das noch zu toppen. Ihrem Liebhaber Theseus half sie den Stier des Labyrinths zu bezwingen durch den ariadneschen Faden, der ihn wieder aus dem Labyrinth rausführte. Als Gegenleistung wollte sie, dass Theseus sie heiratete. Das war zu viel, und der Zorn Dionysos' sollte über sie kommen. Dieser erschien Theseus und sagte ihm klipp und klar, dass er ihn töten würde, sollte er nicht sofort Ariadne verlassen. Dem großen Helden Theseus wurde es ganz bange ums Herz, denn Dionysos war sehr gefürchtet, und mit ihm hatte er einen Feind, den er keinesfalls unterschätzte. Voller Angst wartete Theseus ab.

Apollo schritt ein. „Ich werde diese Hure töten. Einen Menschenmann zieht sie mir vor. Ich töte beide!" Apollo versuchte Dionysos zu beschwichtigen, aber dazu wäre keiner in der Lage gewesen. So lief Apollo Dionysos nach und folgte ihm. Kaum konnte sein Schiff dem von Dionysos folgen, denn der raste mit Lichtgeschwindigkeit auf die Insel zu, auf der die beiden Liebenden waren. Doch Apollo traf rechtzeitig ein. Als Dionysos seinen Taser auf Ariadne richtete, schaltete Apollo ihn rasch auf Betäubung ein, was Dionysos gar nicht bemerkte in seiner Rage. Theseus sprang auf vom Bett und lief davon, damit Dionysos ihn nicht auch noch töte.

Da lag nun Ariadne regungslos, und Dionysos brach zusammen unter Tränen und nahm sie in die Arme. „Was habe ich getan? Ich habe die Liebe meines Daseins getötet. Sie darf nicht tot sein. Tu was, Apollo! Bitte, ich bereue zutiefst, was ich getan habe. Ich will sie zurückhaben. Ich kann nicht ohne Ariadne leben. Lieber will ich sterben!" Apollo wurde es ganz schwummerig, denn erst jetzt sah er, wie sehr Dionysos sie liebte, und war überwältigt. So ging er zu Ariadne und weckte sie aus der Bewusstlosigkeit. Tränen der Freude traten nun auf das Gesicht von Dionysos, und er zitterte am ganzen Körper vor Aufregung. Noch nie hatte Apollo so ein glückliches Wesen gesehen wie jetzt Dionysos. Damit sein schlechtes Gewissen nie Erleichterung fand, sagte Apollo ihm nicht, dass der Taser auf Betäubung stand!

„So, und jetzt reicht es! Du wirst meine Frau, und ich mache dich unsterblich. Du gehst mit mir in den Olymp für alle Ewigkeit!" Ariadne war nicht gerade begeistert; nun, gerade hatte Dionysos sie getötet, und Theseus war verschwunden, wie ein kleiner Feigling. Das war schon sehr bitter für Ariadne. Doch jetzt hatte sie Manschetten vor Dionysos und wand sich diplomatisch raus. „Ich kann doch nicht in den Olymp. Wenn Eros und Aphrodite mich sehen, dann war es das wohl." Dionysos raufte sich die Haare. „Du bist so stur, das ist nicht zu fassen. Ich diskutiere hier nicht. Das ist Fakt! Wir verändern dich. Deine brünetten Haare machen wir blond, und am Gesicht verändern wir auch was geringfügig. Keiner wird dich erkennen. Das ist doch kein Problem, Apollo, oder?" Mit großen Augen schaute Ariadne Apollo an. „Du bist Apollo, ist ja nett, dass du dich mal um mich kümmerst!" Diese Frau hatte wirklich Feuer, mit zwei großen Göttern fing sie gleichzeitig Streit an; das wurde jetzt auch Ariadne klar, als Apollo sie sehr böse anschaute. „Gut, du hast mir das Leben gerettet. Danke!" Apollo zog die Augenbrauen hoch und atmete tief durch. „Natürlich können wir sie ohne Probleme verändern, aber ..." Dionysos rastete aus. „Kein Aber Ich laufe dieser Frau hinterher wie der letzte Idiot! Es reicht mir jetzt. Ariadne wird meine Frau!" Ariadne verschränkte die Arme vor der Brust, was selbst der Dümmste verstanden hätte. Dionysos fluchte laut und ging aus dem Zimmer. Was Ariadne nicht wusste, war, dass Dionysos die Hochzeit vorbereitete: Blitzhochzeit! Apollo nutzte die Ruhe, um endlich mal mit seiner Tochter zu reden. „Ich habe die ganze Zeit geschaut, was du machst. Dein Leben ist wirklich anstrengend, aber es ist dein Schicksal, und niemand, selbst die Götter können nichts gegen ihr Schicksal tun! Und ich muss dir sagen, Dionysos ist auch dein Schicksal. Du weißt, es war richtig, dein Kind in Sicherheit zu bringen, tief in deinem Herzen. Auch konntest du Dionysos nicht so herausfordern, der macht kurzen Prozess! Werde seine Frau, und komm zu uns, wo du hingehörst. Willst du dich dein ganzes Leben vor deinen Feinden verstecken? Wenn dich jemals Asul in die Hände kriegt, dann weißt du, welche Stunde geschlagen hat, Ariadne. Dionysos ist harmlos dagegen. Du weißt, Dionysos ist tief drinnen ein sehr gutes Wesen, welches das Herz auf dem rechten Fleck hat!" Ariadne kam ins Nachdenken, und die Worte ihres Vaters hatten nach langer Zeit ihr Herz erreicht, seitdem sie ihre Tochter verloren hatte. Ariadne schaute Apollo tief in die Augen. „Du bist wirklich mein Vater, denn nur ein Vater kann so seine Tochter erreichen! Aber gerade hat mich mein Zukünftiger getötet, da bin ich schon eingeschnappt!" Es wurde laut draußen. Das Gefolge von Dionysos traf ein. Musik erklang, und Satyrn und Mänaden betraten das Schlafgemach mit ihren Instrumenten. Die Frauen lachten und zogen Ariadne ein wunderschönes Gewand an. Dann brachten sie sie zum Festmahl. Das rauschendste Fest, das Dionysos je gefeiert hatte, folgte nun, und Ariadne kam nicht aus dem Staunen raus. Der dionysische Kult war sehr wild und zügellos. Die Frauen tanzten zur Musik, bis sie die Besinnung verloren. Die Atmosphäre war so geladen, dass man sie fast anfassen konnte. Hemmungslos hatten die Frauen Sex mit den Satyrn und erlebten eine Ekstase im Rausch des Weines, der Musik und des Sex, dermaßen, dass sie ihre Erlösung fanden in der Zelebration des Dionysos-Kultes. Die Frauen liefen ihren Männern weg, um nur einmal ein Fest mit Dionysos zu feiern und einmal in ihrem Leben frei zu sein. Das nahm in der Welt solches Ausmaß an, dass manche den Kult von Dionysos verbieten wollten, aber keiner konnte Dionysos und sein Gefolge aufhalten, denn die Menschenfrauen töteten für ihren Dionysos, und kein Mann konnte sie stoppen. Sieben Tage dauerte das Fest, und Dionysos zog sich immer wieder mit Ariadne zurück, um mit ihr den wildesten, eroberndsten Sex zu haben, dass keine Frau standhaft geblieben wäre. Dionysos eroberte Ariadne im Sturm der Ekstase und des Rausches, und der Höhepunkt des Festes war ihre Hochzeit. Natürlich war Ariadne nicht imstande, Nein zu sagen, denn egal was passiert war, sie liebte Dionysos abgöttisch, drum willigte sie ein. Der Kuss der Liebe des Ehepaares wurde vollendet durch den Trank der Götter, und Dionysos machte Ariadne unsterblich.

Apollo folgte seinem ersten dionysische und war schwer beeindruckt, doch er wusste, jetzt würde es schwer für Ariadne, denn mit dem Trank der Götter würde sie sich wieder an ihr Leben davor erinnern. Apollo fürchtete ihre Zurückweisung und hatte Angst um seine Tochter, wie sie den Tod ihres ersten Kindes und den Verlust von Appollyon verkraften würde. Aber jetzt war alles in aufregender Bewegung und keine Zeit für irgendetwas. Im Olymp veränderte Apollo geringfügig, aber sehr erfolgreich Ariadnes Gesicht und ihre Haare. Sie war noch schöner, als sie ohnehin schon war, und Apollo war sehr zufrieden. Aber Dionysos kam in einen solchen Rausch, dass selbst eine Göttin kaum Schritt damit halten konnte. Fünf Söhne schenkte er seiner Ariadne, aber leider kein Mädchen, wo Ariadne sich doch so sehr danach sehnte. Sie hatte schwer zu kämpfen mit sich, denn warum verlor sie ihre Töchter? Ihre Tochter von Eros wollte sie nicht aufsuchen, denn der Gedanke daran zerriss sie. Wie sollte sie ihr in die Augen schauen, wo sie ihre Tochter so im Stich gelassen hatte? Er tat zu sehr weh, der Gedanke an ihre Tochter, und oft dachte sie an ihre erste Tochter. Dionysos bekam nichts davon mit, denn er war sehr beschäftigt, aber Ariadne war viel allein und hatte leider genug Zeit zum Nachdenken. Dionysos wuchs zum größten Gott, der das volle Ansehen von allen hatte. Keiner hätte je gewagt sich Ariadne zu nähern, denn die Geschichte von Theseus ging rund. Die Männer machten einen großen Bogen um Ariadne. Die Frauen waren gehalten und sehr eifersüchtig auf sie, denn als freier Mann hatte ihnen der Liebhaber Dionysos besser gefallen. Ariadne vereinsamte sehr, und Dionysos lief zur Höchstform auf. Irgendwann waren ihre Söhne groß und gingen ihren eigenen Weg, und Ariadne wurde noch einsamer. Voll stand sie im Schatten des übermächtigen Dionysos, und selber durfte sie gar nichts. Dionysos duldete nicht, dass sie eine aktive Liebesgöttin im Olymp war, und unterdrückte sie. Kontakte bekam sie nur schwer, und sie machten sie noch einsamer, denn sie konnte sich einfach nicht heimisch fühlen im Olymp. Hier ging alles um Liebesaffären, Intrigen und Macht. Das war gar nicht die Welt von Ariadne. Traurig sah sie aus der Ferne ihrem Bruder Appollyon zu und war tieftraurig, dass er ihretwegen zu den Verdammten gegangen war. Wie gerne hätte sie doch einmal mit ihm gesprochen. Alle hatten ihre Aufgabe und Erfüllung, nur Ariadne war so verloren. Sie zog sich immer mehr zurück mit den Jahrhunderten. Oft recherchierte sie am Computer über alles, was sie interessierte und worüber sie mit keinem reden konnte. Sämtliche Bibliotheken ging sie durch und wurde sehr belesen. Nur konnte sie das mit keinem teilen. Alles interessierte Ariadne, und ihre Wissbegier war nicht zu stoppen, aber das nahm ihr nicht die Einsamkeit aus dem Herzen.

Ein Besuch stellte sich ein, der alles verändern sollte und ein großer Schrecken zugleich war. Ariadne war im Garten und las ein Buch, doch sie wurde aus den Gedanken gerissen. „Entschuldigen Sie, ich suche Dionysos!" Ariadne knallte das Buch hart zu. „Den suchen viele, seine Frau eingeschlossen!" Als sie aufschaute, zog ein Riesenschrecken durch ihre Seele. Der Gast war Eros. Sofort erkannte er sie, denn ihre Augen würde er in tausend Jahren nicht vergessen. Eros durchzogen Myriaden von Blitzen. Da war wohl Wut, aber vor allem das Gefühl von früher. Nie hatte Eros seine kleine Psyche vergessen, denn ihr verdankte er alles. So wütend, wie er damals war, hatte keine Frau ihn jemals wieder tief im Herzen berührt. Durch Psyche war er ein Mann geworden, der er vorher sein wollte, aber nicht sein konnte, da ihn die Vergangenheit immer einholte. Psyche hatte ihn so wunderschön befreit von alldem und ging nach ihr in die Freiheit. Sehr ernst schaute Eros sie an. „Also ich würde es vorziehen, wir lassen jetzt die Spiele. Du bist Psyche; auch wenn sie dich verändert haben, ich würde dich immer wiedererkennen, denn deine Augen vergesse ich nie!" Ängstlich sagte sie ihm: „Bitte verrat es keinem! Bitte, ich tu auch alles, was du willst." Eros lachte. „Ich bin dir nicht mehr böse. Vielleicht ein bisschen. Nun, du hast Dionysos betrogen, und er hat dich gleich getötet, ich habe dich nur verlassen. Also bitte, die Geschichte von Dionysos und Ariadne kennt wirklich jeder, und sie war das erste Gesprächsthema unter den Göttern. Jetzt versteh ich, warum dich Dionysos hier geradezu einsperrt! Sicher ist sicher! Aber wie bist du an Dionysos gekommen?" Ariadne wurde sehr verlegen. „Apollo war nicht der zweite Liebhaber. Dionysos ist unsichtbar in deinen Himmelspalast gekommen am Tag. Als du mich verlassen hast, hat sich Dionysos um mich gekümmert." Eros zuckte zusammen. „Ach, das ist ja interessant! Da habe ich den armen Apollo ganz zu unrecht bestraft!" Ariadnes Augen weiteten sich. „Was hast du denn mit ihm gemacht?" Eros winkte ab. „Ich habe ihn in Liebe zu seiner Zwillingsschwester Artemis fallen lassen. Das war wirklich gemein. Die eigene Schwester lieben!" Ariadne schluckte. „Davon wusste ich gar nichts." Eine Träne trat auf ihr Gesicht, und Eros staunte. „Bedeutet er dir so viel?" Ariadne fand wieder die Fassung und unterdrückte ihr Gefühl für Appollyon. „Apollo ist mein Urvater. Er hat mich und Dionysos geschützt und so ein schweres Schicksal auf sich genommen. Er liebt mich wirklich ein bisschen." Verwundert entwich Eros: „Apollo ist dein Vater? War er nicht gegen die Hochzeit mit Dionysos? Ich meine, Apollo ist für Sitte und Moral genau das Gegenteil von Dionysos. Ich glaube nicht, dass Dionysos sein Wunschkandidat als Schwiegersohn ist ... Moment mal, dann ist Dionysos irgendwie dein Onkel. Das ist schon sehr ..." Eros brach ab, denn Ariadne wurde puterrot. „Apollo hat seine Gründe, warum er sich nicht bei meiner Wahl der Männer einmischt, und das hat einen sehr ernsten Hintergrund. Und Dionysos ist, wie er ist, mehr ist er ein Vater denn ein Onkel!!!" Jetzt lächelte Eros. „Vater? Das musst du mir erklären!" Ariadne war angefressen. „Immer maßregelt er mich, ist extrem dominant und weiß alles besser! Ich bin ein kleines Seelchen, und er ist der Weltmann. Wir passen überhaupt nicht zusammen, aber er ist eben mein Schicksal!" Eros schaute sie amüsiert an. „Ich kenne Dionysos, der muss immer die Nummer eins sein und ist schlechthin der Mann überhaupt!" Ariadne sagte leise: „Ja, aber ich liebe ihn. Meinst du, ich weiß nicht, was er alles hinter meinem Rücken macht? Ich weiß alles. Niemand braucht mir etwas zu erzählen; wenn er heimkommt, weiß ich genau, was war!" Eros wurde jetzt fast rot, denn was Dionysos so alles trieb, war wirklich heftig. „Na ja, untreu sind alle Männer, das kann ich dir sagen. Nimm dir doch einen Liebhaber, dann zahlst du es ihm heim!" Erstaunt sah Ariadne ihn an. Eros lachte jetzt laut: „Alle Frauen hier machen das so, warum du nicht?" Der Grund lag in ihrem gebrochenen Herzen, denn ihre Liebe zu Appollyon konnte sie nicht überwinden. „Kein Mann hat mein Herz berührt, nur Dionysos. Ich kann nicht mit einem Mann ins Bett gehen, den ich nicht liebe! Außerdem, Dionysos bringt mich um, wenn er das rauskriegt!" Das beeindruckte Eros sehr, und er war ganz still. Ariadne standen die Tränen in den Augen. „Ach, ich will doch nur jemandem zum Reden. Ich bin oft sehr einsam, und mir fehlt Gesellschaft, aber hier die Leute sind mir fremd. Ich kann mit niemandem hier reden, und das ist sehr schmerzhaft für mich." Eros war ganz betroffen, denn seinen kleinen Sonnenschein von damals so traurig zu sehen, rührte ihn tief drinnen. „Aber wir reden doch!" Erstaunt sah sie ihn an. „Ja, und so habe ich noch mit keinem gesprochen. Danke!" Eros überlegte. „Was hältst du davon, dass ich dich ab und zu besuche? Du sagst mir Bescheid, wenn Dionysos weg ist, und ich leiste dir Gesellschaft!" Ariadne rang nach Luft. „Wenn Dionysos das rauskriegt, bin ich geliefert!" Eros lachte. „Er kriegt es nicht raus. Ich mach mich unsichtbar. Keiner sieht mich, nur du. Wir wollen ja nicht wieder die Geschichte von Psyche neu beginnen!" Jetzt war Ariadne sehr verlegen. „Sollte ein Scherz sein, mach dir keine Sorgen!"

Natürlich wollte Eros sich ein Stück weit an Dionysos rächen und drehte jetzt den Spieß um, sodass Dionysos der Hintergangene war, aber vor allem sehnte Eros sich nach Ariadne, eine Sehnsucht, die unentwegt wuchs, umso näher er ihr kam. Ariadne war immer noch sehr verletzt durch Eros, und sie traute ihm nicht. Doch sie wusste genau, wo die Grenze war, und glaubte die Lage unter Kontrolle zu haben. Außerdem hatte Eros sie in der Hand, da er ihre Identität als Psyche kannte. Es war eine sehr komplizierte Situation, die sehr brisant war.

Aber selbstverständlich konnte das zu nichts Gutem führen, und so war es nur eine Frage der Zeit, bis alles außer Kontrolle geriet. Beide spielten mit dem Feuer, doch Ariadne fühlte so intensiv das Leben wie schon lange nicht mehr. Und Eros regte es sehr auf, das Spiel; die Augen sprachen Bände, jede zufällige Berührung ... Ariadne zierte sich wie ein kleines Mädchen, und das spornte Eros noch mehr an. Nie hatte einer von beiden aufgehört den anderen zu lieben, und umso weiter dieser Tanz ging, umso unerträglicher wurde er für beide. Aber jetzt hatte Eros kein kleines Mädchen vor sich, sondern eine gereifte Ehefrau, und die zu verführen war sein Ziel. Er wollte Psyche zurückhaben!

Eros beobachtete genau die Aktivitäten von Dionysos, und als dieser nachts weg war, warf Eros alles über Bord und ging zu Ariadne, die in ihrem Bett schlief. Leidenschaftlich küsste er sie wach, und Ariadne traute ihren Augen nicht. Alle Erinnerungen kamen hoch, und Ariadne wollte widerstehen, aber die Berührung von Eros ließ sie erglühen, und sie konnte nicht Nein sagen, denn sie liebte ihn so sehr. Die beiden begannen eine hitzige Affäre, die ihresgleichen erst mal suchen musste. Ariadne ging völlig auf in der Umarmung von Eros und fand endlich ins Leben zurück. So glücklich war sie noch nie gewesen. Kaum konnte sie erwarten ihren Liebhaber in die Arme zu nehmen, und eine göttliche Liebe wurde geboren, die selbst Eros und Psyche übertraf. Aber Eros verfiel so in Liebe zu Ariadne, dass er sie nicht mehr verlassen wollte. Jede Minute ohne sie bedeutete Höllenqualen, und Eros beendete die Qual. Eines Nachts kam er zu ihr und betäubte sie. Als Ariadne aufwachte, war sie im Haus von Eros. Bitterernst erklärte er ihr: „Dionysos kriegt dich nicht mehr, du gehörst mir! Ich halte dich für immer hier fest, und du gehst nie mehr zu Dionysos!!!" Ariadne verschlug es die Sprache, doch Eros ließ sie nicht zum Nachdenken kommen und machte Tag und Nacht Liebe mit ihr, als wäre das Ende nah!

Dionysos rief Apollo, als er Ariadne nicht fand. Apollo war sehr verhalten, denn er wusste, was passiert war. Dionysos war fassungslos. „Wo ist sie? Wenn du es weißt, sage es mir sofort!" Trocken meinte Apollo: „Nun, du solltest deine Frau nicht immer alleine lassen, Dionysos." Dieser wurde sehr ungemütlich. „Jetzt sagst du mir sofort, wo sie ist!" Apollo räusperte sich. „Eros hat sie in sein Haus entführt, schon vor Tagen, du warst ja unterwegs!" Dionysos kippte fast um. „Wie bitte?" Apollo wusste nicht, was er ihm erklären sollte, und sprach es geradeaus heraus: „Die beiden haben seit einiger Zeit eine Affäre, und Eros will sie jetzt für sich!" Dionysos nahm ein Schwert. „Den bring ich um!" Apollo ging dazwischen. „Damals hast du ihn hintergangen, und jetzt hat er dich hintergangen. Ich glaube, ihr seid quitt! Wir wollen lieber diplomatisch die Sache lösen, oder willst du, dass es die ganze Götterwelt mitbekommt?" Beide wurden zur Salzsäule, denn die Stimme des Baumeisters Lido erklang. „Wir geben euch den Code für den Raumwandler, dass ihr direkt in das Haus von Eros kommt. Das, was geschehen wird, wissen wir, drum legen wir dir nah, Dionysos, beherrsch dich, wenn du deine Frau wieder in die Arme nehmen willst! Eros hatte das Recht dazu und hat nichts anderes getan als du. Lass Apollo reden, denn du hältst dich zurück!"

Apollo wurde es ganz übel; wenn die Baumeister sich einmischten, war es sehr gefährlich. Was hatte Eros vor?

Leise betraten Dionysos und Apollo das Haus von Eros. Als sie ins Schlafzimmer kamen, wurde Eros sofort wach und schnellte hoch. Fest hielt er Ariadne in den Armen. „Ich geb sie nicht her! Sie gehört mir. Ich war ihr erster Mann!" Dionysos sah die Gefahr, die von Eros ausging, und ihm wurde jetzt auch schlecht, und Schweigen war hier wirklich angebracht. Eros war an der Grenze zum Wahnsinn. Apollo wusste überhaupt nicht, was er sagen sollte, denn ihm war klar, jedes Wort war da zu viel, aber irgendwas musste er sagen. „Eros beruhig dich. Wir finden eine Lösung, aber bitte lass jetzt Ariadne los." Diese war wie zugeschnürt und bekam kaum noch Luft, so fest drückte Eros sie an sich. Dann machte Dionysos eine unbedachte Bewegung zu Eros hin, und dieser schrie wie ein Tier: „Das ist meine kleine Psyche. Psyche bedeutet Schmetterling, also Seele!" Und er verwandelte Ariadne in einen Schmetterling. „Du kriegst sie nie mehr. Wenn ich sie nicht haben kann, soll sie keiner haben!" Eros zerquetschte den Schmetterling in seinen Händen, und Ariadne war tot. Als Eros die Hand öffnete, weinte er bittere Tränen. „Ich habe dich immer so geliebt. Keine Frau habe ich jemals so geliebt wie dich. Du bist meine Liebe und mein Leben, und ich will jetzt auch sterben, denn ohne dich will ich nicht sein!" Eros hatte einen Gifttrank für sich vorbereitet, aber Apollo zerschmetterte die Flasche. Das Liebeslicht, das alles heilen und zurückbringen konnte. Der Baumeister Lido richtete sich an Eros, und er sprach zu ihm: „Du kannst nicht sterben, denn du bist ein Gott. Ariadne kann sterben, denn sie ist eine Erdenfrau. Da musst du schon zu Asul gehen, der kann dich vielleicht töten. Aber jetzt lassen wir den Blödsinn, und du beruhigst dich wieder. Wenn du sie wirklich so liebst, kannst du mit deiner Liebe den Schmetterling zum Leben erwecken. Zeig uns, wie sehr du sie liebst!" Eros schaute traurig seinen Schmetterling an und streichelte voller Liebe über seine Flügel, die wieder zu schlagen anfingen. „Gut, und jetzt verwandelst du sie zur Frau zurück!" Eros gehorchte Lido, und nach Luft ringend lag Ariadne in seinen Armen. „Bitte verzeih mir, Ariadne!" Mit tausend Küssen überdeckte Eros den nackten Körper und das Gesicht der Frau. Lido fuhr fort: „Gut, und jetzt hören alle mal zu. Eros hat dasselbe Anrecht auf Ariadne wie Dionysos. Darum entscheiden wir, dass Ariadne Eros heiratet. Sie hat ab jetzt zwei Ehemänner." Ariadne sprang vom Bett auf, und Eros und Dionysos verschlug es die Sprache. „Ich will doch keine zwei Ehemänner. Einer ist schon mehr als genug. Beide haben mich bereits getötet. Was soll dabei rauskommen? Das gibt doch Mord und Totschlag! Das mach ich nicht mit!" Lido wurde sehr ernst. „Es ist dein Schicksal. Apollo wird dir helfen! Bevor Eros diese Galaxie betreten hat und Dionysos geboren wurde, stand das schon fest. Genau, wie alles, was noch kommen wird. Ariadne, dein Schicksal mit den Männern war nie leicht und wird nie leicht sein, und das ist deine Bestimmung! Ende der Diskussion!"

Eros zog ins Haus von Dionysos ein, und was folgte, war wirklich Mord und Totschlag, die beiden bekriegten sich bis aufs Fleisch. Ariadne konnte kaum vermitteln, und Apollo war Dauergast im Hause Dionysos. Eros war knallhart und Dionysos zerschmetternd in seiner Dominanz. Doch keiner von beiden kriegte den anderen klein. Zwei ebenbürtige Gegner hatten sich gefunden.

Plötzlich wurde es ruhig zwischen Dionysos und Eros: Sie arrangierten sich und tolerierten einander. Den Grund dafür sollte Ariadne noch erfahren, aber viel, viel später. Diplomatisch einigten sich beide darauf, sich abzuwechseln. Wenn Dionysos weg war, war Eros da, und umgekehrt. Manchmal waren beide da, aber das war eher selten. Nur eines war Ariadne ab da selten: allein! Mit der Zeit gewöhnte sich jeder daran, und einige Jahrhunderte vergingen, in denen manchmal sogar Harmonie herrschte, bisweilen unter allen dreien. Die beiden Männer waren sich einig, und Ariadne agierte nach dem, was sie ihr vorschrieben, aber eines geschah nie, dass alle drei im Bett landeten, was aber auch seinen Grund hatte und Ariadne erfahren sollte.

Kapitel 5

Es war nicht selten, dass Eros und Dionysos sich zurückzogen, und Ariadne hatte sich nie etwas dabei gedacht. Sie meinte, die beiden bräuchten etwas Zeit für sich, und sie kamen dann immer sehr friedlich zurück. Doch das Fest ermüdete Ariadne sehr, und sie langweilte sich. Kaum kannte sie einen hier, und die Saufkumpane von Dionysos waren nicht ihre erste Wahl. Es dauerte so lange, schon Stunden, was machten die nur? So entschloss sich Ariadne sie zu suchen; keiner, auch nicht ihre geheimen Aufpasser bekamen mit, wie Ariadne das Fest verließ.

„Du weißt, wie sehr ich dich liebe." Sanft küsste Dionysos Eros auf die Schulter, als er von hinten in ihn eindrang. Eros nahm fest seine Hände und schlang sie um seine Taille, dann drehte er sich um und gab sein Liebesbekenntnis in einem intensiven Zungenkuss zum Ausdruck. Er schaute Dionysos an: „Müssen wir uns sagen, dass wir uns lieben? Ich denke, du fühlst das mit jeder Berührung von mir!" Ariadne wurde zu Stein. Regungslos stand sie da und sah ihnen zu. Die beiden waren so in ihrem wilden Liebesspiel gefangen, sie merkten gar nicht, dass Ariadne im Zimmer war. Stunden hätte sie da stehen können, sie hätten es nicht mitbekommen, da sie so tief im Rausch der Berührung waren, dass sie nichts außer sich wahrnahmen. Was Ariadne sah, war wahre Männerliebe, und alle Berührungen dieser beiden Männer waren ein Schlag in ihr Gesicht. So hatten sie niemals Liebe mit ihr gemacht, und Ariadne war so tief gekränkt wie noch nie in ihrem Dasein. Alles war nur eine Lüge. Genau wusste sie jetzt, warum die beiden Frieden geschlossen hatten. All die Jahrhunderte zogen an ihr vorbei, in denen beide immer verschwunden waren. All die Ausreden, die Zufälligkeiten. Alles war eine große Lebenslüge und ohne Wert. Was hätte Ariadne dafür gegeben, einmal so berührt zu werden, wie die beiden sich berührten. In solche Ekstase gerieten die beiden wie niemals bei Ariadne. Ihr gesamtes Leben im Olymp war eine Farce; der Schmerz wich, und der Zorn der Ariadne sollte jetzt geboren werden. Laut knallte sie die Tür hinter sich zu, und die beiden waren zu Tode beschämt, als sie ihre Frau sahen; aus der Situation konnte sich keiner rausreden, darum legte Ariadne los: „Ihr seid also schwul! Gut, dass ich das endlich erfahre." Eros versuchte was zu sagen: „Wir sind bisexuell, das ist was anderes." Aber Ariadne legte erst richtig los. „Bisexuell? Das ist doch nur eine Ausrede. Etwa zehn Minuten schaue ich euch jetzt zu. So seid ihr in meinem Bett nie abgegangen, meine Herren! Ihr seid schwul, und das ‚bisexuell' ist doch eine Ausrede. Ihr geht doch nur mit Frauen ins Bett als Alibi für eure Bisexualität, sonst gar nichts. Ihr habt mich die ganze Zeit bloß hintergangen. Eure ganzen Geliebten, deren Namen ich alle kenne, wie ihr noch feststellen werdet. Eure ganzen Affären. Eure Partys und Orgien ... Mir reicht es. Das war es. Ich lasse mich von euch scheiden! Sucht euch eine andere Blöde, die das mitmacht! Ich bin fertig mit euch und werde mich noch an euch rächen, darauf könnt ihr euch verlassen. Ich geh jetzt zu Marduck. Die ganze Zeit betrüg ich euch mit ihm, und ich kann nur sagen, der ist ein richtiger Mann. So wie ich bei ihm stöhne, habt ihr mich nie zum Stöhnen gebracht. Der Orgasmus mit ihm ist phänomenal, da könnt ihr noch was dazulernen, ihr schwulen Tunten!" Dionysos versank vor Scham in sich, und Eros entwich: „Wann war sie mit Marduck zusammen? Sie war fast nie allein!" Besser hätte Ariadne die beiden nicht treffen können, und der Schlag saß bei den zweien tief unter der Gürtellinie. Vor allem für Dionysos war es der Tod, denn stets hat er die Blicke von Marduck gesehen, und er war sein schärfster Konkurrent die ganze Zeit. So als hätte Dionysos es immer geahnt. Dabei hatte Ariadne die beiden einfach angelogen, aber jetzt befand sie sich auf direktem Weg zu Marduck. Mittlerweile waren auch die Götter von Persien auf der Schattenseite des Mondes und nicht weit ab vom Olymp. Zudem war Marduck schon seit einigen Jahren geschieden von seiner Frau Ishtar, die bitteren Krieg gegen ihn führte, da sie zu verletzt war. Marduck residierte in einer großen Festung, und als man ihm meldete, dass Ariadne da war und zu ihm wolle, staunte er nicht schlecht. Doch als Ariadne reinkam, sollte er gar nicht mehr aus dem Staunen rauskommen. Nach Strich und Faden verführte sie Marduck, und das mit dem unstillbaren Hunger der Rache. Er wusste gar nicht, wie ihm geschah, und versuchte Ariadne zu bremsen. „Süße, ich liebe dich auch, und das schon immer. Aber du frisst mich ja fast auf. Sollen wir das Tempo nicht etwas drosseln?" Ariadne richtete sich auf und saß rittlings auf ihm. „Ich habe meine beiden Ehemänner gerade in flagranti im Bett erwischt! Ich will jetzt einen Mann. Ich brauche dich, um nicht an der Erniedrigung zu sterben. Ich will dich beißen, ich will dich streicheln, ich will dich fesseln, ich will dich küssen, ich will dich beherrschen, ich will im Orgasmus in deinen starken Armen zergehen wie eine Welle des Meeres! Also nimmst du mich jetzt als Mann, oder bin ich beim Falschen?" Marduck schluckte und sah die Tränen in ihren Augen. Ganz sacht drehte er sie auf den Rücken und küsste sie, zärtlicher, als je ein Mann sie geküsst hatte. Die ganze Stimmung kippte, und Marduck machte mit seiner Ariadne, was er schon vor tausend Jahren machen wollte – Liebe, die über jede Grenze hinausgeht!

Es war der Skandal, denn immerhin war Marduck im Himmel ihr Vater; keiner sollte die Identität von Psyche kennen, und Apollo wollte im Hintergrund bleiben. Die Götter zerrissen sich das Maul, aber Ariadne war so überglücklich mit Marduck, dass ihr alles egal war, denn so hatte sie noch nie ein Mann geliebt. Aber ihr Herz blutete zu sehr, als dass sie es gegenüber Marduck hätte öffnen können, und sie rächte sich, um endlich wieder zu sich zu kommen. Dionysos und Eros tobten, aber was dann geschah, sprengte jede Dimension. Erst ging Ariadne zu den beiden Hauptgeliebten von Eros. Ohne ein Problem verführte sie die zwei zum dreisamen Liebespiel, und Ariadne war verwundert, wie gut sie die lesbische Liebe beherrschte. Die beiden Damen waren hocherfreut und ganz aufgelöst von dem Liebespiel der Ariadne, und sie lief zur Höchstform auf, als hätte sie schon Dutzende von Geliebten gehabt. Danach sagte sie den beiden: „Das war mein erstes Mal mit einer Frau. Ich bedanke mich bei euch, es war fantastisch. Jetzt tut ihr mir einen Gefallen und erzählt es Eros und Dionysos!" Die beiden Gespielinnen lächelten und setzten es um. Dionysos rastete völlig aus, seine Frau und lesbisch, das war der Todesstoß für ihn. Eros versuchte die Ruhe zu bewahren und sah es als Rache für die beiden, aber was dann kam, sollte er nie verkraften. Ariadne arrangierte ein Treffen mit den drei Hauptgeliebten von Dionysos, und darunter war auch Aphrodite. Ohne ein Problem befriedigte Ariadne alle drei zur gleichen Zeit, und das so, dass die Frauen vor Freude kaum ihr Glück fassen konnten. Ariadne befriedigte die Frauen besser, als Dionysos es jemals hätte tun können. Aber sie unterzeichnete damit ihr Todesurteil, denn Eros zerbrach daran, dass seine Ariadne mit seiner Mutter Sex hatte, und Dionysos hegte Mordgedanken.

Danach ging Ariadne zu Marduck. „Ich weiß, ich habe es übertrieben, aber ich war zu verletzt. Gibst du mir die Hand, und wir beide versuchen es?" Marduck strahlte übers ganze Gesicht. „Bleib bei mir. Ich kümmere mich um dich, und du wirst alles hinter dir lassen, meine Süße!" Fest nahm er sie in die Arme, und Ariadne tat endlich, was sie die ganze Zeit tun wollte, aber nicht konnte. Wie ein Häufchen Elend weinte sie sich aus in den Armen von Marduck!

Als Dionysos den schwarzen Gott Asul um ein Gespräch in seinem Haus bat, war der perplex. Was konnte Dionysos von ihm wollen? Deswegen sagte er über Monitor zu ihm: „Warum kommst du nicht zu mir? Du gehst ein und aus in der Unterwelt. Was soll das?" Dionysos redete sich raus. „Gut, Dionysos, lassen wir den Quatsch. Wir beide sind einander nicht gerade grün, doch wenn es so dringend ist, komm ich. Aber ich bring ein paar Männer mit, denn dir trau ich nicht!" Asul ging zu Appollyon. „Ich möchte, dass du mitkommst. Ich habe drei Männer dabei. Wenn du dabei bist, reicht das. Nicht, dass das eine Falle ist, dem Mistkerl trau ich alles zu." Appollyon ging genauso ungern in den Olymp wie alle Schattenwesen, aber es sollte eine Nacht- und Nebelaktion sein, und keiner würde sie sehen, also kam Appollyon mit.

Als Asul mit seinen Begleitern bei Dionysos war, begriff er, warum dieser ihn zu sich bestellt hatte, denn Eros war auch anwesend, und der würde nie in die Unterwelt gehen. In den Gesichtern von Eros und Dionysos stand der blanke Hass, und Dionysos kam recht schnell auf sein Anliegen. „Ich weiß nicht, ob ihr in der Unterwelt was mitbekommen habt, aber unsere Frau Ariadne hat sich von uns getrennt und sich so an uns gerächt, dass ich Blut sehen will. Könntet ihr meiner Frau einen Besuch abstatten?" Asul schaute ihn verdutzt an. „Was habe ich mit deinen Eheproblemen zu tun? Regel das selbst, du Idiot, was glaubst du eigentlich, wer ich bin?" Appollyon lachte laut. „Das sieht euch ähnlich, wir machen die Drecksarbeit, und ihr steht strahlend da!" Doch was Eros dann sagte, schlug bei Asul ein wie eine Bombe. „Vielleicht interessiert dich, wer Ariadne wirklich ist. Ariadne ist Psyche!" Mehr brauchte Eros nicht zu sagen, und Asul leckte sich die Zähne. „Das ist dann was ganz anderes. Die gesamte Götterwelt und Unterwelt hat mich ausgelacht, weil Psyche mir entwischt ist. Mit ihr habe ich noch eine Rechnung offen!" Schach und matt, Dionysos und Eros waren hocherfreut und unterbreiteten ihren Plan, den sie bereits ausgearbeitet hatten. „Ariadne ist beim Gott Marduck. Der ist ein knallharter Krieger, aber fünf Mann schaffen ihn. Marduck lebt in einem Hochsicherheitstrakt, doch seine Frau Ishtar steht im Krieg mit ihm und hat uns den Code für den Raumwandler gegeben. Also kommt ihr ohne Problem in sein Haus, und keiner wird euch bemerken! Jetzt ist Nacht, und sie schlafen bestimmt. Am besten geht ihr deshalb jetzt zu ihnen. Ihr könnt unseren Raumwandler benutzen, ihr müsst nicht zurück in die Unterwelt. Bestellt den beiden liebe Grüße von uns!"

Ariadne und Marduck schliefen, als die fünf Männer das Schlafzimmer betraten. Appollyon und die anderen drei schnappten sich Marduck, der wie ein wilder Löwe mit ihnen kämpfte, aber gegen die vier keine Chance hatte, sodass sie ihn überwältigten. Asul setzte sich auf das Bett zu Ariadne, die sich vor Angst unter dem Laken zusammenkauerte. Asul deckte sie auf, und Ariadne war nackt vor den ganzen Männern und konnte nichts dagegen tun. Asul war ein sehr gut aussehender, aber eisig kalter Mann, dem keine Gefühlsregung entwich, da er sich absolut unter Kontrolle hatte und immer wusste, was er wollte. Begutachtend schaute er Ariadne an. Dann schlug er die Beine übereinander, als würden sie ein ungezwungenes Gespräch im Salon führen, aber das war Asul – der Mann war unglaublich und nicht umsonst einer der mächtigen schwarzen Götter „Ich soll dir liebe Grüße von Dionysos und Eros bestellen!" Er schnippte einen Faden von seiner dunkelblauen Flanellhose. Jetzt wusste Ariadne, dass ihre letzte Stunde geschlagen hatte, und es war nun wichtig, diesen Mann vor ihr richtig anzugehen, wenn sie das überleben wollte. „Wer seid ihr?", bekam Ariadne ängstlich raus, und Asul lächelte eiskalt, während er sich das blaue elegante Hemd aufknöpfte. „Täubchen, ich bin Asul, und Eros hat mir gesagt, wer du bist. Du schuldest mir noch eine Hochzeitsnacht!" Die Männer von Asul lachten, aber Appollyon war es nicht so wohl, denn etwas an der Frau erinnerte ihn an seine Ariadne, und Vergewaltigung war nicht so sein Bereich. Dann zog Asul sich die Hose aus und legte sich zu Ariadne. Diese war aber einiges gewohnt von Dionysos und Eros und wusste genau, wie man sich wehrt. Doch Ariadne hatte nun Asul vor sich, und kein Mann war wie Asul. Gelassen stand er auf und ging zu den anderen, die Marduck festhielten „Ich bin nicht wie andere Männer, Täubchen. Bei mir parieren die Frauen, ich muss keine Gewalt anwenden, um mit einer Frau Sex zu haben. Du bist bestimmt einiges gewohnt durch deine Männer Dionysos und Eros, denn wir kennen alle ihren Ruf, aber du kennst mich nicht. Du willst nicht? Gut, dann lassen wir es, und ich vergnüge mich mit deinem Freund Marduck." Barsch drückte Asul Marduck runter, während die anderen ihn festhielten, und vergewaltigte ihn vor den Augen von Ariadne. Die Seele von Ariadne erlosch unter diesem Bild des Grauens, das war das Furchtbarste, was Asul ihr antun konnte, und sie brach in sich zusammen. Laut schrie sie: „Hör auf! Ich mach alles, was du willst!" Asul grinste diabolisch. „Na, geht doch!" Zum ersten Mal ging ihr Blick zu den anderen Männern, und da sah Ariadne ihren Bruder Appollyon, der ganz blass war. „Appollyon. Ich bin es. Ariadne, deine Schwester! Bitte hilf mir!" Alles ging so schnell, und Appollyon konnte nicht begreifen, was eigentlich geschah. Ariadne war tot, das konnte nicht seine Schwester sein. Sie log. Irgendwie kannte sie die Geschichte von Ariadne und Appollyon. Die Frau konnte nicht Ariadne sein. Apollo wachte schweißgebadet auf und blickte auf den Monitor von Ariadne. Was er sah, war der größte Albtraum, den es geben konnte. Aber er sah auch seinen Sohn Appollyon. Sofort machte er sich auf den Weg, selbst wenn er wusste, es würde zu spät sein. Apollo stieß einen Schrei der Seele aus. „Appollyon, rette deine Schwester!", und Appollyon hörte den Schrei seines Vaters.

„Wirst du auch ganz lieb sein zu mir?", flüsterte Asul ihr ins Ohr, als er barsch in sie penetrierte. Ariadne rannen nur die Tränen über das Gesicht, und sie schluchzte: „Ja", aber genau das war ihr Fehler. Zärtlich nahm sie Asul in die Arme, und er erlebte eine Liebe in den Armen einer Frau, wie sie ihm nie vorher widerfahren war. Ariadne berührte das Herz von Asul, und das durfte niemand, vor allem keine Frau, und er sagte hart zu ihr: „Du hast Gefühle in mir geweckt wie noch keine Frau! Deswegen musst du sterben!" Appollyon schlug derweil die Männer von Asul nieder. Dieser richtete sich auf und verwandelte sich in die furchtbarste Dämonengestalt. Seine großen Flügel waren besetzt mit rasierklingenscharfen Klauen. Er fletschte seine Fratze, und gelbe spitze Zähne rammten in den Hals von Ariadne. Während er sie in dieser grausamen Gestalt vergewaltigte, zerfetzte Asul ihr den gesamten Körper. Appollyon und Marduck stürzten sich auf Asul und schlugen ihn bewusstlos. Apollo stürmte rein, mit den Wachen von Marduck. Es war der wahrgewordene Horror, der sich jeglicher Beschreibung entzog. Apollo ging zu dem Fleischhaufen seiner Tochter hin, doch da kam jede Hilfe zu spät. Appollyon konnte überhaupt nicht alles verarbeiten; er war völlig aus der Spur und schrie Apollo an: „Tu doch was!" Apollo ging zu seiner Tochter und nahm sie weinend in die Arme. „Sie ist tot, Appollyon, keiner kann jetzt noch etwas tun. Sieh sie dir doch an. Kein Arzt kann so ein Wunder vollbringen, und selbst wenn wir ihren Körper zum Leben erwecken könnten, ihre Seele ist für immer verloren im Schattenreich. Was hier passiert ist, könnte niemand verarbeiten." Aber Appollyon war kein Mann zum Aufgeben; beherzt nahm er seine Schwester in den Arm und machte sich auf den Weg. Apollo sah ihn verwundert an, und Appollyon blickte ihm tief in die Augen. „Kommst du mit, oder willst du hier weiterweinen?" Marduck war voll und ganz mit Asul und seinen Männern beschäftigt, auch mit seinen Leuten, sodass sie nicht bemerkten, wie Apollo, Appollyon und Ariadne durch den Raumwandler gingen.

In Abbadon rief Appollyon seine besten Ärzte zusammen, und alle, auch Apollo, standen vor ihrem Bett. Der Kampf ums nackte Leben begann. Die Wiederbelebungsversuche waren zwecklos, denn die Seele von Ariadne irrte im Dunkeln, und sie konnte nicht zu ihrem Körper zurückkehren. Doch keiner gab auf, und Appollyon rief die Baumeister an. „Ihr müsst was tun. Das kann nicht das Ende von Ariadne sein. Appollyon flehte um ihre Gnade. Plötzlich trat das Liebeslicht auf die Leiche von Ariadne. „Nimm sie in deine Arme, und zeig ihr, wie sehr du sie liebst. Wenn deine Liebe groß genug ist, kann sie zum Licht zurückfinden, aber bis ihr sie wieder körperlich in Ordnung habt, braucht sie Dutzende Operationen, und ihre Seele wirst du nie heilen!" Appollyon war alles egal. Ohne weiterzudenken, nahm er Ariadne in seine Arme, und die schönste Liebe, die es im Dunkeln geben konnte, durchströmte Ariadne. In der Ferne sah sie das Licht und ihren über alles geliebten Bruder. Einmal wollte sie noch in seinen Armen liegen, bevor sie starb! Apollo konnte es nicht glauben. „Sie atmet." Aber dann hörte sie wieder auf zu atmen. Appollyon jedoch ließ sie nicht gehen. Immer rief er nach ihr, und alle Liebe floss aus seiner Seele zu Ariadne. Tagelang kämpfte Appollyon um sie, und es war der härteste Kampf, den er je geführt hatte. Keine Schlacht glich dem, was er erlebte mit seiner Ariadne. Diese war so ergriffen von der Liebe ihres Bruders, dass sie sich entschied, bei ihm zu bleiben, denn sie hatte ihn so vermisst. Monate brauchten die Ärzte, bis

Ariadne in einem stabilen Zustand war. Eine Operation folgte der nächsten, was Ariadne wieder zurückwarf, und Appollyon wich nicht von ihrer Seite, um sie am Leben zu halten. Nach einem halben Jahr konnte Ariadne ihre ersten Schritte aus dem Krankenbett machen, aber sehr wackelig. Apollo nahm Appollyon zur Seite. „Jetzt sind wir mal ehrlich, Appollyon, wie willst du sie wieder in Ordnung bekommen? Der kleinste Schritt ist ein Martyrium für sie. Sie ist vom absolut Bösen getötet worden, und diese Verletzungen schmerzen für ewig. Ihre Seele ist ein wehendes Blatt im Wind. Sag mir, was tun wir eigentlich hier?" Appolloyn schaute ihn unverständlich an. „Wir sind in Abbadon. Jede verfluchte Seele genest hier wieder. Was der Blaue Garten nicht kann, kann Abbadon! Meine Schwester wird leben, und wir werden ihre Seele wider gesund machen, wie ihren Körper. Vielleicht wird sie nie mehr die Alte sein, aber sie ist meine Schwester, und die werde ich immer lieben, wie sie ist. Mit den dunklen Schatten in ihr komm ich klar, das ist kein Problem für mich. Meine Schwester bleibt jetzt in Abbadon, und wir werden ihre Seele und ihren Körper retten. Meine besten Männer werden sich um sie kümmern, und nie lass ich sie aus den Augen. Ich werde sie vor allen beschützen und ewig lieben!" Apollo war es ganz schwindelig, denn was von Appollyon ausging, übertraf alles, was ein Mann empfinden und sagen konnte. „Du willst sie in Abbadon behalten?" Sauer fauchte Appollyon ihn an. „Soll sie zurück zu ihren Ehemännern? Die haben Asul den Auftrag dafür geben und ihm gesagt, dass sie Psyche ist!" Apollo wurde leichenblass. „Wie bitte?" Appollyon hielt seinen Vater an den Schultern fest. „Glaub mir, nur Abbadon kann ihr helfen. Wir beschützen sie vor Asul und ihren Ehemännern!" Apollo setzte sich hin. „Na, ich verrat den beiden Göttergatten nichts. Ich werde sagen, dass Ariadne tot ist. Dann bist du das Problem schon mal los! Diese Mistkerle, ich hoffe, die kriegen noch ihre Strafe!!!" Lidos Stimme erklang. „Dionysos und Eros kriegen noch ihre Strafe, aber auf ganz besondere Weise. Ariadne bleibt bei Appollyon in Abbadon. Vor Asul hast du erst mal Ruhe, er glaubt, dass Ariadne tot ist, aber der wird kommen. Wir legen das Gottesgeschöpf Ariadne in deine Hände, Appollyon. Gib gut acht auf sie. Was sie jetzt braucht, ist viel Liebe, nur so kannst du sie heilen!"

In der Zwischenzeit war einiges passiert. Marduck wurde zum absoluten Kriegsgott, der er war. Asul und seine Männer hielt er fest und rächte sich für alles, was sie ihm und Ariadne angetan hatten. Als die Armeen der Finsternis ihren schwarzen Gott befreien wollten, griffen die großen Baumeister ein, denn ein Krieg im Himmel war wirklich übertrieben. So brachten sie Marduck wieder zur Vernunft, und er ließ den schwarzen Gott und seine Leute ziehen.

Als Dionysos bei ihm auftauchte, fuhr Marduck völlig aus der Haut. „Du hast Ariadne getötet, du Scheißkerl!" Er ging mit einem Schwert auf Dionysos los, und alle fuhren dazwischen, aber Dionysos bekam kräftig was ab! Eros war in Lethargie verfallen und zog sich allein zurück, denn er bedauerte zutiefst, was sie getan hatten, doch es war zu spät, noch etwas zu tun. Dionysos war verzweifelt und suchte überall Apollo, fand ihn aber nicht. Das machte ihn stutzig, und er vermutete, dass es etwas mit Ariadne zu tun hatte. Dionysos war als Einziger der Überzeugung, dass Ariadne noch lebte, aber wo war sie? Als nach Monaten Apollo wieder auftauchte, stürzte Dionysos sich auf ihn. „Wo warst du?" Apollo wollte kein Gespräch. „Was willst du von mir? Du hast mit Eros Ariadne auf den Gewissen. Ariadne ist brutal abgeschlachtet worden von Asul. Es war das Furchtbarste, was ich je gesehen habe! Sprich nie mehr mit mir. Ihr seid auch tot für mich!" Dionysos schoss alles Blut in den Kopf. „Du hast es gesehen?" Apollo blieb stehen und sah Dionysos traurig an. „Das Ende habe ich gesehen. Ich kam zu spät, und Ariadne war völlig zerfetzt von Asul. Keiner hätte da was tun können, nicht mal die Baumeister!" Schockiert hielt er Apollo fest. „Nein, das glaub ich nicht! Ariadne ist nicht tot, ich weiß es!" Wie sehr bereute Dionysos sein Handeln, aber es war zu spät dafür.

Doch Dionysos wollte wie Appollyon nicht seine Ariadne tot glauben und suchte Jahrhunderte überall nach seiner Frau!

In der Abwesenheit von Appollyon hatte sein Sohn Appollon regiert. Appollon war ein Kind von einer Menschenfrau, mit der Appollyon viele Jahre zusammen war. Als seine Mutter starb, nahm Appollyon seinen Sohn zu sich. Appollon war mehr als begeistert von Abbadon und trat ein in den Kreis der Unsterblichen. Mit der Zeit machte er sich verdient und wurde die rechte Hand seines Vaters, der seinem Sohn alle Ehren zukommen ließ und ihn einweihte in den Kreis der Dämonen, die ihn voll und ganz akzeptierten, denn Appollon war ein brillanter Kopf und Krieger und schuf sich seinen Platz in der Unterwelt.

Kapitel 6

Nach einem Jahr konnte Appollyon seine Schwester von der Krankenstation abholen. Fest musste er sie stützen, dass sie gehen konnte, aber Ariadne musste wieder ins normale Leben zurück, denn ihre Seele war so krank, dass Appollyon bei ihrem Anblick im Stillen weinte, aber natürlich ließ er sich nichts anmerken.

Als er wieder die Herrschaft übernahm, ließ er die wichtigsten Personen zu sich kommen, während Ariadne im Bett schlief, denn den ganzen Tag konnte sie nur schlafen, als wolle sie nicht mehr in dieser Welt sein. Seinen Sohn ließ er kommen, die vier Himmelsdämonen Asmodei, Pazuzu, Ariell und Pakker. Im Nebenzimmer schlief Ariadne, denn Appollyon ließ sie nicht aus den Augen, selbst bei dem Gespräch schaute er ständig auf den Monitor, wo eine Kamera alles in Ariadnes Zimmer aufzeichnete. Appollyon sah man die Anstrengung des letzten Jahres an, aber ganz der Alte ließ er die Puppen tanzen. „Also, es ist ernst. Ich habe mir Asul zum Feind gemacht! Wer Angst vor Asul hat oder lieber bei ihm sein will, soll es jetzt sagen und zu ihm gehen. Das gilt für alle in Abbadon. Keinen Anhänger von Asul will ich hier noch haben, das könnt ihr allen sagen! Wie ist es mit euch? Steht ihr zu mir, oder wollt ihr zu Asul?" Die Herren waren vollkommen verwundert und überrumpelt von Appollyons Zackigkeit! Als Erster sagte Appollon: „Was ist das denn für eine Frage? Ich steh ganz hinter dir. Asul schaffen wir!" Als Nächstes zeigte Ariell seine Empörung über die Frage. „Also so ein Blödsinn, so was zu fragen. Ich bin hier und bleib hier. Ich ziehe ins Feld gegen Asul, das ist doch keine Frage! Und jeder, der meint zu Asul sich zu stellen, hier in Abbadon, schmeiß ich eigenhändig raus! Du bist unser Herrscher, und Asul ist mir doch egal!" Asmodei und Pazuzu mussten lachen, leider zu laut, denn Ariadne wurde wach. Ängstlich rief sie nach Appolyon, der sofort zu ihr eilte. Die Jungs schauten sich baff an und folgten einfach ihm. Weinend lag Ariadne in den Armen von Appollyon, und es war so ein herzergreifendes Bild, dass den Männern der Atem stockte. Appollyon bemerkte sie. „Also unser Gespräch wird schwierig, deswegen war ich das letzte Jahr verschwunden. Ich kann sie nicht alleine lassen. Wie ist es mit euch beiden, Pazuzu und Asmodei?" Die zwei hatten ganz geweitete Augen, denn dieses Bild war herzzerreißend. Pazuzu schüttelte sich, es ging ihm zu sehr unter die Haut. „Natürlich stehen wir hinter dir. Wir sind Kinder Abbadons und tun alles für unseren Gott Appollyon. Oder Asmodei?!" Asmodei war wie hypnotisiert, denn das verängstigte Wesen in Appollyons Armen berührte ihn so sehr wie nichts vorher. „Natürlich stehen wir zu dir. Aber kannst du uns endlich mal sagen, um was es hier geht?" Appollyon legte Ariadne ins Bett und blieb bei ihr sitzen, während er beruhigend ihre Hand hielt. „Ich brauche eure Frau Lilith." Asmodei und Pazuzu schauten sich an. „Wir können sie sofort rufen, wenn du willst. Wofür brauchst du sie?" Mittlerweile hatten Pazuzu und Asmodei ihre Lilith geheiratet, und sie führten zu dritt eine Ehe. Appollyon schaute seine verängstigte Ariadne an. „Ich brauche Lilith für meine kleine Schwester!" Das haute alle Männer im Raum um. „Ich habe Ariadne wiedergefunden. Asul hat sie vor meinen Augen getötet, und seid einem Jahr kämpfe ich um ihr Leben. Aber ich brauche Hilfe. Lilith soll sich um sie kümmern, und ihr fünf sollt auf sie aufpassen, wenn ich mal nicht da bin. Asul glaubt, sie ist tot, aber er wird kommen, da bin ich mir sicher, die großen Baumeister, haben es mir gesagt!" Pakker war der älteste der Dämonen und kannte die Geschichte von Appollyon und Ariadne. „Redest du hier von deiner Schwester Ariadne?" Zärtlich streichelte er über ihr Haar. „Ja, das ist meine kleine Schwester Ariadne. Sie ist als Mensch wiedergeboren worden, und die Götter haben sie zu sich genommen, um sie dann zu töten. Die Baumeister haben mir meine kleine Schwester in die Hände gelegt, und nun ist es an mir, für sie zu sorgen!" Lilith betrat das Zimmer, auch sie kannte die Geschichte aus alten Zeiten; Appolyon selbst hatte sie ihr erzählt, denn Lilith war ein sehr altes Wesen. „Lilith, komm zu uns! Das ist meine Schwester Ariadne. Ich habe sie wiedergefunden, aber es geht ihr sehr schlecht, würdest du dich um sie kümmern?" Lilith konnte kaum ihren Augen und Ohren trauen. Als Einzige im Raum näherte sie sich den beiden und setzte sich auf die andere Seite des Bettes. Unter der Decke lugte ein ganz süßes schönes Geschöpf hervor, das Augen wie Sterne hatte, die nun Lilith anschauten, und diese verlor auf Anhieb ihr Herz an das bezaubernde Wesen. Dann versteckte Ariadne sich wieder unter der Decke. Lilith war ganz benommen vom Anblick der süßen Ariadne und lächelte entrückt Appollyon an. „Natürlich kümmere ich mich um sie. Das Mäuschen kriegen wir wieder auf die Beine!" Appollyon atmete tief durch. „Kommt raus, einen Moment kann sie alleine sein." Draußen stauchte er alle zusammen. „Das da drin ist meine Schwester. Jeder hat größten Respekt vor ihr zu haben. Wenn irgendjemand von euch sich danebenbenimmt, kriegt er es höchstpersönlich mit mir zu tun. Sie ist meine kleine Prinzessin, und so behandelt ihr sie!"

Kerzengerade standen alle und begriffen, wie ernst es Appollyon meinte. „Wir dürfen sie nicht aus den Augen lassen. Das Schlafzimmer, wie das Badezimmer, ist komplett mit Spiegeln ausgestattet, damit man sie immer sehen kann. Vor dem Haus steht ein Riesentrupp, aber hier muss immer einer von euch sein. Ich kann nicht ständig fremde Leute hier reinholen. Ariadne schafft das nicht. Sie muss die Personen kennen, damit sie keine Angst hat. Ich will dafür meine besten Männer, denn Ariadne ist das kostbarste Geschöpf für mich, nach meinem Sohn Appollon. Bitte helft ihr, denn sie hat Furchtbares erlebt. Asul hat erst ihren Liebhaber vergewaltigt und dann sie. In seiner furchtbarsten Dämonengestalt hat er sie vergewaltigt und dann in Stücke gerissen. Wir haben ein halbes Jahr um ihr Leben gekämpft, und ein weiteres halbes Jahr brauchte sie, um auf die Beine zu kommen. Versteht ihr, diese kleine Süße hat etwas ganz Schlimmes erlebt und brauch jetzt Freunde, die sich um sie kümmern. Ich muss Abbadon regieren und kann nicht immer bei ihr sein. Aber glaubt mir, ich habe immer ein Auge auf sie, und wenn ihr Scheiße baut, seid ihr dran! Ach, und bevor ich es vergesse, das alles hat sie ihren Götterehemännern zu verdanken: Eros und Dionysos. Also wenn die hier auftauchen: Ihr wisst von gar nichts!" Ariell rutschte raus: „Was? Die Ariadne? Ja, die Geschichten kenne ich. Erst hat Dionysos sie umgebracht, dann Eros, und jetzt haben sie beide umgebracht? Na, Ariadne macht wohl die Männer verrückt!" Appollyon schaute ihn sehr böse an, aber die beiden waren beste Freunde. Ein schüchternes „Entschuldigung" kam von Ariell, aber Appollyon musste jetzt selber grinsen. „Nun, Ariell, Ariadne ist eine Liebesgöttin, nie aktiv im Himmel, aber für die Ehemänner reicht es wohl!" Jetzt lachten beide und nahmen sich versöhnlich in die Arme, das war der alte Appollyon. Die anderen räusperten sich, und Pazuzu schaute Asmodei an. „Na, das kann ja was werden!" Asmodei hielt sich verhalten zurück, denn zu schockierend war ihm die Geschichte mit Asul und Ariadne. Asmodei musste an seine Mutter denken, und sein Herz wurde sehr schwer. Eigentlich wollte er gar nichts sagen, aber dann sah er Appollyon an. „Ich übernehme die erste Wache. Im Morgengrauen soll Pazuzu mich ablösen." Appollyon sagte verwundert. „Du verzichtest auf die Nacht? Also das hätte ich wirklich nicht gedacht!" Aber Appollyon sah die Melancholie in Asmodei und hielt seinen Mund, denn er begriff, dass Asmodei sehr betroffen war von allem. Die Männer in Abbadon machten immer Sprüche und hatten ein sehr lockeres Mundwerk, das war normal, denn sie wollten den Ernst aus der Lage nehmen, aber Asmodei konnte sehr ernst werden und war da ein wenig anders, denn sein Herz hatte zu viel erlebt, und Ariadnes Schicksal traf ihn zu sehr in seiner Seele; Appollyon wusste, von allen würde Asmodei am liebvollsten zu ihr sein und zur gegebenen Zeit würde er auch den Monitor abschalten!

So setzte Asmodei sich an das Monitorpult und hatte ein Auge auf Ariadne. Aber die Nacht war immer das Schwierigste für Ariadne, da hatte sie am meisten Angst. Die Erinnerung an Asul war dann so präsent, als könnte er jeden Moment durch die Tür kommen, so wie in der Nacht bei Marduck. Albträume quälten nachts Ariadne, und die Angst lag über ihr. Die Nacht war das Schlimmste, und Ariadne war immer froh, wenn Tag war, da holte sie den Schlaf nach. Jede Nacht war Appollyon bei ihr gewesen, aber heute Nacht kam er nicht, und Appollyon tat das mit voller Absicht. Ariadne wurde immer unruhiger, und die Angst ließ ihr Herz rasen. Im Dunkeln waren so viele Schatten und so viele Geräusche. Jeder kleine Knacks versetzte sie in Panik. Ariadne hörte wieder ein Knacken und schrie voller Angst auf, aufrecht in ihrem Bett sitzend. Asmodei kam reingelaufen. Mit großen Augen schaute sie ihn an, hinter ihm trat das Licht mit ein, und die Angst war wieder auf einem erträglichen Pegel. „Ich soll auf dich aufpassen. Ich bin Asmodei." Ariadne schaute ihn prüfend an. „Wo ist Appollyon? Sonst sitz er immer bei mir und hält meine Hand. Ist er böse mit mir?" Asmodei setzte sich auf ihr Bett und schaute ihr in die Augen, dass es Ariadne ganz schwummerig wurde, denn in so schöne Augen hatte sie noch nie geblickt. Die langen schwarzen Wimpern, die dunklen tiefgründigen Augen. Ariadne rang nach Luft, denn ihre Seele hatte eine Regung durchzogen, die sie überforderte. Seid sehr Langem hatte sie nichts mehr gefühlt, aber Asmodei rührte sehr an ihrem Herzen, da war etwas an ihm, was sehr traurig, aber auch aufregend war. „Appollyon ist doch nicht böse auf dich. Aber er hat Abbadon zu regieren und seine Aufgaben als schwarzer Gott. Er hat uns gebeten, auf dich zu achten und dir Gesellschaft zu leisten. Du brauchst keine Angst zu haben, es ist immer jemand da. Siehst du die Spiegel? Wir sitzen dahinter und schauen die ganze Zeit nach dir. Wir wechseln uns ab. Am Morgen kommt Pazuzu, der wird dann wachen. Du bist niemals allein!" Als Asmodei mit ihr sprach, wurde Ariadne ganz ruhig, wie schon lange nicht mehr. Appollyon hatte auch diese Wirkung auf sie, aber von Asmodei ging eine wunderschöne Wärme aus, sodass Ariadne sich entspannte. „Die Nacht ist das Schlimmste, da ist damals Asul gekommen. Ich habe geschlafen ..." Sie brach ab und wechselte das Thema. „Es ist so dunkel im Schlafzimmer. Ich habe Angst im Dunkeln!" Asmodei zuckte die Schultern. „Das ist doch kein Problem, ich mach einen Bodenfluter an, dann ist es schön hell im Raum!" So gelassen und bedächtig war

Asmodei, dass das Herz von Ariadne ganz zur Ruhe kam. „Kann ich noch etwas für dich tun?" Ariadne schaute ihn dankbar an. „Lass die Tür auf, ich will sehen, wenn er kommt!" Da schluckte Asmodei hart; Himmel, ging Ariadne ihm unter die Haut! Betroffen sah er sie an. „Wir lassen die Tür auf. Was hältst du davon, wenn ich bei dir bleibe, damit du nicht solche Angst hast?" Das erste Lächeln seit einem Jahr kam über die Lippen von Ariadne. „Würdest du das tun? Ja, das wäre schön. Vielleicht kann ich dann etwas schlafen!" Asmodei wollte sich einen Stuhl nehmen, aber Ariadne sah ihn ganz traurig an „Bleib doch bei mir auf dem Bett. Appollyon setzt sich immer zu mir aufs Bett und hält meine Hand, bis ich schlafe. Das beruhigt mich sehr!" Jetzt wurde es Asmodei etwas mulmig, denn Händchen haltend mit Ariadne die Nacht verbringen, sprengte eine Region in seinem Kopf, und der große Bruder schaute zu! Dann sah Asmodei in das flehende Gesicht von Ariadne, und er gab sich geschlagen. So setzte Asmodei sich zu ihr. Lange saß er da, und ihr Atem wurde ruhiger, sodass er dachte, sie schlafe. Eigentlich wollte er aufstehen. Als hätte Ariadne es gespürt, nahm sie fest seine Hand. „Bitte lass mich nicht allein! Ich kann nicht schlafen. Ich habe zu viel Angst. Bitte bleib!" Die Berührung von Ariadne und ihre Worte durchdrangen jede Faser seines Körpers, und Asmodei hielt die ganze Nacht ihre Hand; auch während sie sanft einschlief, ließ er dieses süße Geschöpf nicht los. Als Ariadne morgens wach wurde in der frühen Stunde, drehte sie sich zu Asmodei, der ganz in sich gegangen war. Voller Liebe und Dankbarkeit lächelte sie ihn an. „Asmodei, deine Seele ist so schön wie deine Augen. So eine friedvolle Nacht habe ich noch nie in meinem Dasein gehabt. Kannst du immer nachts da sein, bis es mir besser geht?" Der wilde Asmodei, der jede Nacht zum Tage machte, schmolz dahin und konnte nicht Nein sagen zu dieser atemberaubenden Frau. Das erste Lächeln kam von Asmodei. „Ja, ich bleibe nachts bei dir. Ich rede mit Appollyon!" Pazuzu kam rein und schaute ihn fragend an. Asmodei drehte sich zu Ariadne. „Meine Wachablösung. Das ist Pazuzu." Ariadne schaute ihn kurz an, dann nahm sie noch einmal die Hand von Asmodei.

„Jetzt kann ich schlafen, es braucht keiner bei mir zu sein. Wir sehen uns heute Nacht wieder? Versprochen?" Ein junges Lächeln stand auf seinem Gesicht. „Versprochen. Bis nachher. Schlaf schön!" Als Asmodei mit Pazuzu draußen war, legte Pazuzu los, aber Asmodei bremste ihn aus. „Sie hatte große Angst, ich habe das getan, was Appollyon immer tut. Ist alles in Ordnung, beruhig dich. Wenn er was dagegen hätte, wäre er eingeschritten!" Pazuzu leuchtete das ein. Nun musste er lachen. Dann erzählte er ihm die Geschichte von Appollyon und Ariadne, denn Lilith hatte ihm alles erzählt. Da war Asmodei doch sehr verunsichert, ob er richtig gehandelt hatte, aber wie bestellt kam Appollyon herein. Der hatte die Diskussion über Monitor mitbekommen und natürlich das andere auch. Aber Appollyon ging über alles hinweg. „So, du willst also jetzt jede Nacht bei Ariadne sein?" Asmodei war sehr verunsichert, blieb aber seiner Linie treu. „Jemand muss sie ja beruhigen. Die Nacht ist wirklich furchtbar für sie!" Appollyon grinste. „Wie aufopfernd!" Mit einem Blick, der alles sagte. Asmodei war ganz verlegen, aber Appollyon blieb am Ball. „Gut. Kein Problem. Du hast eine große Wirkung auf sie, wie auf alle Frauen!" Asmodei wurde jetzt sauer „Was soll das heißen?" Doch Appollyon beendete nun das Spiel „Wenn du ihr das Herz brichst, breche ich dir alle Knochen!" Das saß, und Asmodei wurde ganz still. „Dann zieh mich eben ab, wenn du so schlecht über mich denkst!" Appollyon wurde jetzt ernst und redete geradeaus. „Nein, du tust ihr sehr gut, aber sie ist meine Schwester. Ich will nur, dass du begreifst, mit ihr treibst du kein Spiel. Ich will, dass du nachts bei ihr bist, aber kenne deine Grenzen. Sie verführst du nicht und haust dann ab, wie du es immer tust. Ich kenn dich lang genug!" Natürlich hatte Appollyon ihn durchschaut, wie Appollyon alle durchschaute, dafür war er bekannt, aber es verletzte auch Asmodei, denn die Gefühle, die er für Ariadne hatte, waren sehr aufrichtig und tief. Ehrlich antwortete Asmodei: „Meinst du, Appollyon, ich habe jemals mit einer Frau die ganze Nacht Händchen gehalten? Was glaubst du eigentlich? Dass ich keine Gefühle habe? Das war die herzergreifendste Nacht, die ich je hatte mit einer Frau. Meinst du, ich würde mit diesem reinen verängstigten Geschöpf wirklich Spiele treiben? Ich bin ein Dämon, aber das heißt nicht, dass nicht auch ich mein Herz an jemanden verlieren kann! Ich will ihr nur helfen. Es wäre eine Lüge, wenn ich sagen würde, sie regt mich als Mann nicht auf, aber vor allem sehe ich ein Wesen in ihr, das Hilfe braucht und die sanfte Berührung einer Hand im Dunkeln. Meine Triebe habe ich da wirklich im Griff, denn dazu ist das alles viel zu ernst!!!" Pazuzu und Appollyon stand der Mund offen, und kein Wort kam über ihre Lippen „Also komm ich heute wieder zum Händchenhalten, großer Boss!" Und er ging. Pazuzu musste sich erst mal setzen, und Appollyon war schwer beeindruckt. Schon immer hatte er gewusst, dass Asmodei ein ganz besonderes Wesen war, aber das alles überstieg auch seinen Horizont. Dann drehte er sich zu Pazuzu. „Was soll man da noch sagen?" Pazuzu rutschte raus: „Der hat sich Hals über Kopf in sie verliebt. So eine Rede hat der noch nie für eine Frau gehalten!", und jetzt musste Pazuzu laut lachen. „Meine Güte, ich kenn ihn jetzt schon so lange, aber so habe ich ihn noch nie erlebt!" Appollyon setzte sich zu ihm. „Du hast ein Auge auf Asmodei! Ariadne hat eine verhängnisvolle Wirkung auf die Männer, und wir wollen doch nicht, dass alles aus dem Ruder gerät!" Jetzt war Pazuzu wirklich überrascht. „Ich soll das richtige Kindermädchen für die beiden sein? Na, da machst du den Bock zum Gärtner!" Appollyon amüsierte sich jetzt über sich selbst. „Ach, so ein Quatsch. Ariadne ist erwachsen und weiß, was sie tut oder nicht tut. Ich glaube, ich muss aufhören eifersüchtig zu sein. Ariadne gehört keinem, nur sich selbst. Ich halte mich im Hintergrund und greife ein, wenn irgendwas aus dem Ruder läuft. Bleib du mal entspannt, ich werde dich nicht überfordern!"

Bei Pazuzu schlief Ariadne die ganze Zeit, und auch Lilith ging wieder, denn Ariadne war nicht aus dem Bett zu bewegen, in das sie sich ganz verkroch. Beide riefen Appollyon, weil sie nicht weiterwussten, der klärte sie aber auf. „Das ist normal bei ihr. Ich dachte, eine Frau könnte sie aus ihrem Zustand holen, aber ich glaube, da gibt es nur eine Person, die ihr helfen kann:

Asmodei. Bleibt nachher, und schaut es euch an. Bei ihm ist sie eine ganz andere. Asmodei beruhigt sie sehr und lässt sie aus sich rauskommen. Ich glaube, deswegen war ich heute Morgen so eifersüchtig, denn ich habe sie all die Monate nicht so erreicht. Ich weiß nicht, was das zwischen den beiden ist, aber irgendwie etwas Besonderes!" So riefen sie Asmodei, denn der Zustand von Ariadne war herzbrechend und kaum anzusehen. Als Asmodei kam, war Lilith bei Ariadne auf dem Bett. Lilith wollte sacht ihr Gesicht streicheln, und Ariadne schrak zusammen „Nie das Gesicht berühren. Als er mich in der Gestalt des Ungeheuers vergewaltigt hat, schnitt er mit seinen Klauen in mein Gesicht und zerfetzte es und dann meinen ganzen Körper. Nicht anfassen, bitte, ich habe dann Todesangst!" Lilith war sehr getroffen. „Komm, steh mal mit mir auf, und geh mit mir ins Badezimmer." Ariadne musste von ihr gestützt werden, denn zu kraftlos war Ariadne. Vor dem Spiegel am Waschbecken sagte Lilith sanft: „Jetzt schau dich an: Man sieht nichts mehr, die Ärzte haben fantastische Arbeit geleistet!" Mit gesenktem Kopf antwortete Ariadne, dass allen das Herz blutete, selbst dem abgebrühten Pazuzu. „Ich schau nie in den Spiegel. In mir ist der Wahnsinn, und ich kann nicht in meine Augen schauen, sie sind beängstigend für mich. Ich will mein Gesicht nicht sehen, denn ich fühle mich so hässlich, wie das Ungeheuer, das mich getötet hat. Fast den ganzen Tag habe ich die Bilder dieser Nacht vor mir, oder es ist absolute Leere in mir. Die Ärzte konnten meinen Körper wieder hinkriegen, aber meine Seele ist voller Löcher, in denen ich nur verloren gehe und mich nicht mehr wiederfinde. Ich bin oft ganz weg und weiß nicht, wo. Also liege ich im Bett und gehe immer mehr verloren. Meine Seele wollte nicht zurückkommen, aber Appollyon hat mich nicht gehen lassen. Ich bin nicht lebensfähig. Es wäre besser gewesen, mich sterben zu lassen, ich werde nie mehr in Ordnung kommen. Jede Bewegung um mich, jede Berührung, jeder Schatten, jedes Geräusch erschreckt mich zu Tode, und ich sterbe tausend Tode am Tag! Ich weiß nicht, was ich hier tue?." Lilith war sehr getroffen. „Aber in der Nacht bei Asmodei war doch alles in Ordnung, er konnte doch sogar deine Hand nehmen und halten!" Ariadne war überrascht, denn darüber hatte sie noch gar nicht nachgedacht. „Ja, stimmt. Ich hatte große Angst, aber als er bei mir war, ging es mir besser. Ich weiß nicht, warum, aber er hat so etwas an sich, was mich sehr beruhigt und berührt. Da ist so was Trauriges in ihm. Wenn ich in seine Augen schau, finde ich mich. Sie sind so schön. Sonst habe ich immer die gelben Augen des Monsters vor mir, aber heute musste ich ab und zu an die Augen von Asmodei denken. Bitte zieh jetzt keine falschen Schlüsse, mein Herz ist kaputt, und ich rede nicht von Liebe. Nein, er ist ein Engel für mich, den die Baumeister zu mir geschickt haben. Wenn er meine Hand nimmt, fühle ich Sachen, die so schön sind. Mein Herz erwärmt er und ist das Licht im Dunkeln!" Asmodei rann eine Träne über die Wange, die er schnell wegwischte, aber Appollyon hatte ihn genau beobachtet. „Jetzt weißt du, warum wir dich gerufen haben. Der gefallene Engel ist zu dem einzigen Licht geworden in der Dunkelheit, das Ariadne erreicht!" Ariell kam rein, denn eigentlich war er nun an der Reihe. Asmodei war völlig durcheinander, fand aber seine Fassung wieder. „Ich kümmere mich um sie. Lasst sein. Ich glaube, sie braucht eine Bezugsperson, und da hat sie sich mich ausgesucht. Helft mir, und leistet uns Gesellschaft. Wenn mal was Dringendes ist, löst mich bitte ab. Ich helfe ihr, aus der Dunkelheit wieder rauszukommen!" Irritiert sah Ariell ihn an, aber Asmodei ging an ihm vorbei zu Ariadne rein. Pazuzu schaute Ariell grinsend an. „Pass auf, wenn er gleich mit ihr redet, wir erklären dir alles!" Als Ariadne Asmodei sah, kam ein leichtes Lächeln auf ihre Lippen. „Du bist aber früh da!" Ariadne bekam einen ihrer vielen Schwächeanfälle und kippte um. Asmodei fing sie auf und brachte sie wieder ins Bett. Ganz ruhig blieb er und ließ sich die Panik nicht anmerken. Im Bett streichelte er sacht über ihr Gesicht und flüsterte ihren Namen. Lilith war vollkommen ergriffen, von dem was sah, genau wie die Männer hinter dem Glas. Ariadne öffnete wieder ihre Augen und ertrank in denen von Asmodei. Das war mehr wie jede Liebe, die sie je empfunden hatte. Wenn sie ihn anschaute, sah sie sich selbst. Das Gefühl, das sie hatte, entzog sich allem, was sie jemals gefühlt hatte. Ihre Seele seufzte vor Schönheit, wenn sie in sein Gesicht schaute, und Tausende von Gefühlen zogen durch ihr Herz. Ihre Seele begann zu leben und zu erblühen bei seiner Nähe. Wie ein kleines Mädchen nahm sie seine Hand und drückte sie an ihre Wange, dann schlief sie ein, eng zu ihm gekuschelt, und das erste Mal hatte sie keine Albträume! Die anderen schauten Asmodei gebannt zu, als er Ariadne wie den kostbarsten Juwel behandelte. Immer war er bei ihr und ging nur ganz selten mal weg. Ariadne konnte Stunden mit ihm verbringen, und die Zeit hatte keinen Begriff. Immer mehr ging Ariadne aus sich raus und lächelte sogar. Und Asmodei wurde so in seinem Herzen berührt wie nie vorher. Noch nie hatte er so viel Zeit mit einer Frau verbracht ohne irgendwelche sexuellen Berührungen. Aber die Sehnsucht in Asmodei stieg in ein unerträgliches Maß, sie nur einmal in seinen Armen halten zu können. Als es Nacht war und er wieder an ihrem Bett saß, konnte Asmodei nicht anders: Er krabbelte unter ihre Bettdecke und nahm sie zärtlich in den Arm. Ariadne war anfangs sehr verunsichert und wusste nicht, was sie fühlen sollte, aber Asmodei hielt sie so lieb in den Armen, dass sie die Angst abstreifen konnte und die Berührung genoss. Wie ein Engel schlief sie fest in seinen Armen. Am Morgen lächelte sie ihn dann immer ganz versonnen an und gab ihm einen Kuss auf die Wange. Aber mit der Zeit wurde es immer enger im Bett, und Ariadne fühlte, wie erregt Asmodei war. Eigentlich hätte ihr das Angst machen sollen, aber merkwürdigerweise regte es sie mit der Zeit immer mehr auf. Bis sie sich eines Nachts mit dem Gesicht zu ihm drehte. Eigentlich wollte sie etwas sagen, aber Asmodei küsste sie, dass es ihr die Sprache verschlug. Die zärtlichsten Berührungen, die Ariadnes Körper je erfahren hatten, ließen sie dahinschmelzen. Dass ein Mann so behutsam und liebevoll sein könnte, hätte Ariadne nie für möglich gehalten. Was ihr in den Armen von Asmodei widerfuhr, war eine derartig grenzenlose Liebe, die es gar nicht geben konnte. So ließ sie sich nach wochenlangen Nächten der Liebkosung dann von Asmodei verführen, der als Liebhaber in nichts nachstand, was grenzenlose Hingabe und Liebe anbelangte – wie all die Zeit davor. Seine wilden Triebe hatte Asmodei voll im Griff; was er mit Ariadne tat, war die reine Form nie endender Liebe, und so eine schöne Umarmung hatte noch kein Dämon, Gott, Mensch oder Baumeister gesehen. Eine Liebe wurde zwischen den beiden geboren, wie es sie nie wieder geben sollte, in keiner der Welten. Zwei Zwillingsseelen waren verloren gegangen und hatten sich in der dunklen Nacht wiedergefunden. So zerrissen ihre Seelen auch waren, in den Armen des anderen wurden sie eins, und der Vollmond ging hell auf in beiden Herzen. Die Dämmerung erwachte und tauchte ihr Leben in ein ganz anderes Licht, das gefüllt war von nie endender Liebe in der Unendlichkeit!

Kapitel 7

Ariadne kam wieder auf die Beine. Jeder Tag zeigte Besserung, bis sie sogar mit Appollyon Spaziergänge im Garten machte. Appollyon erzählte Ariadne ihre gesamte Geschichte, seit sich ihre Wege getrennt hatten. Der Garten im Palast von Appollyon erinnerte sie irgendwie an den Blauen Garten, denn er hatte eine ähnliche Wirkung auf sie oder Appollyon. Egal was es war, vielleicht auch Abbadon, Ariadne kehrte Stück für Stück zu sich zurück. Vor allem in den Armen von Asmodei, fand sie wieder einen Weg zu ihrer Seele, die völlig erblühte in der Liebe von Asmodei. Es war zu schön, um wahr zu sein, und der Haken sollte noch kommen!

„Wo ist Asmodei?" Ariell schaute verwundert Ariadne an, denn er wusste gar nichts von der Liebelei zwischen den beiden und sagte ihr deswegen die Wahrheit „Bei Lilith. Er kann doch nicht nur bei dir sein, ab und zu kann er auch mal zu seiner Frau gehen, die sieht ihn sowieso kaum noch!" Ariadnes Herz war sehr verletzt durch all das Erlebte mit ihren Ehemännern und Asul, dass es zu sehr schmerzte, wenn sich die Verletzung jetzt wie taub anfühlte. Das schönste Licht ihres Lebens erlosch, aber keine Tränen oder Herzblut konnte sie zulassen in ihrer zerstörten Seele, und sie ließ sich nichts anmerken, auch wenn sie innerlich starb. „Lilith ist Asmodeis Frau? Das hat mir keiner gesagt!" Wut klang in ihrer Stimme, und Ariell wusste, dass er kräftig ins Fettnäpfchen getreten war, aber er wusste nicht, wie er da raussollte. „Pazuzu und Asmodei sind die beiden Ehemänner von Lilith. Pazuzu ist sein bester Freund. Oder so." Unter dem brennenden Blick von Ariadne wurde Ariell ganz nervös, schnippisch kommentierte sie: „Das ist ja gut zu wissen! Sag mal, wo ist jetzt Pazuzu?" Was diese Frage nun zu bedeuten hatte, begriff Ariell wirklich nicht. „Auf ein Fest, unten in der Halle. Pazuzu liebt es zu feiern. Warum fragst du?" Ariadne sah ihn an, als hätte grade die Katze die Maus gefressen. „Ja, die Männer kenn ich, die gerne feiern!" Ariell ließ keine Landmine aus. „Oh, Asmodei feiert richtig gerne. Wein, Weib und Gesang. Keine Frau kann ihm widerstehen, und nicht umsonst nennt man ihn den Liebesgott der Unterwelt. Lilith lässt ihm alle Freiheiten und Asmodei ebenso. Eine Feier mit ihm ist ein Erlebnis!" Ariadne hatte ihre Schmerzgrenze überschritten und sagte nur giftig: „Ach wirklich, na, das ist wohl ein ganz toller Hecht. Gut, dann ist es offenbar an der Zeit, dass ich mal wieder ausgehe und auch etwas feiere!" Ariell schaute ihr fassungslos nach. „Was tust du?" Doch Ariadne antwortete nicht, und Ariell kam ihr nach, was rote Ohren als Ergebnis hatte, denn sie stand splitternackt vor dem Kleiderschrank. Kalt sah sie ihn an. „Noch nie eine nackte Frau gesehen? Ich zieh mir was anderes an, und dann gehen wir auf die Feier da unten. Du kannst ruhig zuschauen, wenn dir so was gefällt!" Verlegen drehte er sich um und suchte nach den richtigen Worten, aber da fiel ihm nichts ein. Vor allem als Ariadne voll geschminkt und gestylt vor ihm stand. Mulmig war da kein Ausdruck, denn Ariadne würde jeden Mann da unten umhauen. Sollte er jetzt Appollyon zu Hilfe rufen ... Ach, das war alles so dämlich, und als Ariadne sagte: „Komm, gehen wir!", gab sich Ariell geschlagen und sagte sich: Was soll's!

Ariadne betrat das Fest, und die Männerwelt stand kopf. Alle drehten sich zu ihr um und kamen nicht aus dem Staunen raus. Die Liebesgöttin war in Ariadne erwacht, und die Männer konnten und wollten sich ihrer Ausstrahlung nicht entziehen. Abbadon erblickte die wunderschöne Liebesgöttin Ariadne, und ganz Abbadon sollte von ihren Wellen mitgerissen werden. Eine Göttin der Liebe befand sich unter ihnen, und Abbadon sollte erstrahlen, dass tausend Sonnen in ihm wohnten. Doch Ariadne kannte ihr Ziel und ging zu dem völlig geplätteten Pazuzu hin. Dem stand der Mund offen, denn was von der wunderschönen Ariadne ausging, haute jeden hier im Saal um. „Darf ich dir Gesellschaft leisten?" Pazuzu fehlten die Worte, und er drehte sich zu dem Mann um, der neben ihm saß.

„Mach mal Platz für die Dame!" Appollyon war auch da und amüsierte sich köstlich über seine Schwester und die Reaktionen der Herren. Ariell kam zu ihm und erklärte ihm alles.

Appollyon gab Ariell einen Klaps auf den Hinterkopf. „Du Idiot, weißt du nicht, dass Asmodei und Ariadne ein Verhältnis haben? Nun, meine Schwester ist jetzt auf Rache aus. Lassen wir ihr den Spaß und schauen, was passiert. Besser so, als dass sie in Depressionen verfällt!" Pazuzu ging ganz auf in der Anwesenheit von Ariadne. Bis jetzt hatte sie immer nur Augen für Asmodei gehabt, und nun widmete sie sich voll und ganz Pazuzu. Hier war kein Mann, der nicht einen Mord begangen hätte, um nur eine Nacht mit Ariadne zu verbringen, und Pazuzu konnte kaum sein Glück fassen, der Auserwählte zu sein, darum fragte er sie neugierig: „Warum kommst du zu mir? Du kannst jeden hier im Saal haben!" Ariadne gab ihm einen innigen Kuss als Antwort, dass der Saal kopfstand. Überfordert rang Pazuzu nach Luft und Worten. „Also du weißt, was du willst, aber …" Eigentlich wollte er jetzt über Asmodei reden, doch Ariadne war zu schlau, ihn weiter zu Wort kommen zu lassen, und gab ihn einen Zungenkuss, dass es Pazuzu die Hose sprengte. Fest sah sie ihm mit ihren bildschönen Augen an. „Wollen wir nur reden, oder zeigst du mir ein Zimmer, wo es keine Kameras und Spiegel gibt und wir beide allein sind?" Pazuzu war entwaffnet, und ihm war jetzt wirklich nicht mehr nach Reden. Asmodei interessierte ihn nicht mehr und Appollyon auch nicht im Geringsten. Nur noch Ariadne war existent für ihn. Kein Geräusch hörte er mehr, keine Stimmen, keine Gedanken, alles sog Ariadne in sich rein. Liebevoll nahm er ihre Hand. „Komm!" Was Ariadne etwas durcheinanderbrachte, war, wie sehr Pazuzu sie an Dionysos erinnerte, denn die beiden hätten Brüder sein können, so ähnlich waren sie in ihrer Art und in ihrem Verhalten. Aber als Ariadne mit Pazuzu im Bett war, kam sie gar nicht mehr aus dem Staunen raus. Ein völlig anderer Liebhaber war er. So honigsüß war er mit ihr, dass Ariadnes Herz in Liebe erblühte. Was sie nicht wusste, war, dass Pazuzu Asmodei und ihr oft beim Liebemachen zugesehen hatte in der Nacht und genau wusste, was Ariadne wollte. Pazuzu war der umsorgendste, einfühlsamste Liebhaber aller Zeiten, und so hatte Ariadne noch niemals ein Mann in die Arme genommen. Stark und voller Männlichkeit, aber jede Berührung erfüllt von wahrer Liebe, die Ariadne so tief im Herzen ergriff, dass sie Pazuzu einfach nur im Arm halten wollte, denn es war zu schön, um ihn loszulassen. Ariadne konnte nicht fassen, dass eine Umarmung eines Mannes so intensiv und überwältigend sein konnte. Als sie nach Stunden der Liebe in seinen Armen einschlief, konnte sie ihr Glück gar nicht fassen. Pazuzu war ein Dämon, und die brauchten kaum Schlaf, so sah er verliebt seine schlafende Ariadne an und wusste, so ein Glück würde er nie mehr in den Armen einer Frau finden. Das war das Schönste, was ihm je passieren konnte, und egal wie Asmodei reagieren würde, seine kleine Ariadne würde er nicht mehr loslassen.

Asmodei kam auf das Fest und wollte nur kurz Hallo sagen, aber Appollyon nahm ihn zur Seite und erklärte ihm behutsam, was passiert war. Am Boden war Asmodei zerstört. Aus tiefstem Herzen liebte er seine Ariadne, und wie er jetzt vor ihr dastand, beschämte sie ihn zutiefst. Appollyon musste leider noch eins nachsetzen: „Ariadne ist mit Pazuzu weggegangen." Asmodei konnte seinen Ohren nicht trauen. „Wie bitte!?" Appollyon zuckte die Schultern. „Irgendwie musste sie sich ja an dir rächen!" Asmodei nahm es mit Fassung und ging zu Ariadnes Wohnbereich. Dort setzte er sich aufs Bett und wartete auf sie, aber er musste sehr lange warten! Erst am Morgen kam sie rein. Völlig verändert war Ariadne. Das süße schutzbedürftige Mädchen war zur vollkommenen Frau geworden, deren Blicke töten konnten, und Asmodei musste schlucken. „Bitte lass es mich doch erklären ..." Aber Ariadne war zu wütend. „Ja, ja, verschweigst mir, dass du verheiratet bist. Wickelst mich um den kleinen Finger, und ich verfall dir mit Haut und Haaren. Man hat mich jetzt aufgeklärt, was für ein Frauenheld du bist! Du hattest bestimmt ein sehr leichtes Spiel mit mir, oder?!" Asmodei war es nicht nach Worten, denn das war sowieso alles sinnlos, war sie doch zu Recht zu aufgebracht. So nahm er sie in die Arme und stürzte aufs Bett mit ihr. Ariadne wusste gar nicht, wie ihr geschah, denn so leidenschaftlich hatte sie Asmodei noch nie in die Arme genommen. Tausende Küsse berührten ihre heiße Haut, und die Hände von Asmodei umschlangen sie, dass keine Gegenwehr möglich war.

Brennend vor Liebe flüsterte er ihr immer und immer wieder ins Ohr: „Ich liebe dich!", dass Ariadne in der wilden Leidenschaft von Asmodei völlig unterging und es wirklich kein einziges Wort mehr brauchte, denn was Asmodei ihr im Liebesakt sagte, war mehr als genug! Ariadne konnte so erschöpft von der Liebesnacht mit Pazuzu und danach mit Asmodei sein, eines wusste sie: Asmodei war die Liebe ihres Daseins, aber sie brauchte Pazuzu, um nicht für immer in Asmodei verloren zu gehen! Zwei Ehemänner waren praktisch, da würde es nie zu eng werden! Pazuzu hatte die beiden die ganze Zeit beobachtet, denn er war Ariadne gefolgt. Natürlich wollte er auf dem Laufenden bleiben. Eines war Pazuzu klar, dass Asmodei Ariadne abgöttisch liebte, denn er kannte lang genug Asmodei, um zu wissen, dass es was sehr Ernstes war zwischen Ariadne und Asmodei. Aber andererseits sah er gar nicht ein, warum Asmodei Ariadne für sich allein haben sollte. Ohne Problem hatten die beiden Männer immer Frauen geteilt, wenn einem eine gefiel, mit der der andere zusammen war, Lilith inbegriffen, die sie sogar zusammen ehelichten. Ariadne gefiel Pazuzu viel zu gut, und sein Herz war betört von ihr. So ein Rausch der Liebe hatte er noch nie in den Armen einer Frau gefühlt. Nur war jetzt die Frage, was das klügste Vorgehen war. Keinesfalls wollte Pazuzu einen Männerkrieg um Ariadne, denn Asmodei war sein Freund, und das sollte so bleiben. Ihn um Erlaubnis zu fragen war zu spät, denn er hatte bereits Asmodei hintergangen. Doch eines war sicher, Pazuzu wollte unbedingt Ariadne haben. Also, wie sollte er jetzt vorgehen? Das Logischste schien ihm: in direkte Handlung übergehen und beide überrumpeln! Pazuzu kontaktierte Appolllyon. „Ich schalte die Kameras aus und mach die Spiegel dunkel, es soll jetzt keiner kommen. Das geht jetzt keinen hier was an!" Appollyon lachte, denn was Pazuzu nicht wusste: Es gab noch eine geheime Kamera im Schlafzimmer, und er würde sowieso alles sehen „Bitte, tu, was du nicht lassen kannst. Ich lass keinen zu euch rein. Ich denke, wenn ihr drei so weit seid, werde ich das Schlafzimmer ändern. Keine Spiegel mehr, und die Kameras entfern ich. Ariadne braucht ihre Intimsphäre!" Pazuzu sah ihn streng an. „Ja, wir auch!" Appollyon setzte noch einen drauf: „Viel Spaß wünsch ich euch!" Pazuzu schaltete ab ohne ein Wort. Dann ging er ins Schlafzimmer. Ariadne schrak auf, doch Pazuzu lächelte sie gewinnend an. „Alles in Ordnung, ich will euch beiden nur Gesellschaft leisten. Wie ich gesehen habe, scheint es, habt ihr euren Streit bereinigt." Setzte sich aufs Bett von Ariadne und gab ihr einen liebevollen Kuss. Verunsichert sah Ariadne Asmodei an, der die Stirn runzelte. Aber Pazuzu fing gerade erst an. Fest nahm er sie in die Arme und hatte mit ihr einen ebenso leidenschaftlichen Sex wie Asmodei mit ihr zuvor. Ariadne wurde so im Sturm genommen, dass sie nicht einen Gedanken fassen konnte. Natürlich kam Eifersucht bei Asmodei auf, aber ihm war klar, lieber Pazuzu als zweiten Liebhaber als einen anderen, und den würde Ariadne sich suchen. Pazuzu war sein Freund und immer absolut fair, wenn Asmodei eine Frau mit ihm geteilt hat. Mit Lilith war es perfekt, und keiner von beiden fühlte sich benachteiligt. Also wurde Asmodei klar, besser ein Freund als Konkurrent denn ein Feind, und die Liebe zu Ariadne würde er dadurch nicht verlieren, denn Pazuzu war ein ganz anderer Typ als er und würde Asmodei voll respektieren. Wie Pazuzu zum Ende kam, drehte Asmodei Ariadne zu sich und hatte so liebevollen Sex mit ihr, dass ihr überforderter Körper in der Liebe wieder zu Atem kam. Pazuzu begriff und wurde ebenso ruhiger im Bett. Ganz sacht ging er beim nächsten Mal seine Ariadne an und ließ noch was übrig für Asmodei. Stunde über Stunde berauschten sich beide an Ariadne, bis sie nicht mehr konnte. Doch die zwei kamen erst richtig in Fahrt, und so beköstigten sie Ariadne und nahmen eine lange ausgiebige Dusche mit ihr, bei der sie sich liebkosten und Worte der Liebe zuflüsterten. Ohne Zweifel wäre da jede Frau in Stimmung gekommen.

Es war bereits später Abend, und die Herren brachten ihre Angebetete wieder ins Bett, unter vielen Berauschungsmitteln und schwüler Musik. „Trink noch ein Glas Wein!" Ariadne konnte gar nicht widersprechen, denn die beiden arbeiteten Hand in Hand, und ihr war klar, dass die beiden viel Erfahrung darin hatten, aber es war fantastisch, was interessierte sie das! Dann ließ Pazuzu Ariadne erstarren. „Was hältst du davon, wenn wir beide zur gleichen Zeit mit dir Liebe machen?" Ariadne konnte keinen klaren Gedanken fassen, „Das geht doch nicht!", war das Einzige, was rauskam. Pazuzu lachte laut. „Wieso geht das nicht?" Verlegen klärte Ariadne die beiden auf: „Das habe ich noch nie getan!" Pazuzu hatte das Wort, und Asmodei lachte sich kaputt dabei. „Du warst mit zwei Männern verheiratet und ihr habt nie Sex zu dritt gehabt? Dionysos, der Gott des Sex, und Eros, Gott der körperlichen Liebe, und ihr habt nie etwas zu dritt gemacht?" Jetzt wurde Ariadne sehr nüchtern. „Abenteuer haben die beiden woanders gesucht! Ich war das kleine Heimchen, das auf die Herren wartete und brav zu sein hatte. Meint ihr, ich habe je so was mit denen gemacht, was wir hier gemacht haben? Appetit haben sie sich bei mir geholt und den Hunger woanders gestillt, und wie, kann ich euch sagen!!!" Jetzt lachten beide. „Na, schau an. Dann werden wir beide dich jetzt in die Liebe einweihen und dir alles zeigen, was man tun kann, mit einem Mann oder zweien im Bett. Du bist eine Liebesgöttin, es ist wohl an der Zeit, dass du aktiv wirst!" Die beiden Herren waren jetzt sehr angeheizt und kamen erst richtig in Stimmung. Zielgerichtet nahmen sie Ariadne in die Mitte und drangen zur gleichen Zeit in sie ein, dass Ariadne ein Erlebnis hatte, das einer Geburt glich, so heftig war das Eindringen der beiden Männer in sie. Irgendwie hielt sie dieses überwältigende Geschehen durch, aber danach war sie ein wenig fertig, denn das erste Mal war doch etwas überfordernd. Die beiden streichelten sie sanft, und Asmodei flüsterte ihr zu: „Wenn das ein bisschen zu viel für dich ist, kannst du einen von uns oral befriedigen, und nur einer dringt in dich ein!" Ariadne ging unverblümt zur Tat über und tat, was sie noch nie getan hatte, sie küsste ihrem Asmodei so liebevoll das Glied, dass Asmodei ganz schwarz vor Augen wurde, und Pazuzu war auch ganz sittsam und drang so zärtlich in sie ein, wie die Lippen von Ariadne das Glied von Asmodei liebkosten. Ariadne konnte gar nicht genug davon bekommen und wechselte die Herren wieder ab. Bis sie klingend wie eine Glocke lachte und sich auf den Rücken legte. „Jetzt machen wir aber mal 'ne Pause. Ich glaube, noch nie war ich so glücklich gewesen. Das war der schönste Sex, den ich mir je mit zwei Männern erträumt habe!" Die Herren sahen ein, dass jetzt wirklich Pause sein musste, und so kuschelten sie sich warm an ihre Ariadne an und ließen sie schlafen, denn es war bereits Nacht.

Aber am Tag danach ging alles wieder so weiter, und keiner der beiden konnte aufhören, und Ariadne auch nicht mehr. Die beiden führten sie komplett in die Kunst der Liebe mit zwei Männern oder auch mal alleine ein, denn das ließ sich keiner von beiden nehmen! Ein Rausch der Sinne zog über alle drei, der für jeden Einzelnen unbeschreiblich war. In Ariadne hatten beide eine so hingebungsvolle Schülerin, dass die Männer voller Freude all ihre Erfahrung in sie hineingaben und den beiden Flügel wuchsen in der Liebe und von Wollust getrieben. Aber leider gingen die beiden zu weit, denn sie wussten nicht alles über Ariadne.

Wochenlang hatten sich die zwei mit Ariadne in ihrer Wohnung eingeschlossen und gingen nicht mehr raus. Aber die Herren wurden zu gierig. Sie hätten es bei dem belassen sollen, was sie hatten, doch dann meinten die beiden, Ariadne in die bisexuelle Liebe einweihen zu müssen. Pazuzu beugte sich zu Asmodei hinüber und gab ihn einen Zungenkuss, während er über seine Brust streichelte. Ariadne sprang aus dem Bett und sah sie fassungslos an. „Wie, ihr seid schwul?" Der Blick von ihr war zerstörend, und Pazuzu versuchte sich rauszuwitzeln. „Nun, schwul sind wir wirklich nicht, wie du ohne Zweifel feststellen konntest. Wir beide sind bisexuell und schon seit sehr langen zusammen. Das ist doch nichts Schlimmes! Wir vernachlässigen dich doch nicht, du bist der Mittelpunkt!" Die Bilder von Dionysos und Eros kamen alle in Ariadne hoch und die Tränen über den Schmerz jetzt und in der Vergangenheit.

Ariadne zog sich rasch etwas über und verließ den Raum. So rasch, dass die beiden nicht folgen konnten. Ariadne ging in den Garten und holte tief Luft, aber trotzdem war ihr Brustkorb wie zugeschnürt. Völlig orientierungslos durchstreifte sie Abbadons Straßen, die nur zu ihrer Hölle in ihr führten. Nie hatte sie den Betrug von Dionysos und Eros verkraftet, und die alte Wunde brach wieder auf. Asmodei und Pazuzu verletzten sie auch sehr, aber am meisten tat ihr die Erinnerung an Dionysos und Eros weh, und Ariadne ertrank in ihrem Herzblut. Als Ariell sie ansprach, hörte sie ihn gar nicht. Sie sah ihn, war aber völlig weg. Erst im Haus von Ariell kam sie wieder zu sich. „Was ist mit dir? Was ist passiert?" Aber Ariadne antwortete nicht, sondern brach in herzzerreißendes Weinen aus. Erschüttert nahm Ariell sie in die Arme und tröstete sie. Erst nach Stunden beruhigte sich Ariadne. Zum ersten Mal weinte sie all die Tränen und ließ den Kummer heraus, der über die Jahre ihr Herz so zerrissen hatte. Auch wenn sie sich miserabel fühlte, tat es einfach gut. Dann sah sie zum ersten Mal bewusst das erschütterte Gesicht von Ariell. „Darf ich eine Weile bei dir bleiben? Sag keinem, außer Appollyon, wo ich bin. Ich brauch etwas Ruhe!" Ariell lachte verhalten. „Bei mir? Willst du nicht zu Appollyon?" Erschöpft winkte Ariadne ab. „Da finden sie mich, und ich will nicht mit ihnen reden. Ich will mit keinem reden. Ich brauch Ruhe. Das war jetzt zu viel für mich. Ich fühle mich furchtbar!" Ariell wollte nachhaken, aber Ariadne rollte sich zusammen und schlief auf dem Sofa ein. Behutsam brachte Ariell sie in sein Bett und ließ sie in Ruhe. Einem Totenschlaf glich das, und Ariell war sehr besorgt. Zwei Wochen dauerte dieser Zustand von Ariadne.

In der Zwischenzeit hatte Appollyon nach Ariadne gesehen, aber sie war nicht ansprechbar. Sogar Asmodei war da, aber Ariell verleugnet Ariadne und sagte, er wüsste nicht, wo sie sei.

Es war unfassbar, in der Zeit war sogar Dionysos kurz in Abbadon, denn er suchte überall Ariadne, aber Appollyon ließ ihn eiskalt abblitzen. „Du hast sie umbringen lassen. Sie ist tot! Was willst du noch?" Dionysos war am Boden zerstört, und irgendwie packte Asmodei die Neugier, und er kam ins Gespräch mit Dionysos. Die Reue in Dionysos' Worten war klar rauszuhören, und irgendwie tat Asmodei Dionysos ein wenig leid. Asmodei wollte ihm etwas Mut machen und versprach ihm nach Ariadne Ausschau zu halten und in Verbindung mit ihm zu bleiben. Als Dionysos ging, kam er an dem Haus von Ariell vorbei und hatte ein ganz seltsames Gefühl, das er nicht erklären konnte, und

Ariadne kam aus ihrem Trance Zustand heraus. Leise flüsterte sie „Dionysos?" Ariell hatte sie gehört und kam rein. Erstaunt ließ Ariadne vernehmen: „Ist Dionysos hier?" Ariell staunte nicht schlecht. „Ja, er sucht dich überall, aber Appollyon hat ihn abgewimmelt. Er geht gerade, wie Appollyon mir gesagt hat." Ariadne stand auf. „Ich bin sehr hungrig. Lass uns was essen und hoffen, dass alles nur ein Albtraum ist. Hauptsache Asul kommt nicht!" Dazu sagte Ariell nun wirklich nichts, denn das wollte sich keiner ausmalen. Appollyon und Asul lagen im Streit, aber hielten Waffenstillstand. Doch wenn Asul rausbekommen würde, dass Ariadne noch lebte, war wirklich die Frage, was kommen würde!

Ariadne war ganz still die ganze Zeit, dann sah sie Ariell an und erzählte ihm, wie sie Dionysos und Eros im Bett erwischt hatte; abrundend fragte sie Ariell: „Gehst du auch mit Männern ins Bett? Es scheint so, dass das alle machen. Asmodei und Pazuzu tun es auf jeden Fall, wie ich erfahren musste!" Ariell lachte. „Nein, ich gehe nur mit Frauen ins Bett. Asmodei und Pazuzu würden sagen: langweilig! Aber das ist wohl Veranlagungssache! Appollyon geht auch nur mit Frauen ins Bett. Gut, hätten die beiden dir vorher sagen können, ein bisschen blöd. Natürlich sind nicht alle Männer bisexuell, aber ich gebe zu, ich habe es mal ausprobiert, nur es war nichts für mich!" Deprimiert meinte Ariadne: „Ich mach wohl die Männer schwul, habe ich so an mir!", und fing an zu weinen. Ariell nahm sie in den Arm und gab ihr einen ganz sachten Kuss auf die Stirn. „Jetzt ist es aber gut, du machst doch nicht die Männer schwul. Asmodei und Pazuzu sind schon Ewigkeiten bisexuell, da hast du doch nichts mit zu tun!" Das war logisch, und Ariadne beruhigte sich ein wenig. Ariell war ein richtiger Sonnyboy, immer ein Lächeln auf dem Gesicht und sehr gewandt. Stets hatte Ariadne Gefallen an Ariell gefunden, doch nie war sie ihm so nah gewesen. Ariell war so ganz das Gegenteil von Asmodei. Er hatte so so etwas sonnig Strahlendes und sehr Gewinnendes an sich, Asmodei war eher geheimnisvoll verrucht. Die Anwesenheit von Ariell beschwingte irgendwie ihr schweres Herz, denn was sie auch sagte, Ariell fegte es fort mit logischen Folgerungen und einem gewinnenden Lächeln. So viel wie er sie anlächelte, hatte sie noch nie ein Mann angelächelt, und irgendwie wurde Ariadne verlegen, denn da war ein ganz schönes Flirten dabei, und sie wusste nicht, wie sie damit umgehen sollte. Auf jeden Fall dachte sie nicht mehr an ihre Ehemänner oder Liebhaber, das hatte Ariell schon erreicht!

„Komm, lass uns tanzen!" Ariadne war perplex, aber Ariell machte es so elegant und leichtfüßig, dass sie sich von ihm in die Arme nehmen ließ, während Appollyon einen Lachkrampf kriegte und die Kamera ausschaltete. Ariell war ein fantastischer Tänzer, und es wurde ihr ganz warm ums Herz. Spielerisch strich er ihr übers Gesicht und gab ihr einen so reinen Kuss der Liebe, dass Ariadne wie hypnotisiert war. So hatte sie noch keiner geküsst, und ihre Knie wurden ganz weich. Ariadne knickte ein, denn das war ein bisschen zu viel für sie. Leicht nahm Ariell sie auf seine Arme und ließ sie so bedächtig auf sein Bett gleiten, dass nur seine Küsse und streichelnden Hände übertroffen werden konnten von nie endender Sanftheit! Aber das war erst der Anfang, und was Ariadne in den Armen von Ariell erleben sollte, sprengte jede Grenze der reinen, wahrhaftigen Liebe. Nie hatte Ariadne einen so reinen und durch und durch wahrhaftigen Mann in ihren Armen gehalten. Als er in ihr war, erklangen die schönsten Liebeslieder in ihr. Ariell war umwerfend, so einen unbefleckten schönen Sex hatte Ariadne noch nie gehabt, es war so unschuldig jungenhaft belebend und erfrischend wie eine Sommerbrise. Ariell mussten die Frauen nur so nachlaufen, denn er war der Innbegriff von einem Romeo. Der Liebhaber schlechthin, in dessen Armen jede Frau Trost findet und alles vergisst. Ariadne konnte vor Glück gar nicht mehr aufhören zu lächeln, so wunderschön war es mit Ariell, dass die Sonne aufging für sie. In den Armen von Ariell zu sein, war das größte Glück, das Ariadne je widerfahren war. Zum ersten Mal in ihrem Dasein war sie einfach glücklich. Immer hatte Ariadne gedacht, es liege an ihr, dass sie nicht glücklich sein könne mit einem Mann, doch Ariell nahm diese quälende Bürde von ihr und Ariadne zerging im Glück! Ariell war einer dieser Männer, bei dem man für einen heißen Sommer alles finden kann in der Liebe; aber keine Frau, in welcher Welt auch immer, würde je diesen Paradiesvogel fangen und an sich binden. Doch darüber war Ariadne nicht traurig, denn so einen Traummann musste man teilen mit anderen Frauen. Jeder Frau gönnte und wünschte sie das Glück, das sie in seinen Armen fand! So einen Mann musste man teilen, denn nur eine glückliche Frau, das wäre egoistisch!!! So viel Freude und Licht, brachte er ihr die Sonne in ihre Seele, dass sie es kaum fassen konnte. In das Licht der Lichter trat Ariadne ein und lebte eine Liebe mit Ariell, von der sie bis dahin gar nichts gewusst hatte. So eine klare, unverfängliche Liebe hatte sie noch nie in sich gefühlt. Was Ariell in ihr weckte, entzog sich gänzlich ihrem Verstehen, denn so ein absolut wahrhaftiges Gefühl kam ihr entgegen wie niemals zuvor. Alle Männer haben immer ihre Geheimnisse und öffnen sich nie ganz der Frau. Asmodei war dafür das beste Beispiel, ihm öffnete sie alle Tore ihrer Seele, aber er ließ sie nur erahnen, was im Dunkeln lag. Doch Ariell öffnete alle Türen und ließ sie zu sich, ohne ein Zögern oder Bedenken. Solche Schmetterlinge im Bauch hatte Ariadne noch nie fliegen gehabt. Es war atemberaubend, und im Liebesakt konnte sie immer nur seinen Namen flüstern, so ergriff er ihr Herz. Nie hätte Ariadne gedacht, dass es so mit einem Mann sein könnte. Und zum ersten Mal wurde ihr klar, nur die Geliebte zu sein, hatte sehr wohl große Vorzüge. So genoss sie den Rausch der Liebe in vollen Zügen, und das Danach war ihr egal.

Ariadne war stets Ehefrau gewesen und wurde von den Männern beherrscht. Jetzt war es an der Zeit, den Schmetterling Liebe fliegen zu lassen in die Freiheit des Ungebundenseins. Eine Nacht mit Ariell, und Tage war sie noch glücklich, ohne dass er dabei sein musste. Ab und zu ging er, aber das war Ariadne egal, denn sie strahlte vor Glück in seiner Abwesenheit und konnte nicht glauben, dass eine Frau so glücklich sein kann. Doch es war an der Zeit, dass sie mal wieder andere Menschen sah, Monate hatte sie bei Ariell verbracht, und sonst sah sie keinen. Appollyon fehlte ihr, auch wurde es ihr langsam langweilig, wenn sie allein war; nicht immer war es seine Aufgabe, die ihn von ihr abhielt, die ein oder andere Frau war auch dazwischen, das merkte sie sofort.

Aber Ariadne kränkte das nicht, denn so war eben Ariell, doch es war an der Zeit, seinen eigenen Weg zu gehen. Einen besonders liebevollen Brief schrieb sie Ariell, in dem sie ihm all ihre Liebe gestand und sich bedankte für die glücklichste Zeit ihres Lebens. Nur gute Worte fielen ihr ein, und mit einem Lächeln legte sie den Brief auf sein Kopfkissen, das sie vorher noch einmal an sich drückte, um seinen fantastischen Duft noch mal in sich einzusaugen, den sie niemals vergessen würde. Das war das Beste, was Ariadne jemals getan hatte, und sie dankte im Inneren den Baumeistern, dass sie in den Armen von Ariell endlich einmal Glück gefunden und alles vergessen hatte, was ihr so wehtat. Ariadne war jetzt eine ganz andere Frau, denn ihr Herz hatte so geliebt, wie sie sich es immer erträumt hatte. Dass sie so eine klare, reine, wahrhaftige Liebe zu einem Mann binden könnte, war ihr nie in den Sinn gekommen. Das war das Schönste, was einer Frauenseele passieren konnte, und es war ein Gottesgeschenk, dass es noch so einen Romeo wie Ariell gab. Was für eine traurige Welt ohne so eine atemberaubende Männerseele, die liebt und nicht zu stolz ist, es der Frau in der Umarmung der Liebenden zu zeigen!

Als Ariadne das Haus verließ, lächelte sie den ganzen Weg bis zu Appollyon; der freute sich unbändig, dass Ariadne zurück war, und hielt sie ganz lang in den Armen, dass Ariadne noch mehr strahlte. Wie tausend Sonnen leuchtete sie auf, und Appollyon gab ihr einen Kuss auf den Mund. „So, meine Schwester ist mal richtig glücklich! Schön, dass ich das erlebe!"

Kapitel 8

Der gesamte Wohnbereich von Ariadne war in der Zwischenzeit verändert worden. Er glich nicht mehr einer Krankenstation, und auch der Überwachungspulk war weg. Alle Spiegel waren entfernt, und Appollyon hatte ihr ein neues Schlafzimmer eingerichtet, das einer Hexenfalle glich. Überall Schals in rot und schwarz. Wunderschöne nackte Figuren in sehr erotischen Posen. Überall kleine Lampen, die in goldener Farbe schimmerten. Ein riesengroßes rundes Bett hatte er ihr reingestellt, mit über und über Schleiern an der Decke und Satinkissen in allen Größen auf dem Bett. Bequeme Sofas, die für jedes Liebesspiel geeignet waren. Die Bettwäsche aus feinstem Satin in Feuerrot. Mit rotem Gesicht sah sie ihn an. „Du hast die ganze Zeit zugesehen! Auch bei Ariell?" er sah Ariadne fest an. „Ich darf doch wenigstens zuschauen, oder?" Ariadne wurde es ganz seltsam, denn nie hatte sie darüber nachgedacht, dass Appollyon noch Sehnsucht als Mann nach ihr hatte. Und zum ersten Mal wurde Ariadne bewusst, dass sie ebenso noch Sehnsucht als Frau nach ihm hatte. Oje, jetzt wurde es brenzlig. Das Zimmer war zu erotisch, und es regte Ariadne zusätzlich auf. Die Bilder von früher kamen in Ariadne hoch, und die Umarmung von Appollyon war einfach zu schön. Um keinen Mann hatte sie so getrauert wie um ihn. Nie hatte sie ihn vergessen. Aber er war nun einmal ihr Bruder, auch wenn jetzt nicht ihr leiblicher. Appollyon las in ihr wie in einem Buch. Sanft strich er ihr übers Haar und küsste sie dann so, wie er früher ihre Lippen berührt hatte. Die Tränen rannen über ihr Gesicht. Appollyon nahm sie fest in die Arme. Dicht zog er sie an sich. „Lass mich nicht los, bitte halte mich! Ich habe dich so vermisst!" ihm rannen jetzt auch die Tränen über das Gesicht, und er legte sie aufs Bett. „Hier bin ich kein Verdammter wie bei Apollo. Hier darf der Bruder die Schwester lieben, und keiner denkt was Böses, denn es ist erlaubt. Der Bruder darf die

Schwester nicht heiraten, aber er darf Liebe mit ihr machen. Gib du deiner Seele jetzt auch Frieden, und schäme dich nie mehr für das, was zwischen uns ist. Es war immer große, aufrichtige Liebe, und dafür muss man nicht Höllenqualen leiden, nur weil ich dein Bruder bin. Abbadon ist ein Ort der Vergebung, und alle seine Kinder werden so angenommen, wie sie sind. Ich will dich als Liebhaber in meine Arme nehmen und deiner Seele endlich Frieden geben. Es war nichts Unmoralisches oder Schlechtes an dem, was wir getan haben. Und ich werde dich immer von tiefstem Herzen lieben, meine Ariadne. Für dich würde ich alles tun!"

Ariadne verließen die sehnsuchtsvollsten Küsse, die eine Frau verlassen konnten. In absoluter Liebe und vollkommenem Einklang nahm sie ihren Bruder als Liebhaber in die Arme, und ihre Seele atmete auf. Endlich war sie befreit von der Pein, alles immer wegzudrücken und zu verschweigen. Ihr gesamtes Dasein war sie allein mit der Schmach und litt unter Schmerzen, die schlimmer waren als der Tod! Jetzt durfte sie das fühlen, was sie all die Zeit fühlen wollte: die Umarmung ihres heiß geliebten Bruders. Ihre Seele kränkelte nicht mehr unter der Schande ihrer Liebe, und Abbadon machte sie frei von allem Urteil oder aller Verurteilung, denn Abbadon war glücklich, dass es zusammengeführt hatte, was einst der Himmel getrennt hatte, und nie wieder würde Abbadon seine Tochter verlassen, denn Appollyon gehörte zu Ariadne. In die Stadt zog die schönste Liebe ein, die Ariadne und Appollyon miteinander teilten, und jeder wusste, es war etwas Besonderes passiert. Bruder und Schwester hatten wieder zueinandergefunden und standen endlich zu ihrer Liebe. Ganz Abbadon war ergriffen von ihrer Welle der Vergebung und Bestimmung. Es war der Moment, in dem die Welt innehielt und den Liebenden nur das Beste auf ihrem Weg wünschte, denn Abbadon war frei von Moral.

Als die beiden den schönsten Akt der Liebe vollzogen hatten, sahen sie, dass sie nicht allein waren. Asmodei war da und schaute ihnen zu. Appollyon lächelte befreit und sah Asmodei an. „Meine Schwester ist eine freie Frau, wenn sie drei Liebhaber hat, kann sie auch ein vierten haben. Keine Angst, ich werde sie nicht in

Anspruch für mich nehmen, denn sie soll nicht gebunden sein. Ich werde sie mit euch teilen, aber nur unter der Bedingung, dass ihr voller Respekt mit ihr umgeht!" Ariell und Pazuzu betraten den Raum und sahen fassungslos Appollyon an. „Warum seht ihr mich so an, ich begehre sie genauso wie ihr, also nehme ich sie endlich in die Arme und finde meine verloren gegangene Seele wieder. Was meint ihr, wie sehr ich um sie getrauert habe. Der Tod schien mir zu einfach, ich wollte ein Verdammter sein. Aber Ariadne hatte zu sehr mein Herz berührt, dass ich eine Stadt errichtete, in der Verdammte Erlösung finden. Aber Abbadon kann nicht allen Schmerz nehmen, und mein gebrochenes Herz habe ich jetzt gerade geheilt. Ich teile sie doch mit euch, aber ihr benehmt euch! Ich will hier keinen Hahnenkampf. Ariadne gehört keinem, auch nicht mir. Bei Dionysos und Eros war sie nur unter Zwang. Die haben ihren Spaß gehabt, und sie konnte sehen, wo sie bleibt. Jetzt soll meine Ariadne frei sein und die Liebe in vollen Zügen genießen. Meine Schwester hat nur eines verdient, dass sie aufrichtig wahren Herzens geliebt wird, und wer mit ihr Spielchen treibt, kriegt es mit zur tun." Appollyon stand auf und öffnete die Balkontür. Ganz Abbadon war vor seinem Palast. Splitternackt stand er vor seinem Volk, dann breitete er die Arme aus und sprach zu allen: „Eine neue Zeit hat begonnen für Abbadon. Ich habe die Liebe meines Daseins wieder in meine Arme geschlossen, und wenn es nur für diesen Moment war, reicht mir das bis zum Ende aller Zeiten. Mein Herz ist voller Liebe und Zuversicht, dass alles irgendwann Vergebung findet. Ich bin befreit, und die Liebe soll über Abbadon kommen wie über mein Herz. Befreit euch von aller Knechtschaft eurer Seele, und seid so frei wie ein Vogel, denn meine Seele könnte jetzt fliegen. Werdet Teil meines Glückes, und vergesst nie diesen Moment, in dem wahre Liebe ohne Tadel bleibt. Jeder, der wahren wahrhaftigen Herzens liebt, soll sich in die Umarmung von meiner Schwester und mir begeben. Euch allen ist verziehen, und die dunklen Schatten werden verjagt von der nie endenden Liebe unter uns. Ich bin Abbadon, und Abbadon ist ich. Wir sind eins, und jetzt beginnt die Zeit der Liebe!" Ein

Strahlen ging über Abbadon, wie es noch keiner gesehen hatte. Der Himmel war golden, und es regnete kleine rote und blaue Herzen vom Himmel. Alle lachten und fingen sie auf. Ein unbeschwertes Lachen drang durch die Nacht, und alle umarmten sich in Liebe. Appollyon schloss die Tür und sah die Männer an. „Ich weiß, was du und Pazuzu mit Ariadne so alles gemacht habt. Aber ich glaube, das können wir toppen." Appollyon küsste verspielt seine Ariadne, dann sah er die drei an. „Also besiegeln wir es. Wir vier teilen uns das süße Geschöpf und sind ganz lieb mit ihr!" Dann wandte er sich Ariadne zu. „Jetzt machen wir vier Liebe miteinander!" Ariadne war schockiert. „Wie soll ich denn mit vier Männern Sex haben?" Appollyon lachte. „Ich habe alles genau gesehen! Ich weiß, wie gerne du einen Mann oral befriedigst. Jetzt steigern wie das alles ein wenig. Während Pazuzu und Asmodei in dich eindringen, befriedigst du mich und Ariell oral. Ganz einfach. Und ich habe keinen Zweifel, dass du das hinkriegst!" Die Herren waren ebenso sprachlos wie Ariadne, doch Asmodei machte den Anfang, und Pazuzu ließ nicht lange warten. Ariell lachte jetzt; der letzte Zweifel wich von ihm, und er machte ebenso mit. Es war überhaupt nichts Schmutziges oder Verwerfliches an dem, was sie taten, denn alle vier gingen so behutsam und liebevoll mit ihrer Ariadne um, dass diese über sich hinauswuchs und eine allumfassende Liebe in sich freisetzte, die sich allem entzog. Warm und innig nahm sie jeden Mann in ihre Arme und küsste ihn voller Hingabe. Ihre Lippen verließen nur Worte der Liebe und Zärtlichkeit. Jeden Mann überschüttete sie mit ihrer tiefsten Liebe. Eine Berührung war wie tausend Liebeserklärungen. Jedes Wort erklärte den Sinn des Universums, und alle vier traten mit ganz Abbadon in die Aura der Liebe ein, unter einem Gesichtspunkt, der völlig neu und alles überschreitend war. Der Liebe waren keine Grenzen mehr gesetzt, und sie wollte einfach nur gelebt werden. Ganz Abbadon tauchte in seinen wildesten Liebesrausch ein, den es so noch nie gegeben hatte, in keiner Welt. Die vier Männer konnten gar nicht mehr von ihrer Liebesgöttin ablassen und verschlangen sie mit Haut und Haar. Eifersucht konnte gar nicht entstehen, denn sobald Ariadne das spürte, überdeckte sie denjenigen mit ihren Küssen und streichelte alle schlechten Gedanken heraus, dass keiner ihrem Charme widerstehen konnte und die Eifersucht verjagt war. Gerecht teilte sie ihre ganze Liebe und noch mehr unter den Männern auf und vernachlässigte keinen, denn dazu liebte sie viel zu sehr alle vier. Eine Harmonie der Liebe wurde gewoben, die alle immer enger an sich zog. Das Kosten der Lippen war der Anfang des nächsten Liebesaktes. Mit einem, mit zwei, mit drei oder allen vier. Jeder bekam, was er wollte. Jeder teilte genug allein das Bett mit ihr, dass die Liebe gefestigt und verinnerlicht werden konnte, auf dass das Bündnis mit den anderen wieder geschlossen werden konnte. Kein Liebesspiel, das nicht dem anderen gefiel und nach mehr rief. Die Küsse waren unendlich und die Berührung des anderen unvergänglich!

Die Tore von Abbadon wurden verschlossen, und niemand kam mehr rein oder raus, denn Abbadon wollte unter sich sein. Ganz Abbadon befand sich im Liebestaumel der Ariadne. Was ihre vier Liebhaber mit ihr machten, strahlte wie die Sonne über die ganze Stadt aus. Abbadon nahm nicht mehr teil am Geschehen draußen, und alles zog an ihm vorbei. Die größte Party war in Abbadon. Überall erklang Musik. Der Alkohol floss in Strömen. Jeder machte Liebe, mit dem er schon immer Liebe machen wollte. Alle feierten den ganzen Tag und die Nacht hindurch. Lachend zogen die Bewohner von Abbadon durch die Straßen, und jeder wurde mitgerissen vom Rausch der Liebe. Es ging nicht einfach um Sex, es ging um alles, was nur zwei Wesen teilen konnten, um einen weiteren Gast in ihrer Liebe einzuladen. Die Party von Abbadon übertraf sogar jedes dionysische Fest, denn keiner musste die Erlösung finden im Kult, Abbadon war die Erlösung. Auch war es kein wildes Festgelage, es war eine ganz feinsinnige und liebevolle Umarmung aller, die die Liebe der Ariadne erfasste. Keine Liebesgöttin hatte je eine ganze Stadt in Aufruhr gebracht, aber was ihre Liebhaber mit ihr machten, war so überwältigend, dass ohne Anfang oder Ende nur die Liebe aus Ariadne rausfloss und Teil von Abbadon wurde. Der Rausch fand kein Ende, und der Freudentaumel war grenzenlos. Aber natürlich fragten sich alle um Abbadon, was dort los war, doch Abbadon hielt die Tore verschlossen, denn das ging die anderen nichts an. Selbst im Himmel sprachen alle über das entfesselte Abbadon. Dionysos kam das alles sehr seltsam vor, und er kontaktierte Asmodei. Lachend kam dieser an den Monitor. „Kannst du mir mal sagen, was bei euch los ist?" Asmodei versuchte sich zusammenzureißen. „Nichts. Wir machen 'ne große Party, das ist alles!" Die nackte Lilith fiel Asmodei um den Hals. „Wie du siehst, bin ich sehr beschäftigt mit meiner Frau. Wir sind einfach gut drauf. Warum die Fragen?" Dionysos roch den Braten, aber was sollte er tun? Rein konnte er nicht bei Abbadon, also wollte er abwarten, bis die sich wieder beruhigt hatten. Doch was noch viel schlimmer war: Asul wurde neugierig, was da wohl los war. Natürlich ließ Appollyon keinen rein, also konnte Asul keinen Spion dort untermischen. So schickte Asul Arziell, den anderen schwarzen Gott, zu ihm. Ihm öffnete eine Wache, da er ihm noch einen Gefallen schuldig war. Arziell konnte überhaupt nicht seinen Augen trauen, was in Abbadon los war. Alle fielen sich in die Arme und luden den anderen ein zum Liebesspiel. Das war ein Freudenfeuer der Liebe, und die Funken sprühten nur so. Irgendwie schaffte Arziell es zum Palast von Appollyon, aber die Bewohner von Abbadon waren außer Rand und Band, und es war ein schwieriges Unternehmen, hier weiterzukommen. In der Festhalle des Palastes war wilde Musik, alles tanzte oder nahm Trank und Essen zu sich an den großen Tafeln. Dann sah Arziell endlich Appollyon, der so glücklich war, dass es keine Worte dafür gab. Auf seinem Schoß das süßeste Geschöpf, das Arziell je gesehen hatte, und dieser brauchte nichts mehr zu fragen, denn er wusste, die Frau war der Grund des Ausnahmezustandes. Mit geweiteten Augen sah Ariadne den Fremden an, der zielgerichtet auf Appollyon und Ariadne zukam. Die Männer um Appollyon wichen sofort zur Seite und machten ihm Platz, denn Arziell war mehr als eine Respektperson, alle fürchteten ihn und waren voller Ehrfurcht vor ihm; Arziell war ein undurchschaubarer harter Bursche, der aber immer ein höfliches Lächeln auf seinen Lippen hatte. Keiner konnte charmanter ein Todesurteil fällen als er. Ariadne wollte auch aufstehen, denn der Fremde machte ihr Angst. Er war anders als die anderen Männer, und sofort spürte Ariadne, dass er ein Wesen wie Asul war. Appollyon war ihr Bruder, deswegen hatte sie keine Angst vor ihm, aber der Fremde schüchterte sie ein, denn es ging etwas von ihm aus, was sie an Asul erinnerte. Doch Arziell überging das und schaute sie freundlich an, sodass Ariadne sich ein wenig entspannte. Appollyon war alles egal, denn er fühlte sich zu großartig, als dass irgendwas das hätte trüben konnte. Leider war Appollyon ein wenig zu abgehoben, und das Gespräch mit Arziell hätte ihn wachrütteln sollen. „Na, ihr habt aber hier eine Party in der Stadt! Ich habe schon viel gesehen, aber das hier sprengt alles. Du hast wohl keine Lust mehr an irgendeiner politischen Sache oder Kriegen oder so was? Willst du jetzt nur noch Party feiern?" Appollyon überlegte. „Mein lieber Arziell, ich habe es mal verdient, so richtig zu feiern. Ihr kommt auch ohne mich klar. Ich habe genug getan und will eine Pause, und keinen geht das was an!" Oh, die Süße auf Appollyons Schoß gefiel Arziell ungemein, und er schaute sie immer wieder verschlingend an. „Nun, du hast Feinde, denk mal daran. Ich bin neutral zu dir und mach meine eigene Sache. Aber andere sind allzu neugierig, was du hier tust. Vielleicht bremst du dich ein bisschen aus und kümmerst dich wieder ein wenig um die Unterwelt, bevor sie es mit dir tut!" Appollyon lachte. „Abbadon ist uneinnehmbar! Hier kommt keiner rein!" Arziell strich über seinen fein geschnittenen Bart. „Es gibt immer Wege. Ich bin auch reingekommen. Appollyon, ich halte mich da raus, aber es gibt andere, denen brennt es unter den Nägeln. Du kannst dich weiter um deine Süße kümmern, doch komm wieder auf den Boden der Tatsachen zurück! Sonst gibt es für dich ein ganz böses Erwachen!" Appollyon wurde jetzt so wütend, dass selbst Ariadne zusammenzuckte. „Ich bin der mächtigste schwarze Gott der Unterwelt. Keiner macht mir Vorschriften, und du auch nicht!!!" Arziell musste schlucken, dann sah er freundschaftlich ihn an. „Ich habe versucht dir zu helfen. Erinnere dich daran, wenn du auf die Schnauze fliegst!" Stand auf und ging. Keiner im Saal hatte was in dem Trubel mitbekommen, denn Appollyon und Arziell waren allein, und die Musik und die Personen waren viel zu laut und beschäftigt miteinander. Nur Ariadne hatte alles mitbekommen und ein sehr schlechtes Gefühl. „Wer war das?" Appollyon strich sich übers Kinn. „Einer der drei schwarzen Götter. Arziell." Ariadne wurde es ganz seltsam. „Jetzt kenn ich alle drei schwarzen Götter. Vielleicht hat er recht, und wir sollten mal einen Gang runterschalten. Was ist, wenn Asul kommt?" er verzog das Gesicht. „Was soll der Blödsinn? Seit der Sache mit dir bin ich zerstritten mit ihm. Der hat hier keinen Zutritt! Hör jetzt auf, die sind doch nur eifersüchtig und gönnen uns nicht den Spaß. Es ist alles in Ordnung. Zerbrich dir nicht den Kopf! Und jetzt hör auf." Ariadne stand auf. „Ich will heute alleine sein. Bitte kommt nicht zu mir. Mir ist nicht nach irgendwas!" Appollyon schaute ihr hinterher, aber respektierte ihren Wunsch, sodass er auch die anderen anwies, sie heute in Ruhe zu lassen. Ein wenig war er gekränkt von ihr, und deswegen traf er die falsche Entscheidung!

Arziell wand sich aus der ganzen Sache raus und ließ Asul im Ungewissen. Aber Asul reichte es, er wollte wissen, was in Abbadon ist. Einer seiner Spione hatte Erfolg gehabt. Wider dem Gebot der Baumeister hatte sich der Spion formgewandelt und so Einlass in Abbadon bekommen. Das war ein Regelverstoß, aber die Baumeister schritten nicht ein, weil alles bereits vorbestimmt war. Unter einen der Männer von Arziell hatte er sich gemischt, und der hatte es nicht bemerkt. Dann berichtete ihm der Spion mit Bildern, was er gesehen hatte. Als Asul das Bild von Ariadne sah, kochte er über vor Wut. „Dieser Mistkerl! Na, die Party werde ich sprengen! Hast du den Code für den Palast rausgekriegt?" Der Spion grinste. „Die waren alle so beschäftigt, es war kein Problem, in die Räumlichkeiten von Appollyon zu kommen. Abseits ist ein Raumwandler, durch den kannst du rein, und keiner wird dich bemerken!" Asul leckte sich die Zähne. „Weißt du, wo die Wohnung der Frau ist?" Der Spion zuckte die Schultern. „Da sind vier Schlafbereiche, der eine von Appollyon und dann noch drei. Wir gehen rein und suchen sie. So schwer wird das schon nicht sein. Die sind doch alle abgelenkt und feiern." Asul rief seine besten Männer und ging durch den Raumwandler mit dem Spion.

Alles tobte um sie herum. Der Festsaal war so laut, dass man ihn bis in die oberen Etagen hörte. „Da, wo es still ist, gehen wir als Erstes hin!", wies Asul seine Leute an. In allen Etagen tanzte der Bär, aber die Männer hielten sich abseits, und keiner bemerkte sie. „Stopp!", sagte Asul. Ein leichtes Lächeln huschte über sein sonst todernstes Gesicht. „Ich spür sie. Hier ist sie!" Die Männer betraten die Wohnung von Ariadne. Neugierig sah Asul sich um, dann ging er mit den Männern ins Schlafzimmer. Sofort wurde Ariadne wach, als die Tür aufging, und ihr gefror das Blut in den Adern. Immer hatte sie gewusst, dass der Tag kommen würde. Asul war bewegungslos, so ging ihm die Begegnung unter die Haut. „Nehmt sie, und betäubt sie!" Jede Gegenwehr war da sinnlos. Die Männer packten sie, und alles war schon geschehen. Rasch brachten sie Ariadne weg und waren so schnell in der Festung der Finsternis, dass keiner auch nur etwas bemerkte. Nur Asmodei hatte ein sehr schlechtes Gefühl und fand keine Ruhe. Gegen die Anweisung von Appollyon ging er später doch zu Ariadne. Fassungslos sah er das leere Bett und lief zu Appollyon, der den Ernst der Lage gar nicht sofort begriff. „Hör auf, Appollyon, irgendwas ist passiert, das weiß ich. Etwas stimmt nicht!" So ließ sich Appollyon von Asmodei nötigen, die Überwachungskameras durchzusehen. Ganz blass wurde Appollyon. „Ich finde sie nirgends!" Dann ging der Gesprächsmonitor an. Und er bekam den Schock seines Daseins: Es war Asul! „Ich glaube, du suchst jemanden." Ariadne zog er auf seinen Schoß, die zu Tode geängstigt war. Asmodei kippte fast um, so schwindelig war ihm. Appollyon wurde es ganz übel. „Ariadne ist in der Festung der Finsternis. Komm und hol sie dir, wenn du kannst! Meine Festung ist genauso uneinnehmbar. Versuch es mal. Ich schätze, eure Party ist vorbei! Jetzt werde ich meinen Spaß haben mit Ariadne!!!"

In absolute Panik verfiel Asmodei. „Was machen wir jetzt? Das ist doch ein Albtraum! Was machen wir jetzt, Appollyon?" Dieser versuchte einen kühlen Kopf zu behalten und hatte dann die Idee. „Arziell!" Asmodei schaute ihn fragend an. „Der ist unsere einzige Hoffnung!" Als Appollyon Arziell an den Monitor rief, war der sehr verwundert. „Du musst mir helfen! Asul hat meine Schwester Ariadne entführt in die Festung der Finsternis. Bitte hilf mir!" Arziell verzog das Gesicht. „Was stellst du dir das vor, ich zieh in den Krieg gegen Asul? Das vergiss mal sofort. Ich bin neutral und halte mich neutral!" Appollyon riss das Ruder zu seinen Gunsten um. „Gut. Akzeptiere ich. Aber hilf Ariadne. Bitte geh in die Festung und beschütze sie. Asul wird sie töten. Bitte rette meine Schwester, und ich werde es dir nie vergessen!" Arziell überlegte. „Warum soll er sie töten?" Appollyon lief die Zeit davon, und ungehalten erklärte er Arziell: „Asul hat sie bereits einmal getötet, deswegen steh ich im Streit mit ihm. Ich habe mit den Ärzten ein Jahr um ihr Leben gekämpft. Bitte Arziell, sie darf nicht sterben!" Nun, der Gedanke gefiel Arziell auch nicht, denn Ariadne hatte ihn schon sehr gerührt im Herzen, auch wenn er das nie zugegeben hätte. „Gut, ich geh zu Asul und tu mein Bestes!" Er schaltete den Monitor ab und konnte es nicht fassen, die Baumeister schritten ein. „Arziell, das ist deine Prüfung. Der Verlauf der Unterwelt liegt in deinen Händen! Wir lieben Ariadne und geben dir unsere über alles geliebte Tochter in deine Hände. Schütze sie vor Asul. Wir werden dich sofort auf direktem Weg zu ihr bringen. Nun ist es an dir, was mit Ariadne wird!" Die Stimme erlosch, und Blitze zogen um ihn. Im nächsten Moment befand er sich bei Asul und Ariadne. Asul sah ihn mit großen Augen an, aber nicht er kam zu Wort, sondern die Baumeister, denen auch Asul untergeben war, erhoben die Stimme: „Regelverstoß! Dein Regelverstoß hat seine Folgen. Arziell bleibt als Vermittler bei euch. Er steht weder auf der Seite von dir noch von Appollyon, aber wir bestimmen ihn zum Beschützer von Ariadne, und keiner kann sich messen mit dir, Asul, außer ein anderer schwarzer Gott. Das Reich von Arziell wird vorübergehend von uns regiert, und wir werden uns nicht in den Krieg von dir und Appollyon einmischen. Aber klare Regel ist, nur alte Waffen: Schwerter, Pfeile, Dolche, Katapulte und so weiter. Es ist ein Kampf der alten Zeiten, Mann gegen Mann. Bei einem Regelverstoß schreiten wir ein, auf beiden Seiten." Das Heer von Appollyon zog mit dem Drachenbanner von Abbadon am Himmel auf. „Die gleichen Anweisungen hat Appollyon schon bekommen. Der Krieg beginnt. Aber wir überlassen dir Ariadne nicht allein, und Arziell ist für Ariadne da. Du hast das zu akzeptieren!" Lautes Schreien erklang, das Heer von Abbadon stürmte gegen die Mauern von Asul. „Der war aber schnell da! Gut, zum Plausch ist keine Zeit, Süße. Um dich kümmere ich mich später. Du hast ja Gesellschaft!"

Alle Männer Abbadons waren in den Krieg gezogen. Da sie von Arziell nichts zu befürchten hatten und Asul eingekreist war, blieben die Frauen und Kinder zurück in Abbadon und hielten die Tore verschlossen. Keiner konnte dort eindringen, und Abbadon war sicher. Es barg ein Risiko in sich, aber Abbadon wollte seine Tochter zurück, und dafür waren alle Männer bereit in den Krieg zu ziehen. Die Männer von Asul verteidigten die Mauern, und ein blutiges Gemetzel begann. Natürlich versuchten Appollyons Männer in die Festung zu kommen, aber es war ein sinnloses Unterfangen. Die Zahl der Verletzten auf beiden Seiten ging ins Unzählbare, und das Blut floss in Strömen. Doch es kam nur zu einem Unentschieden. So wirkungsvoll der Überraschungsangriff war, forderte er zu viele Opfer auf beiden Seiten. Es war ein Blutbad, denn die Männer Abbadons waren entfesselt und zu allem bereit. Doch die Baumeister schritten ein und zwangen beide Seiten zur Pause, damit die Verletzten versorgt werden konnten. Es sollte bei diesem Krieg niemand sterben, es sollte der Verlauf der Unterwelt neu entschieden werden!

Kapitel 9

Asul kam blutüberströmt herein und schaute wild Arziell an. „Das wird eine harte Schlacht. Die Verwundeten werden jetzt versorgt." Arziell erkundigte sich: „Bist du verletzt?" Asul streifte seine Rüstung runter und stand nackt vor ihnen. „Nein, das ist das Blut meiner Männer, heute haben wir uns verteidigt, ich schwör dir, morgen greifen wir an, und dann wird richtig Blut fließen. Appollyon werde ich mir vorknöpfen! Ich geh jetzt duschen, und wenn ich zurückkomm, will ich was geboten bekommen, Ariadne. Überleg dir was, unterhalte mich!" Ariadne sah hilflos Arziell an. „Was soll ich denn tun?" Arziell lachte. „Na, dass der geladen ist, sollte dich nicht wundern! Ich gebe dir einen Tipp. Asul ist ein sehr intelligenter Mann. Seine Schwäche ist, dass er gerne redet. Such das Gespräch mit ihm, nur so kannst du ihn ablenken. Als Frau hast du keine Chance gegen ihn, denn Asul ist knallhart mit Frauen. Ihn als Liebesgöttin zu betören, ist das Dümmste, was du tun kannst!" Ariadne senkte den Kopf. „Ja ich weiß, deswegen hat er mich getötet!" Arziell räusperte sich, denn ihm war alles sehr unangenehm. „Er wird dich nicht töten. Aber ins Bett wirst du mit ihm gehen müssen, da bleibt dir nichts anderes übrig. Er ist der Chef, denk immer daran. Was er sagt, wird getan. Nur so kannst du hier lebend rauskommen!" Asul kam rein, und was aus seinen Augen sprach, ließ Ariadne versteinern. Alle drei befanden sich im Wohnzimmer von Asul, und dieser setzte sich auf einen schwarzen Ledersessel. „Bekomm ich endlich was zu trinken? Du hattest zwei Ehemänner und solltest wissen, wie man einen Mann bewirtet, oder hast du das verlernt bei Appollyon!" Ängstlich schaute Ariadne sich um und sah dann die Bar. „Was möchten Sie, was Starkes, schätze ich!" Asul gefiel die ihre Antwort. „Die grüne Flasche!" Ariadne sah seine Zufriedenheit und war erleichtert „Etwas zu essen? Kann ich etwas holen?" Asul verzog das Gesicht. „Ich hab kein Hunger, der ist mir vergangen. Später! Mach die Musik an!" Rasch schaute sich Ariadne um und sah dann schnell den Musikplayer. Abgründig verruchte Musik erklang, und ihr war gar nicht wohl, denn das verhieß nichts Gutes. „Tanz für mich!" Ariadne war ganz steif „Ich kann nicht tanzen!" Asul stand auf und schlug ihr ins Gesicht, dass sie quer durch den Raum flog. Arziell ging dazwischen und richtete Ariadne auf, die geschwollen im Gesicht war, und es tat Arziell sehr leid, dass ihr schönes Gesicht verletzt war. „Asul, so geht es nicht. Sie zittert am ganzen Körper vor Angst und soll für dich tanzen? Setz dich hin, ich mach das!" Arziell nahm die zittrige Ariadne in die Arme und begann sich langsam mit Ariadne zur Musik zu wiegen. Ganz behutsam führte Arziell Ariadne, und sie fasste Vertrauen. Dann schaute sie Arziell an, und ihr war in diesem Moment klar, dass Arziell der Einzige war, der ihr helfen konnte. Wenn sie auch Angst vor ihm hatte, aber vor Asul hatte sie bei Weitem mehr Angst. So ließ sie es zu, dass Arziell sie berührte und führte. Asul trank sein Glas aus und ging zu ihnen. Arziell kam ihm voraus und gab Ariadne einen sanften Kuss. „Wir teilen sie, Asul. Du gehst nicht allein mit ihr ins Bett!" Asul war ein schlauer Fuchs, und ihm wurde klar, dass Ariadne der Weg sein konnte, Arziell auf seine Seite zu ziehen. Wenn er Arziell etwas bot, was er wollte, könnte er die Unterwelt auf seine Seite ziehen. Gegen Asul und Arziell konnte Appollyon nichts ausrichten. Also schob er ohne Probleme seine Eifersucht beiseite, denn die Vorherrschaft in der Unterwelt war zu verlockend. So küsste er Ariadne auf die entblößte Schulter, denn Asul zog ihr das Kleid herunter. „Gut. Teilen wir sie!" Die beiden Männer manövrierten sie zur heißen Musik ins Schlafzimmer. Ariadne wollte aus ihrem Körper fliehen, aber es gab keinen Weg raus aus dieser Situation. Ob Ariadne wollte oder nicht, sie musste sich mit den beiden Männern arrangieren, auch wenn sie innerlich tausend Tode starb. Die beiden schwarzen Götter waren sich einig, und Asul sah seine Chance. Ohne Zögern überließ er erst Arziell Ariadne. Dieser streifte rasch die Kleidung von sich. „Ich bin der Herr im Ring, Schatz!" Was Ariadne dann erlebte, entzog sich völlig ihrem Verstehen. Arziell war der wildeste Liebhaber, mit dem Ariadne je im Bett war, aber vor allem, überdeckte er sie mit Küssen und streichelte sie so liebevoll, dass sie völlig die Orientierung verlor. So leidenschaftlich, aber genauso voll Liebe hatte sie noch kein Mann genommen. Als er fertig war, schaute er ihr tief in die Augen. „Süße, an dich könnte ich mein Herz verlieren. So eine Frau wie dich habe ich noch nie gehabt. Dass Männer dich töten, kann ich voll und ganz verstehen." Asul grinste, sein Plan ging voll auf, denn er würde Arziell von sich abhängig machen durch Ariadne. Aber Asul wollte auch was von Ariadne haben. So drehte er sie zu sich. Erst schaute er sie nur an, dann setzte er sich auf und streichelte ihr den Busen. „Ich will nicht, dass du vor Angst stirbst. Deine beiden Männer Dionysos und Eros haben dich auch getötet, und du warst danach ihre Ehefrau. Also denk ich, kannst du dich auch mit mir zurechtfinden!" Asul beugte sich zu ihr runter und küsste sie beherrscht. Dann sah er sie an. „Oder?" Ariadne rang nach Worten, aber schloss die Augen. Eine Träne rann über ihr Gesicht, doch Asul ignorierte ihre Antwort und nahm sie sich als Ehefrau. Beherrschend, klar und deutlich war er der Ehemann, und sie hatte zu gehorchen, was sie bedingungslos im Bett tat, denn sie fürchtete um ihr Leben!

Es herrschte Krieg vor den Toren der Festung der Finsternis, der so unerbittlich war, dass jeder Mann das Letzte gab. Mann gegen Mann, war ein Waffengang härter als der davor. Ein Krieg der Unterwelt begann, wie es ihn noch nie vorher gegeben hatte. Die besten Männer maßen sich, und es gab immer ein Unentschieden. Eines war sicher, die Festung war uneinnehmbar.

In der Festung der Finsternis herrschte ein ganz anderer Krieg, der aber noch um einiges härter war, denn Ariadne bekam so stählerne Schläge von Asul, dass ihr die Kochen brachen. Arziell ging immer dazwischen, aber Asul war zu schnell, und seine Übergriffe kamen immer überraschend. Allein wäre Ariadne in kürzester Zeit draufgegangen. Ariadne war genauso viel auf der Krankenstation wie die Soldaten von Asul. Am liebsten schlug Asul sie ins Gesicht, dass ihr manchmal die Gesichtsknochen brachen, so brutal waren seine Schläge. Arziell tat es im Herzen weh; auch wenn er versuchte Contenance zu bewahren, ging ihm alles sehr nah. Arziell hatte Ariadne sehr lieb, und sein Herz schmerzte immer mehr, unter der Brutalität von Asul. Ariadne versuchte alles und noch mehr. Stundenlang verwickelte sie Asul in Gespräche, und dieser genoss es, denn er redete gerne mit Ariadne. Nicht nur, dass Ariadne ein bezauberndes Geschöpf war, sie war auch sehr intelligent, und nie hatte Asul einen solchen weiblichen Gesprächspartner gehabt. Asul war insgeheim sehr beeindruckt von ihr, denn so hätte er sie nicht eingeschätzt. Wenn er mit ihr zusammen war, konnte er ein ganz anderer sein, aber überraschend und ohne Grund brach urplötzlich wieder der alte Asul durch. Was auch Ariadne tat, sie hatte keine Chance gegen Asul.

Eines Tages war Asul besonders zugänglich und entspannt, und er sah Ariadne nachdenklich an. „Weißt du, Ariadne, ich habe nie eine gleichwertige Frau gefunden in meinem Dasein. Versteh bitte, du machst alles richtig, aber du kannst nicht gegen mich gewinnen. Du bist die erste ebenbürtige Gegnerin, die ich je gefunden habe. Du bist das erste Wesen, mit dem ich nicht einsam bin. Du kannst dich mit mir messen, aber ich bin dir halt körperlich überlegen, und deswegen kriegst du so viel von mir ab. Geistig bist du mir gleich, aber körperlich zerquetsch ich dich. Nimm es nicht persönlich. Ich bin eben so. Das Problem ist, ich kann nicht anders, als dir wehzutun! Du bist wunderschön, sehr intelligent und fantastisch im Bett. Aber der Verlauf ist vorbestimmt. Wenn wir beide uns begegnen, wird das Ende immer dasselbe sein: Ich werde dich töten! Was glaubst du, ich überlass dich einem anderen Mann? Wenn ich dich nicht haben kann, sollen die dich auch nicht haben. Also wenn die es schaffen, hier reinzukommen, werde ich dich töten." Ariadne war kreidebleich. „Jetzt sei doch nicht so schockiert! Ich bin ein schwarzer Gott, die sind eben so. Es ist halt das Spiel. Wer ist der Stärkere! Männer spielen nun mal gerne, das solltest du am besten wissen. Weißt du eigentlich, dass ich dich gernhabe?" Ariadne stierte ihn an. „Bei den Schlägen, sagst du, du hättest mich gern?" Asul lachte, was er sehr selten tat. „Was haben die Schläge damit zu tun? Hat dich nie ein Mann aus Liebe geschlagen?" Ariadne wurde es sehr schwummerig. „Doch, Dionysos und Eros, aber es ist eine dunkle Liebe." Asul rieb sich das Kinn. „Aber auch eine dunkle Liebe ist Liebe!"

Appollyon wurde rasend vor Wut, dass er nicht in die Festung kam. Die Gedanken in ihm überschlugen sich. Ariadne war so nah und doch so fern. Was passierte wohl im Augenblick? Höllenqualen durchlitt er, aber er kam einfach nicht in die Festung, und jeder Tag war die Hölle für ihn. Doch was sollte er tun? Den ganzen Tag kämpften sie mit Asul, um ihn von Ariadne fernzuhalten, aber seine Männer brauchten auch eine Pause, und die war das Schlimmste für Appollyon, denn was machte Asul in der Zeit mit Ariadne? Es musste doch irgendeine List geben, um in die Festung zu kommen!

Jeder hat seine Grenzen, und auch Ariadne hatte nur Nerven, die mit jedem Schlag mehr litten. In manch dunkler Stunde, wenn ihr Körper schrie vor Schmerzen, dachte sie: Warum bringen wir es nicht hinter uns? Ein Ende dieses Mathyriums. Asul war ein furchtbar launischer Mann, bei dem man nie wusste, was als Nächstes kam. Was Ariadne auch tat, es war immer falsch, und eines Tages rutschte es Ariadne frech heraus: „Sie erinnern mich an Eros, wenn er schlechte Laune hat. Nur dass Sie immer schlechte Laune haben!" Ariadne war selber über sich überrascht, dass sie das laut ausgesprochen hatte, aber es war die Wahrheit, Eros konnte genauso knallhart sein wie Asul. Nur für den schwarzen Gott Asul war das eine tödliche Beleidigung, mit einem Liebesgott verglichen zu werden. Asul rastete völlig aus. So brutal wie noch nie packte er sie aufs Bett, setzte sich auf sie und schlug sie halb tot. Arziell brauchte Minuten, bis er Asul von ihr runtergezogen bekam, und Ariadne keuchte nur noch. Voller Angst nahm Arziell sie in die Arme und lief zur Krankenstation, dort hatte sie für kurze Zeit einen Herzstillstand, aber die Ärzte konnten ihr helfen. Arziell wich nicht von ihrer Seite, und als sie allein waren, sah Ariadne ihn erschöpft an. „Warum hast du mich nicht sterben lassen? Ich kann nicht mehr. Lieber will ich tot sein, als weiterzumachen. Bitte lass ihn mich töten, dass es zu Ende ist!" Arziell kamen die Tränen, und er wendete sich ab, damit sie es nicht sah. Die Wahrheit war, Arziell konnte auch nicht mehr, und es war furchtbar für ihn, das alles mit anzusehen, denn er hatte sich richtig in die süße Ariadne verliebt.

Als alles ruhig war auf der Krankenstation und alle weg waren, ging Arziell zum Gesprächsmonitor und kontaktierte Appollyon, der vor lauter Nervosität nichts rausbrachte, sondern erwartungsvoll Arziell anschaute. „Es gibt einen Weg hinein in die Festung, aber ob ihr je wieder rauskommt, ist eine andere Frage. Es gibt einen Geheimgang südlich der Festung, in alten Zeiten für Nachschub. Unter der Brücke ist eine Klappe, dort können vielleicht vier, fünf Mann durch. Es ist ein enger Gang und schon in Vergessenheit geraten, da kein Heer durchpasste. Ich kenn das alte Geheimnis und Asul, sonst keiner! Euer Heer muss angreifen, und die Männer gehen geheim durch den Gang. Du musst bei der Schlacht sein, sonst wird Asul sofort begreifen, dass etwas nicht stimmt. Gebt ein Signal am Himmel, drei Leuchtfeuer. Ich bringe sie zum Gang, in der Zeit kommen deine Männer. Aber alles muss rasch gehen. Und all das tu ich nur für Ariadne, denn Asul hat sie heute fast umgebracht! Und ihr braucht mich! In der Festung suchen könnt ihr sie nicht, sonst sind deine Männer schneller tot, als sie denken können!" Appollyon bekam kein Wort raus, so aufgeregt war er. „Einverstanden?" Appollyon kriegte mit viel Mühe und Not raus: „Ja!" Arziell schaltete den Monitor ab, bevor jemand ihn bemerkte. Dann ging er wieder zum Bett der Ariadne und nahm sanft ihre Hand mit dem Blick zum Himmel.

Appollyon holte Asmodei, Pazuzu, Pakker und Ariell zu sich. Aufgeregt erklärte er ihnen den Plan. „Am meisten regt mich auf, dass ich nicht mitkann, aber natürlich hat Arziell recht, das fällt sofort auf. Das ist ein sehr riskantes Unternehmen. Ihr seid meine besten Männer, und die brauch ich dafür. Aber kommt wieder heil zurück mit Ariadne." Zum ersten Mal sahen die Männer, wie Appollyon aus ganzem Herzen weinte. Apollon trat dazu. „Ich geh mit. Wir holen Ariadne da raus, und keinem von uns wird etwas passieren!"

Die fünf traten ihren Weg an. Überraschend in der Nacht wurde der Waffenstillstand gebrochen, und Appollyon stürmte die Festung der Finsternis wie nie zuvor. Drei Leuchtkörper gingen gen Himmel. Arziell weckte Ariadne. „Komm, Süße, wir bringen dich hier raus!" Erstaunt sah Ariadne ihn an, doch sie war zu schwach zum Laufen, denn sämtliche Knochen waren ihr gebrochen worden, und zahlreiche Prellungen hatte sie davongetragen. Auch wenn die Ärzte die Brüche heilen konnten, wenn ein schwarzer Gott dich verletzte, verheilten die Wunden nie und taten immer weh, vor allem bei Angst und wenn der schwarze Gott es wollte. So trug Arziell das arme Geschöpf zu dem geheimen Gang. Nicht lange ließen die Männer auf sich warten. Als Erster kam Asmodei aus dem Gang; als Ariadne ihn sah, fing sie an zu schluchzen, und umarmte ihn. Das war ein so herzzerreißendes Bild, dass alle zutiefst gerührt waren. Überfordert sah Asmodei ihn an. „Was ist passiert?" Arziell schüttelte den Kopf. „Sofort raus hier, bevor er es merkt. Ich komm mit und verteidige Ariadne, denn wenn ihr rausgeht, braucht ihr einen starken sechsten Mann! Holt schon mal eure Schwerter raus, das wird sehr blutig. Bildet einen Ring um uns, und ich behalte Ariadne in den Armen und versuche alles, dass sie nicht verletzt wird." Natürlich wurde die Abwesenheit von Ariadne sofort bemerkt und Asul informiert. Dieser war außer sich, bewahrte aber einen klaren Kopf. Da Arziell auch weg war, hatte er damit zu tun. Es gab nur eine Möglichkeit: Arziell hatte sich auf die Seite von Appollyon gestellt und brachte Ariadne durch den geheimen Gang. Siegessicher lachte er laut. „Na warte, dich krieg ich! Wenn du aus dem Gang kommst, zerschlag ich dich in Einzelteile!" Selbstverständlich hatte Appollyon sich mit seinen Leuten am Gang postiert und kämpfte wild um die Stellung. Dann wurde es still. Asul kam in der Gestalt des Dämons, in der er damals Ariadne getötet hatte. „Jetzt geht es um Leben und Tod. Jeder, der aus diesem Gang kommt, wird sterben!" Appollyon wandelte sich ebenfalls in die Gestalt eines Drachen. Feuer trat aus seinem Maul, und Asul stürzte sich auf ihn. Zur gleichen Zeit gelangten die anderen an das Ende des Tunnels. Das Schreien ging durch Mark und Bein. Appollyon lieferte sich den härtesten Kampf mit Asul, den er je gehabt hatte, aber Asul kam nicht zum Tunnel, denn das ließ Appollyon nicht zu. Als sie aus dem geheimen Gang kamen, war ein wilder Kampf um sie. Die Schwerter gezückt, rief Appollyon ihnen zu: „Lauft, so schnell wie ihr könnt!" Und das taten sie, denn sie liefen um ihr Leben, war hier doch ein Todesrausch, der alles vernichten sollte. Die Männer kämpften so, wie sie es noch nie getan hatten, und es ging um alles. Die Soldaten von Asul preschten auf sie ein, und die Soldaten von Appollyon schlugen sie frei. Es war die Schlacht ihres Daseins. Obwohl Arziell Ariadne auf dem Arm hatte, kämpfte er wie ein Löwe, denn gerade er war das Ziel. Appollon, Pakker, Ariell, Pazuzu und Asmodei bildeten einen Kreis um ihn, um beide zu schützen, aber alle bekamen gehörig was ab. Doch alles war so aufwühlend, dass niemand Schmerz fühlte. Das war die Schlacht überhaupt, in der es keine Regeln mehr gab. Es gab Tote, denn Mordlust war in allen. Die Baumeister schritten ein, sonst hätte sich die gesamte Unterwelt getötet. „Es ist jetzt genug. Appollyon hat gewonnen. Du bist jetzt ein fairer Verlierer, Asul, und lässt alle ziehen! Wir haben gesagt, keine Toten. Ihr habt angefangen. Der Krieg ist entschieden, und bevor es hier weitergeht, bringen wir die Männer Abbadons zurück! Es reicht jetzt. Noch ist nicht die Endschlacht, von der die Menschen immer reden. Das Jüngste Gericht muss noch warten! Und das ist ein Scherz. Es reicht jetzt, meine Herren. Alle waren tapfer und haben sich fantastisch geschlagen, aber gewonnen haben Appollyon und seine Männer!" Ein gleißendes Licht trat aus dem Himmel, und alle Kinder Abbadons befanden sich wieder in ihrer Heimat, auch die Toten, die eine würdevolle Beerdigung erhalten sollten. Wie Ariadne die Toten ansah, sagte sie zu Arziell: „Beerdigt mich mit, denn ich bin ebenso tot!"

Eine Zeit blieb Arziell bei Ariadne, um sie wieder aufzubauen. Nur Arziell vertraute sie sich an, und nur er durfte ihr nahekommen. Arziell genoss die ungewohnte Ruhe mit Ariadne und half ihr über das Schlimmste hinwegzukommen. Aber die Wunden waren tief und würden nie ganz verheilen. Doch mit Arziell konnte sie den Abgrund teilen, denn er hatte ihn miterlebt. So half er ihr so gut, wie es ihm möglich war. Sachte, samtige Stunden verbrachte er mit Ariadne. Aber Arziell musste gehen, denn seine Aufgaben warteten auf ihn. Fünf Jahre war er nicht mehr in seinem Reich gewesen, und es war an der Zeit. So gerne er geblieben wäre, aber er hatte Pflichten. Auch musste er sehen, wie er sich mit Asul arrangierte nach seinem Verrat. Es gab viel zu tun,, und Arziell musste seinen Weg gehen. Fest nahm er Ariadne zum Abschied in die Arme und sagte ihr zum ersten Mal wahrhaftig: „Ich liebe dich! Ich komme wieder, aber ich muss mich jetzt um meine Sachen kümmern. Ich muss mein Reich regieren. Aber ich verspreche dir, ich werde so oft zu dir kommen, wie es mir möglich ist!!!"

Arziell trat wieder seine Regentschaft an, und sein Reich jubelte. Mit Asul schloss er Waffenstillstand, denn dieser konnte nicht zwei schwarze Götter zum Feind haben, und so schloss Asul zähneknirschend Frieden mit Arziell.

Ariadne fiel in ein tiefes Loch der Depressionen.

Kapitel 10

Keiner kam an Ariadne heran, sie war vollkommen teilnahmslos. Irgendwie war sie da, aber in Wirklichkeit war sie immer noch in der dunklen Festung bei Asul. Ariadne hatte einen Teil ihrer Seele dort verloren in der Dunkelheit. Ihr gesamter Körper schmerzte, vor allem das Gesicht und der Brustkorb taten von den Angriffen von Asul weh. Ariadne konnte kaum im Bett liegen, weil ihr alles schmerzte. Unruhig geisterte sie durch den Palast von Appollyon und fand etwas Ruhe im Garten. Am meisten tat ihr die Seele weh; die Erniedrigung und Angriffe von Asul hatten ihre tiefen Wunden bei Ariadne hinterlassen. Der erzwungene Sex hatte ihren Körper vollkommen getötet. Ariadne konnte nichts mehr fühlen und mied jeden Kontakt, auch wenn er nur verbal war, denn mit Asul hatte sie um ihr Leben geredet, und nach Worten war ihr nicht mehr. Auch betrauerte Ariadne die Männer, die wegen ihr gefallen waren. Einige von ihnen kannte sie. Zutiefst war sie beschämt, dass wegen ihr jemand gestorben war, und es nahm Ariadne sehr mit. Oft besuchte sie die Gräber und bat um Vergebung, dass sie gestorben waren für sie. Ariadne war so viele Tote nicht wert, und das beschäftigte sie in ihrem Schweigen. Sie zog sich voll und ganz in sich zurück und ließ niemanden zu sich oder teilhaben an ihrem Seelenleben. Alle waren sehr betroffen davon, aber es war zwecklos, an Ariadne ranzukommen. Nur einer war so beharrlich, dass er einfach Ariadne nicht aufgab.

„Du bist oft bei den Gräbern der Gefallenen!" Asmodei schaute sie traurig an, und Ariadne überlegte, dann sprach sie aus, was sie die ganze Zeit dachte: „Die Toten wären nicht nötig gewesen. Besser wäre gewesen, ihr hättet mich sterben lassen. Ich bin doch sowieso tot. Er hat mich so oft geschlagen, dass ich irgendwann aufgehört habe zu zählen, wie viel Knochen er mir gebrochen hat! Ich wusste nicht, wie viel Schmerz einem Körper widerfahren kann, ohne dass er stirbt. Dann im Bett … Jedes Mal hatte

ich Todesangst, dass er wieder zu diesem Ungeheuer wird und mich tötet …" Ariadne brach ab. Was sollte das?, fragte sie sich. Warum erzählte sie das jemandem, war doch eh uninteressant! Asmodei nahm ihre Hand, und mit großen Augen schaute Ariadne ihn an, denn das war die erste Berührung, die ihr nicht unangenehm war. So ließ sie es zu, dass er ihre Hand hielt. „Komm, ich bring dich nach Hause."
Auf dem Weg zum Palast von Appollyon erzählte dann Asmodei schweren Herzens Ariadne die Geschichte von seiner Mutter. Zum ersten Mal ging eine Regung durch die Seele von Ariadne, denn Asmodei tat ihr von ganzem Herzen leid wegen dessen, was er erlebt hatte. Jetzt erst verstand sie, warum er so etwas Trauriges an sich hatte. Was ihr passiert war, rückte in den Hintergrund, denn sie empfand tiefstes Mitgefühl für Asmodei. Im Garten des Palastes hielt sie ihn an, sich mit ihr noch einen Moment zu setzen „Sag mir, Asmodei, ich habe mich immer gefragt, warum du so unheimlich lieb mit mir bist. Hat das mit deiner Mutter zu tun? Erinnere ich dich an sie. Willst du etwas wieder gutmachen? Keiner war so gut zu mir, wie du, und nach dem, was du erzählt hast, glaube ich zu verstehen, warum du so umsorgend mit mir bist!" Die Reaktion von Asmodei war sehr überraschend für Ariadne: Er lächelte. Dann nahm er mit beiden Händen ihre Hand und streichelte sie ganz behutsam. „Ich habe dir das von meiner Mutter erzählt, dass du dich nicht so allein fühlst. Ich wollte dich damit erreichen und dass du weißt, ich kann dir nachfühlen. Ich sehe in dir nicht meine Mutter. Ich bin so, wie ich bin, zu dir, weil ich dich einfach unheimlich lieb habe!" Und er gab ihr einen Kuss auf den Mund. Ariadne fiel aus allen Wolken. Als sie in die Augen von Asmodei schaute, verlor sie sich im Augenblick der, Liebe. Doch Ariadne wollte das Gefühl wieder abschütteln, denn ihr Herz war zu verletzt, um so ein Gefühl zulassen zu können. Ariadne stand auf, aber Asmodei wusste in diesem Augenblick, als sie ihn noch einmal anschaute, dass ihr Herz nicht länger aus Stein war.

Jeden Tag kam Asmodei zu ihr. Dann und wann erstahl er sich ein Küsschen und Ariadne wurde ganz rot im Gesicht, denn so verlegen machte es sie, aber vor allem kehrte das Leben in sie zurück. Nicht im Geringsten bedrängte er sie, er wollte einfach nur bei ihr sein. Oft schwiegen die beiden einfach bloß, und er nahm sie lieb in die Arme, um ihr sacht über den Kopf zu streicheln. Es war kein Dialog nötig zwischen den beiden, denn ihre Herzen erzählten sich viel in den sanften Berührungen, sodass Worte überflüssig waren. Was sollte Ariadne erzählen? Von dem Grauen, das ihr passiert war? Es war viel schöner, einfach in den Armen von Asmodei zu liegen und etwas Schönes zu fühlen. Und was sollte Asmodei sagen? Sie trösten und ein weiteres Mal durch die Hölle gehen lassen in Aufarbeitung des Geschehens? Ihm war es wichtiger, sie zu halten und ihr mit seinem Herzen still zu sagen, wie sehr er sie liebte. Ariadne wurde es ganz warm ums Herz, so liebevoll war Asmodei mit ihr. Die anderen waren auch sehr lieb mit ihr, aber bei Asmodei ging es so tief in ihre Seele, wie bei keinen anderen. Es war so aufrichtig still, was von Asmodei zu Ariadne kam, dass sie zutiefst gerührt war. Als er nachts wieder zu ihr kam, sagte sie nichts, sondern war erleichtert, nicht allein zu sein. Keiner durfte in ihr Schlafzimmer, selbst Appollyon nicht, aber Asmodei hatte ihre stille Erlaubnis. Seite an Seite umarmte er sie vorsichtig und hielt sie die Nacht über. Wohlig kuschelte er sich an ihren Körper und sagte ihr in Gedanken, wie sehr er sie liebte! Die Schmerzen von Ariadne wichen mit jeder Umarmung der Liebe mehr von ihr. Bis die Schmerzen völlig weg waren, was Ariadne nie für möglich gehalten hätte! Ihre Seele atmete auf, und sie erwiderte die Umarmung von Asmodei. Ganz bedächtig streichelte sie über seine Arme, die sie hielten. Dann und wann drehte sie ihr Gesicht zu ihm und küsste ihn so liebevoll, wie sie nie ein Mann geküsst hatte. So zarte Bände der Liebe entstanden, dass jedes Streicheln oder Küssen ein Blumengeflecht flocht, das sie überdeckte mit ihrem Duft der Liebe. Die Küsse wurden im intensiver, und die Berührungen verlangten nach mehr. Was zwischen Asmodei und Ariadne passierte, konnte keiner in Worte fassen. Es war mehr als Liebe. Es war das Zusammentreffen zweier Zwillingsseelen, die eins wurden. So eine Innigkeit und Vertrautheit herrschte zwischen den beiden, dass alle nur staunten. Als Ariadne wieder nachts mit Asmodei schmuste, hauchte sie ihrem Liebsten ins Ohr: „Mach Liebe mit mir!" Oh, und das tat er auch, und wie! Ariadne zerging in der Liebe von Asmodei und wusste, dass sie nie mehr so etwas fühlen würde für einen anderen Mann. Das, was sie spürte beim Eindringen von Asmodei, war eine poetische Welle der Liebe, die unendlich war und niemals ihresgleichen irgendwo anders finden würde. Ariadne hatte immer gewusst, dass Asmodei die Liebe ihres Seins war, aber was die beiden Liebenden jetzt besiegelten, war wahre Liebe für immer unter dem Himmelszelt, und keine Zeit würde das ändern!

Die Baumeister riefen Appollyon, der ganz verwundert zurückkam. Dieser ließ Asmodei, Pazuzu und Ariell zu sich kommen. Er wusste gar nicht, wie er anfangen sollte. Die Männer sahen ihn erwartungsvoll an, dann kam er doch auf den Punkt. „Die Baumeister haben mit mir gesprochen. Ariadne darf nicht länger bleiben. Es sei denn, sie wird eine von uns." Ariell platzte heraus: „Soll sie eine Dämonin werden, oder was stellen die sich vor?" Asmodei bekam Herzrasen, denn der Verlust von Ariadne wäre sein Tod. Appollyon nahm einen Schluck Alkohol. „Nein, natürlich nicht! Lass deine Witze. Nein, einer von uns muss sie heiraten. Außer ich natürlich. Ich bin ihr Bruder, ich darf sie nicht heiraten!" Asmodei war kurz vor dem Herzinfarkt. Pazuzu sah ihn an und wusste, wie ernst es um Asmodei stand. Todesmutig preschte Asmodei vor, bevor irgendeiner was sagen konnte. „Ich heirate sie!" Pazuzu hielt sich sofort zurück; auch wenn er gerne Ariadne zur Frau genommen hätte, wusste er, dass Asmodei ohne sie sterben würde. Deswegen entschied Pazuzu sich rauszuhalten, aber Ariell war nun einmal sehr vorlaut. „Du hast eine Frau. Reicht das nicht? Ich würde Ariadne auch gerne heiraten. Nichts lieber als das!" Noch ein Wort, und Asmodei würde das Zeitliche segnen, das begriff auch Appollyon jetzt, wie er Asmodei sah. „Wir lassen Ariadne entscheiden. Sie soll wählen zwischen Ariell und Asmodei."

Verunsichert betrat Ariadne den Raum, denn wenn die Baumeister einschritten, war es immer ernst. Ihr Bruder informierte sie darüber, was die Baumeister gesagt hatten. „Also, du hast jetzt die Wahl, willst du Asmodei oder Ariell heiraten?" Ariadne wurde kreidebleich. „Ich heirate nie mehr in meinem Dasein! Ich war mit zwei Männern verheiratet, und das war ein großer Fehler. Ich will nie mehr heiraten!" Appollyon lachte. „Na, ein bisschen mehr Begeisterung könntest du schon zeigen. Die armen Jungs!" Dann sah er sie sehr ernst an. „Du musst heiraten, sonst darfst du nicht bei uns bleiben. Willst du zurück in deine alte Welt und der Ächtung der Götter ausgesetzt sein? Alle werden erfahren, was passiert ist, und deine beiden Exmänner werden dich killen, oder Asul, der zu dir kommen wird ein weiteres Mal!" Ariadne bekam Schweißausbrüche; bei dem bloßen Gedanken an den Zorn von Dionysos und Eros, wich jedes Leben aus ihr. Die letzte Drohung Asul war da gar nicht mehr nötig. Niemals konnte sie wieder zurück, denn die Götter würden sie nicht mehr als eine von ihnen sehen und wie aussätzig behandeln. Nie hatte sie dazugehört, aber jetzt war es wirklich für alles zu spät! Dann sah sie in die traurigen Augen von Asmodei, und Tränen, die er nicht weinte, traten aus ihren Augen. Lieb nahm Asmodei sie in die Arme und hielt sie. „Bleib bei uns. Werde meine Frau, und ich werde immer gut zu dir sein!" Ariadne sah ihn irritiert an. „Aber du hast eine Frau: Lilith! Wie soll das funktionieren?" Verwundert sah er sie an. „Was soll da das Problem sein? Lilith hat zwei Männer, und wenn ich etwas kürzertrete, wird sie kein Problem damit haben. Hatte Lilith nie. Ich war immer viel unterwegs, na und? Sie beschäftigt sich glänzend! Wir beide haben eine ganz spezielle Beziehung, bei der immer jeder dem anderen seine Freiheiten gelassen hat. Wir sind eben so. Ich liebe sie, aber dich liebe ich genauso. Was soll da das Problem sein?" Ariell räusperte sich. „Ich bin auch noch da! Asmodei hat eine Frau. Außerdem wird der dir nie treu sein. Er liebt das Abenteuer mehr als jede Frau. Du wirst nie glücklich werden mit Asmodei. Er wird dir das Herz brechen, das sag ich dir!" Ariadne wollte sich von Asmodei wegbewegen, kam aber ins Schwanken, sodass Asmodei sie noch enger umschlang. Hilflos sah Ariadne Ariell an und streichelte lieb sein erzürntes Gesicht. „Ariell, ich liebe dich von ganzem Herzen. So etwas, was ich bei dir gefühlt habe, fühlte ich bei keinem Mann. Doch mit Asmodei bin ich durch die Hölle gegangen, und es ist ein Band zwischen uns beiden entstanden, das über Liebe weit hinausgeht! Du bist auch ein Frauenheld, ich weiß, wie die Damen dich umgarnen. Du bist ein richtiger Sonnyboy, den man einfach lieben muss, und das tue ich von ganzem Herzen! Aber Asmodei ist mir näher, als je ein Wesen mir sein kann. Meine Seele ist zerrissen, und ich brauche Asmodei, um die Dunkelheit in mir zu ertragen. Ihm muss ich nichts erklären, denn er weiß alles über meine Seele und hat es gesehen in den Umarmungen der Tränen und des Schmerzes. Du würdest nie mit mir glücklich werden, und du bist so ein wundervoller Mann, der es verdient, glücklich zu werden mit einer Frau. Wenn du kommst, geht die Sonne auf und beginnt zu strahlen, so schön ist, was deine Seele mit sich trägt. Kein Engel kann mehr Licht in eine Seele bringen als du. Aber meine Seele ist zu kaputt, als dass ich dieses Licht stets ertragen könnte. Asmodei begleitet mich in die Dunkelheit, geht jedoch nicht verloren. Die Dunkelheit ist ein Teil von ihm, und er kann meinen Schmerz verkraften. Zwei Männer können nicht unterschiedlicher sein als du und Asmodei. Aber wenn ich heirate, dann Asmodei, weil ich mit ihm nicht einsam bin. In der Stille wärmt er mich wie die Flammen eines Kamins. Nicht nur das Feuer, auch das besinnende nachdenkliche der Flammen tun mir so gut!" Wutentbrannt verließ Ariell das Zimmer und verzieh Ariadne nie, dass sie sich für Asmodei entschieden hatte. Nur dann und wann sah sie Ariell mal von Weitem, aber Eiseskälte kam ihr entgegen, denn Ariell wollte nichts mehr von ihr wissen.

Selbstverständlich kam Ariell nicht zu ihrer Hochzeit, was Ariadne sehr wehtat, denn sie hatte ihn immer so geliebt, und dass sie als Feinde auseinandergingen, tat ihr sehr weh.

Auch wenn Dionysos und Eros wüssten, was hier alles geschehen war und dass sie einen Dämon heiratete, würden sie sie sofort umbringen. Also in Hochzeitsstimmung war Ariadne wirklich nicht, und ständig passierte ihr irgendein Malheur, so aufgeregt war sie. Die ganze Zeremonie überlebte sie irgendwie, aber in ihr herrschte Chaos! Erst als sie mit Asmodei allein war, beruhigte sie sich. Aber so wie Asmodei sie in die Arme nahm, konnte sie nur alles vergessen. Eine solche unbeschreibliche Liebe sprach aus Asmodeis Augen, und seine Arme waren die schönste Liebe, die sie je gehalten hatte. Dann machte Asmodei Liebe mit ihr als Ehemann, und es verschlug Ariadne die Sprache. Asmodei war immer ein wundervoller Liebhaber gewesen, aber als Ehemann übertraf er sich noch bei Weitem. Ariadne hatte zwei Ehemänner gehabt, doch bei Asmodei fühlte sie eine Verbundenheit, die über die Ehe hinausging. In seinen Armen vergaß sie alle Liebhaber, die sie je gehabt hatte, all ihre Ehemänner rückten weit in den Hintergrund, und eine Liebe entstand zwischen Asmodei und Ariadne, die alles übertraf, was es zwischen einem Mann und einer Frau geben kann. Tag und Nacht war Asmodei bei ihr, und keine Berührung ohne stille Liebesgeständnisse. Ständig war er umsorgend. Nie fror Ariadne oder verlor sich in schlechten Gedanken, denn die Liebe, die sie empfing, war grenzenlos, und es konnte keinen liebevolleren Mann geben als Asmodei, der sie auf Händen trug!

Ein so wohliges Gefühl der Liebe ließ einen großen Wunsch in Ariadne wach werden, und sie bat ihren liebvollen Ehemann um etwas, worum sie ihn nie vorher gebeten hatte: „Asmodei, mach mir bitte ein Kind!" Dionysos hatte es einfach getan, aber nie hatte sie es sich so aus reinster Seele von einem Mann gewünscht wie von Asmodei! Er machte ihr ein Kind. Es war ein Junge und ein Ebenbild Asmodeis. Vor allem war er ein sehr halsstarriger Junge, aber man konnte ihn nur lieben, denn er hatte von Asmodei seine Wärme. Doch Ariadne wollte noch ein Mädchen, und ein süßes Geschöpf, das ganz die Mama war, wurde geboren. Doch das Glück war zu schön, um es dabei zu belassen. Und nochmals bat Ariadne ihren geliebten Mann, mit ihr ein Kind zu machen in reiner, aufrichtiger Liebe, wie die beiden ersten Kinder. Es wurden Zwillinge geboren, zwei wilde rothaarige Mädchen, die Abbadon in Atem hielten. So glücklich war Ariadne nie mit einem Mann gewesen wie mit ihrem Asmodei. Nicht nur dass er der liebevollste Ehemann des ganzen

Daseins war, er war auch ein fantastischer Vater, und eine sehr lange Zeit lebten die beiden überaus glücklich mit ihrer Familie zusammen. Aber irgendwann entstehen in jeder Ehe Probleme. Das Problem zwischen Ariadne und Asmodei war, dass sie völlig ihrem Asmodei verfallen war und nicht im Traum daran gedacht hätte, fremdzugehen, aber er ab und zu sein Abenteuer brauchte. Vor allem zog es ihn sehr in die Arme eines Mannes. Zähneknirschend tolerierte Ariadne die Liebesbeziehung zwischen Pazuzu und Asmodei, aber Letzterer konnte es leider nicht dabei belassen. Die Kinder waren aus dem Haus, und in Asmodei kam der Hunger nach Abenteuer hoch. Immer mehr ließ er seine Ariadne allein. Pazuzu war als Kindermädchen für sie da, denn er sollte aufpassen, dass Ariadne nicht auf dumme Gedanken kam. Auch wenn Asmodei sie betrog, seine Ariadne sollte brav sein. Sie kochte, denn sie war nicht dumm und wusste genau, was er so trieb. Danach war er dann ganz bittersüß und wickelte sie immer ein, aber Asmodei ging zu weit.

Lilith leistete Ariadne eines Abends Gesellschaft in der Abwesenheit von Asmodei. Die beiden Frauen waren beste Freundinnen geworden, und bei niemand konnte Ariadne sich so Luft machen über Asmodei wie bei Lilith. Zwischen den beiden Frauen bestanden starke Schwingungen, die Asmodei nicht entgangen waren, aber den beiden hatte er klipp und klar gesagt: „Wenn ich euch zwei je im Bett erwische, sind wir geschiedene Leute!" Doch die beiden Frauen kamen sich halt immer näher, und bei der Demütigung von Asmodei war das kein Wunder. Doch dann erzählte Lilith Ariadne etwas, das Ariadne völlig aus der Fassung brachte. „Weißt du eigentlich, wo Asmodei jetzt ist?" Ariadne zuckte die Schultern. „Bei irgendeinem Kerl, nehme ich an! Oder einer oder zwei süßen Mäusen, die ihm seine Lügen glauben!" Lilith nahm ihre Hand. „Asmodei ist bei Eros und Dionysos, die drei haben eine intime Beziehung!"

Genau wusste Asmodei, dass es ein Spiel mit dem Feuer war, aber vielleicht machte gerade das den Kick aus. Am Anfang trieb ihn die Neugierde zu Dionysos. Es war nicht so, dass es Asmodei nicht etwas ausmachte, dass Ariadne vor ihm mit Dionysos und Eros zusammen war. Es war eine Portion Eifersucht und Abenteuerlust, die Asmodei immer tiefer fallen ließ. Durch Dionysos lernte er Eros kennen und lieben. Eros war ein Spieler in der Liebe, was Asmodei sehr gefiel, denn auch er spielte gerne mit der Liebe. Ein heißes Spiel begann zwischen beiden, bei dem keiner dem anderen die Liebe gestand, aber die Augen verrieten alles. Es war eine ganz besondere Liebe, die jeglicher Worte entbehrte. Keiner zeigte je offen sein Blatt, aber im Bett brannten die Laken! Dass keiner von beiden Stellung bezog, machte es umso interessanter! Die Luft brannte zwischen ihnen, aber keiner der zwei hätte sich je die Blöße gegeben, dem anderen seine Gefühle zu gestehen, denn die männlichen Triebe zwischen den beiden sagten alles, aber wirklich alles, und jedes Wort wäre zu viel gewesen.

Als Dionysos dazukam, nahm das Spiel noch ganz anderen Verlauf. Dionysos war der Mann schlechthin, und im Bett war er eine Atombombe, sodass Asmodei fast die Besinnung verlor. Kein Mann hatte ihn je dermaßen in Ekstase versetzt, und Asmodei wurde ihm ein Stück weit hörig, was ihm mit einem Mann noch nie passiert war. Das sorgte natürlich für Eifersucht bei Eros, der seinen Geliebten umso enger an sich band. Dionysos wurde ebenso eifersüchtig und übertraf sich bei jedem Mal im Bett, um Asmodei an sich zu ziehen. Das Prickeln zwischen den dreien war unerträglich, aber genau diesen Nervenkitzel suchten sie! Asmodei war das Liebesobjekt, um das Dionysos und Eros konkurrierten, aber nicht selten blieb Asmodei auf der Strecke, denn Eros und Dionysos verband eine alte Liebe, die letztendlich durch Ariadne geboren worden war. Asmodei nahm den Platz von Ariadne ein, und es wurde sehr kompliziert. Oft nahmen sie eine oder zwei Frauen mit in ihr Liebesspiel auf, aber zum Schluss war Asmodei immer das Objekt der Begierde, der aber oft verletzt war und ihnen dann die kalte Schulter zeigte. Doch stets führte der Weg zu Dionysos und Eros zurück, denn die Liebe, die zwischen ihnen war, sprengte jeden Rahmen, und keiner konnte ohne den anderen. Jeder war dem anderen verfallen, auch wenn es keiner zugab!

Ariadne konnte fast die drei sehen bei ihrem Bettgeflüster. Blinder Zorn stieg in ihr hoch. „Woher weißt du das?" Lilith grinste. „Im Bett mit Pazuzu habe ich es erfahren. Als es ihm rausgerutscht war, bettelte er mich an, es dir bloß nicht zu sagen!" Ariadne atmete tief durch. „Klar, beste Freunde erzählen sich alles! Warum erzählst du es mir, wo du doch deinem Mann versprochen hast nichts zu sagen!?" Lilith umtanzte ein verzauberndes Lächeln. Dann beugte sie sich vor und küsste Ariadne. „Damit du Asmodei das gibst, was er verdient hat!" Schlimmer hätte Asmodei nicht Ariadne treffen können, und die alte Wunde Dionysos und Eros brach auf. Aber Ariadne war nicht nach Tränen, sondern nach Rache. So beugte sie sich vor zu Lilith und malte mit ihrer Zunge ein Herz auf ihren Hals. Lilith entblößte ihren Oberkörper, und Ariadne küsste ihre Brüste, so leidenschaftlich, dass Lilith ganz schwindelig wurde. Dabei glitten die Hände von Ariadne zwischen ihre Beine und zogen ihr den Rest der Kleidung aus. Ariadne war so stürmisch, dass Lilith um Einhalt bat. „Schwester, weißt du, wie lange ich auf diesen Moment schon warte?" Ariadne richtete sich auf und sah ihr tief in die Augen. „Seit unserer ersten Begegnung! Lilith, ich habe nie eine Frau so geliebt wie dich! Aber ich bin nicht lesbisch und auch nicht bisexuell. Ich kann dir nur die Liebe einer Schwester geben. Doch dafür werde ich deinem Körper umso mehr geben! Ich kann keine Frau so lieben wie ein Mann. Aber sei nicht gekränkt, für keine Frau habe je so etwas Starkes gefühlt wie für dich, und das auch vom ersten Moment an. Aber ich will dich nicht unglücklich machen, dafür liebe ich dich zu sehr. Sag mir bitte, dass du mich nie dafür hassen wirst, weil ich nun mal heterosexuell bin!" Lilith war ganz gerührt. „Süße, das ist doch kein Problem, das weiß ich doch! Ich versteh nichts falsch. Du willst dich an Asmodei rächen. Ich will die Gunst der Stunde nutzen. Ich bin nicht eifersüchtig, das liegt nicht in meinem Charakter. Jeder kann tun, was er will, aber ich ebenso. Und das musst du lernen. Amüsier dich doch endlich, und warte nicht immer auf Asmodei, der ist beschäftigt, und es rührt ihn nicht. Ich will mit dir endlich das Bett teilen. Meine beiden Männer haben dich gehabt, ich will dasselbe Recht, und keiner verbietet mir das!" Ernst sah Ariadne sie an. „Wenn Asmodei das je erfährt, flippt er aus. Vielleicht trennt er sich dann von uns!" Lilith lachte. „Der kann mir gestohlen bleiben. Ist mir doch egal. Soll er machen, was er will. Ich mache auch, was ich will, und du solltest dich endlich wehren. Warum bist du ihm treu?" Sehr traurig erklärte Ariadne „Weil ich bei keinem so etwas fühle wie bei Asmodei." Lilith legte Ariadne auf den Rücken und hauchte ihr ins Ohr: „Bei jedem fühlst du was anderes, aber jede Liebe ist es wert. Sei wieder neugierig, und lebe den Rausch des Körpers. Ich werde dir die Welt der Liebe zwischen zwei Frauen öffnen in vollen Zügen, und dann sehen wir weiter!" Als die Zunge von Litlih in ihr Geschlecht eindrang, konnte sie nur seufzen vor unendlicher Zärtlichkeit, die bloß eine Frau geben konnte. Es irritierte Ariadne sehr, dass da kein Glied war, das nach Befriedigung forderte. Aber vor allem war es eine Befreiung ohne Mann. Einen so beflügelten Sex hatte sie noch nie gehabt, und da war nur ein Verlangen, ihre Lilith so zu verwöhnen, dass ihre Liebeskunst belohnt würde. Die beiden konnten gar nicht von sich ablassen, denn alles konzentrierte sich aufs Küssen und Streicheln, es war so ein erholsamer schöner Sex, bei dem die Geschlechter der Frauen unter ihren Berührungen erbebten. Zwei Schwestern hatten sich gefunden, und ihr Bündnis war auf immer, denn die Stunden ihrer Zärtlichkeiten waren zu schön, um es je beenden zu können!

Kapitel 11

Aber nie bleibt etwas geheim! Die beiden Frauen waren sehr vorsichtig, und Lilith hatte kein Problem, Pazuzu zu beschäftigen, um allein zu sein mit Ariadne. Die zwei Schwestern lebten eine so sanfte und innige Liebe, dass nie ein Zeichen der Zeit etwas ändern konnte. Lilith fand in Ariadne den Abschluss ihres langen Weges, denn in der stillen Liebe zu Ariadne erlangte sie zum ersten Mal Seelenfrieden. Und Ariadne fand ihre Seelenverwandte in Lilith, die sie begleitete auf ihren Irrwegen der Gefühle, damit das Chaos nicht mehr so schmerzte. Durch Lilith konnte sie die Untreue ihres Mannes ertragen, auch wenn großer Kummer zurückblieb. In den Armen von Lilith konnte Ariadne die Bisexualität von Asmodei verarbeiten und auch ein Stück weit den Betrug von Eros und Dionysos. Aber halt stückweise, denn ganz konnte Ariadne das alles nicht verkraften. Doch was sollte sie tun? Asmodei verlassen? Und dann? Wo sollte sie hin? Ariadne war eine Gefangene ihres Schicksals.

Aber alles sollte noch eine andere Wendung bekommen, denn Pazuzu war nicht dumm und merkte, dass irgendwas lief zwischen Lilith und Ariadne. Nur was? So ging Pazuzu der Sache auf den Grund und erwischte die beiden in flagranti!

Ariadne war zu Tode geängstigt „Bitte erzähl nichts Asmodei!" Lilith dagegen war lockerer, auch wenn sie sehr angespannt war. „Gut, du weißt es jetzt. Alles hat seinen Preis! Was verlangst du dafür, wenn du uns nicht bei Asmodei verrätst?" Pazuzu war die Lockerheit in Person, denn die beiden schönen nackten Frauen vor sich waren ein Anblick für die Götter, zu schön, um wahr zu sein. Auf dem Bett lagen die beiden Frauen, die er am meisten je gewollt und geliebt hatte. Da rückte Asmodei mehr in den Hintergrund; auch wenn er sich ihm gegenüber verpflichtet fühlte, regte sich was anderes in ihm, was um einiges stärker war! Pazuzu setzte sich zu den beiden aufs Bett und beäugte sie.

„Also ich kann das Geheimnis für mich behalten, aber dafür will ich mitmachen! Ihr beide, das ist mehr wie die Erfüllung meiner Träume!" Ariadne schluckte, denn Stück um Stück brach sie alle ihre auferlegten Regeln. „Wenn das jemals Dionysos erfährt, bin ich geliefert!" Pazuzu prustete vor Lachen. „Was hat der damit zu tun?" Verlegen meinte Ariadne: „Dionysos hat mich immer nach Strich und Faden mit Frauen betrogen, aber oft ging er mit Frauen ins Bett, die Frauenliebe machten. Da habe ich Dionysos gesagt, dass wir doch eine Frau mit ins Bett nehmen könnten, dass unser Eheleben vielleicht auflebt. Der ist völlig ausgeflippt und meinte, wenn er mich je mit einer Frau im Bett erwischt, dreht er mir den Hals um. Ich wäre nun einmal für Männer geschaffen, und keine Frau hätte was in meinem Bett verloren!" Jetzt lachte Lilith. „Du hast doch die beiden mit ihren Geliebten betrogen!" Sehr ernst sah sie Lilith an. „Ja, und sie haben Asul zu mir geschickt, der mich getötet hat!" Da wurden Pazuzu und Lilith ernst, aber nicht zu ernst. Lilith wollte um jeden Preis ihre Ariadne behalten, darum setzte sie jetzt ihre ganze Verführungskunst ein. „Nun, ich denke, an diesem Punkt ist es sowieso zu spät für alles, Schwester." Sie küsste sie und wandte sich dann an Pazuzu. Leise flüsterte sie ihm etwas zu, was Ariadne nicht verstand. Dann legte Lilith sich auf den Rücken und zog Ariadne auf sich. Ganz behutsam streichelte sie Ariadne und gab ihr innige Küsse. Dann legte sich Pazuzu zu den beiden und streichelte die beiden so sanft, dass Ariadne ganz weich wurde. Pazuzu war so lieb mit Lilith, dass sie nun verstand, dass beide Mann und Frau waren. Aber Ariadne hatte Angst, ihre Lilith an Pazuzu zu verlieren in der Liebkosung. „Bitte küss mich!" Sofort verstand Lilith und küsste intensiv ihre Schwester. Jetzt wurde Pazuzu ein wenig eifersüchtig, denn wie die beiden Frauen sich verschlangen, war schon unglaublich. Behutsam legte er sich auf Ariadne zwischen ihm und Lilith. Vorsichtig spreizte er die Beine der beiden Frauen unter sich. Dann ließ er sein Glied zwischen der Vagina von Ariadne in das Geschlecht von Lilith eindringen. Ariadne schmolz dahin bei der sanften Bewegung des Gliedes von Pazuzu an ihrer Vagina, und sie konnte in den Küssen von

Lilith die Penetration von Pazuzu in ihrem Geschlecht fühlen. Wenn Pazuzu dann und wann auch in ihr Geschlecht eindrang, war sie so verzückt, dass sie umso intensiver ihre Lilith streichelte. Was Pazuzu da tat, war die erregendste sexuelle Erfahrung, die Ariadne je gemacht hatte. So etwas Wunderschönes hatte Ariadne noch nie erlebt. Es war so zärtlich und aufregend. Nie hätte Ariadne gedacht, dass sie ihre absolute sexuelle Befriedigung darin finden würde, mit einem Mann und einer Frau ins Bett zu gehen. Da sie weder lesbisch noch bisexuell war, verstand sie die Welt nicht mehr. Das war die wundervollste aller sexuellen Erfahrungen ihres Daseins. Was hatte das zu bedeuten? Lilith sah ihr allwissend in die Augen. Küsste sie abgeklärt und strich ihr übers Haar. „Oje, jetzt haben wir aber etwas in dir geweckt! Es ist das Fremdgehen deiner Männer das du ertragen hast. Zum ersten Mal hast du auch die Geliebte gehabt, und die Geliebte hat dich genauso geliebt wie den Ehemann. Du warst gleichgestellt. Ich glaube, was du jetzt brauchst, ist ein Mann!" Pazuzu sah Luft holend seiner Frau nach, als sie ging. Dann folgte der absolute Höhepunkt für Ariadne. Stunde um Stunde nahm Pazuzu sie, und Ariadne konnte gar nicht genug bekommen. So sexuell entfesselt war Ariadne noch nie gewesen. Um jeden Preis wollte sie Pazuzu so sehr, wie sie noch nie einen Mann gewollt hatte. Durch die Befriedigung der beiden Frauen und dass er bei ihr geblieben war, war der unersättliche Hunger von Ariadne explodiert. Ein Feuerwerk war Ariadne, und Pazuzu wusste gar nicht, wo er anfangen und aufhören sollte. Auf so einen Gipfel der Lust erklomm Ariadne, dass es Pazuzu nur noch nach Lächeln war. So ein gefülltes Herz mit Liebe und Leidenschaft hätte jeden Mann umgeworfen. Mit Pazuzu lebte sie das, was sie nie mit Dionysos gelebt hatte und Ariadne immer wollte. Pazuzu hatte viel Ähnlichkeit mit Dionysos, sodass Ariadne ein wenig durcheinander kam. Aber den wundervollsten Liebhaber der Welt, den sie in den Armen hielt, war Pazuzu, und für sie war er der perfekte Dionysos. Im Rausch der Sinne lebte Ariadne sich völlig aus mit Pazuzu, und der Traum ihres Daseins ging in Erfüllung: Endlich durfte sie die Frau mit Dionysos teilen, aber Dionysos blieb bei ihr und bewies ihr, wie sehr er sie liebte und wollte. Für Ariadne war Pazuzu von dem Moment an der größte Mann, dem sie je begegnet war, und sie blühte förmlich auf in seinen starken Armen. Eine Liebe wurde geboren, die Vergangenes und Zukünftiges in ein ganz anderes Licht stellte. Das Liebesspiel zwischen Lilith, Ariadne und Pazuzu war Grenzen sprengend, und keine Eifersucht fand da noch Platz. Die sexuelle Entladung danach mit Pazuzu war kometenhaft. Aber die Situation brachte neue Probleme, von denen Ariadne eigentlich genug hatte!

Ariadne liebte abgöttisch Pazuzu, für sie war er der Gott des Sex, und Pazuzu kümmerte sich immer rührend um Ariadne, dass ihr Herz nur übergehen konnte vor Liebe! Mit Pazuzu erreichte Ariadne den absoluten Gipfel der Lust und zerschmolz in ihm. Natürlich bekam Asmodei das mit, aber er duldete es, weil es unter seiner Kontrolle war, denn auf Pazuzu konnte er sich verlassen. Natürlich machte es Asmodei viel aus, doch lieber Pazuzu als ein anderer Mann, mit dem es schiefgehen könnte. Immer war Asmodei klar, dass bei seiner Untreue auch Ariadne irgendwann fremdginge, so akzeptierte er es widerwillig. Im Hause Asmodei flogen oft gewaltig die Fetzen, denn Ariadne war am wütendsten, wenn sie wusste, dass Asmodei bei Dionysos und Eros war, und sie wusste es einfach! Einmal eskalierte es so, dass Ariadne mit einem Messer auf Asmodei losging und Pazuzu sie nur mit aller Gewalt bremsen konnte. Pazuzu war der Vermittler zwischen den beiden und tat sein Bestes, aber viel half es nicht. Vor allem durchschaute Ariadne das Spiel von Pazuzu und Asmodei. Wie ein Spielball wurde sie von einem zum anderen gespielt, und Pazuzu stellte sich letztendlich immer auf die Seite von Asmodei und wollte ihre Ehe retten. Es war nicht so, dass Ariadne nicht mehr ihren Asmodei liebte. In den schönen Momenten, wenn Harmonie zwischen ihnen war und sie sich voller Liebe in die Arme schlossen, wusste Ariadne, warum Asmodei der eine war, selbst Pazuzu erreichte das nicht, aber der Betrug mit Dionysos und Eros war zu viel für Ariadne. Am liebsten wäre sie weggelaufen, aber wohin? Asmodei konnte sie nicht verlassen, und Pazuzu hielt zu seinem Freund. Es gab keinen Weg heraus, doch

Ariadne musste etwas tun. Sie musste fliehen. Es verletzte sie umso mehr, dass Pazuzu und Asmodei immer zusammenhielten, und es wurde schlimmer, als es war. Alles war auf Messers Schneide! Eines Tages war Ariadne ganz allein. Asmodei war auf Abenteuer, und Pazuzu hatte ein Riesenstreit mit Ariadne, sodass sie ihn rausgeworfen hatte. Da bekam Ariadne überraschend Besuch. Nie kam jemand, wenn Asmodei weg war, aber einer überging das Versprechen, Ariadne nie allein aufzusuchen. Der Sohn von Appollyon, Appollon, kam zu ihr. Ariadne war sehr überrascht, freute sich aber über Besuch. Die ganze Zeit war sie immer mit Asmodei und Pazuzu zusammen, da konnten die Nerven blank liegen. Doch Ariadne fragte sich schon, was wohl Appollon von ihr wollte. Hatte Appollyon von Weitem alles beobachtet und seinen Sohn zu ihr geschickt? Eine kleine Hoffnung flackerte in ihr hoch. Appollyon ließ sich kaum blicken, seid Asmodei sie geheiratet hatte, und ihr Kontakt war doch eher oberflächlich. Alle akzeptierten halt, dass Asmodei nun ihr Mann war, und die wilden Zeiten waren vorbei. Dann sah Appollon sie an. „Bist du glücklich?" Tränen rannen über ihr Gesicht, und sie schüttelte den Kopf ohne eine Antwort. Appollon sah sie sehr traurig an. „Ich denke oft an dich. Fünfhundert Jahre sind vergangen, die du jetzt mit Asmodei zusammen bist, aber ich muss immer an dich denken!" Appollon nahm die Fernbedienung und machte die Kamera aus. Ariadne wusste gar nicht, wie ihr geschah. Ganz sacht nahm Appollon sie in die Arme und küsste sie so lieb, dass sie völlig perplex war. „Aber Appollyon! Wir können ihm das doch nicht antun. Das wird er nicht verkraften!" Sehr ernst schaute Appollon sie an. „Was meinst du, warum ich achthundert Jahre gebraucht habe, zu dir zu kommen? Appollyon wird es nie erfahren! Ariadne, ich muss dich wenigstens einmal in die Arme geschlossen haben und von deinen Lippen kosten! Bitte! Einmal möchte ich nur Liebe mit dir machen, dass ich dich endlich vergesse und der Schmerz in meiner Brust aufhört. Ich schäme mich so gegenüber Appollyon, aber ich kann die Liebe in mir zu dir nicht länger ertragen. Bitte befrei mich davon!" So hatte Ariadne noch nie ein Mann in die Arme geschlossen. Appollon zog keine Show ab oder spielte sich als größter Liebhaber der Welt auf. Als ganz normaler zerbrechlicher Mann wollte er ihr seine Liebe zeigen, ohne eine Forderung oder Erwartung. Das war die normalste und schönste Begegnung mit einem Mann, die Ariadne je erlebt hatte. Appollon war einfach er selbst und hatte keinerlei Interesse, etwas vorzuspielen. Es war die reinste Form einer Beziehung, und natürlich blieb es nicht bei dem einen Mal. Mit Appollon lebte sie die ganz gewöhnliche schöne Liebe, ohne Auswüchse und Kick. So etwas Pures hatte Ariadne noch nicht erlebt. Appollon kam nicht als Liebesgott, Dämon der Sinne oder sonst was zu ihr, einfach als Mann, der sie liebte und nie haben konnte. Jetzt wurde es wirklich kompliziert, denn Pazuzu hatte sie in der Hand wegen Lilith, und so führte sie mit beiden Liebhabern eine Beziehung und mit Lilith irgendwie dazwischen. Das war zu viel für Ariadne, denn sie kochte vor Wut bei Asmodei und Pazuzu, die alles immer schön glätteten. Weinte sich aus bei ihrer geliebten Lilith, wo alles im Geheimen war und nie nach außen gelebt werden konnte. Und tiefe Liebe, die sich nach mehr sehnte, verband sie mit Appollon, den sie nie haben konnte und mit einem sehr schlechten Gewissen gegenüber Appollyon zurückließ. Ariadne zerbrach, denn sie verkraftete alles nicht mehr, und da war nur noch ein Wunsch in ihr: alles zu beenden!

Erschöpft lag Ariadne reglos im Arm ihrer einzigen Vertrauten Lilith, und nicht mal Tränen kamen mehr aus ihr, denn sie war zerstört. Asmodei und Pazuzu hatten ihr das Herz gebrochen, und Appollon war unerreichbar für sie. „Lilith, ich werde gehen." Schockiert richtete sich Lilith auf und sah sie an, es brach ihr das Herz, wie Ariadne in sich zusammengefallen war. „Wohin willst du gehen?" Schwach strich sie über Liliths Gesicht, denn da war keine Kraft mehr in Ariadne. „Du sagst es keinem, versprich es mir!" Lilith weinte nun. „Ich bin deine Freundin. Ich will nicht ohne dich sein. Ich komm mit!" Tränen rannen jetzt auch über Ariadnes Gesicht, denn zu sehen, wie sehr sie Lilith liebte, rührte sie überaus. „Nein, du kannst nicht mitkommen. Ich gehe zu den Baumeistern und sag ihnen, dass ich in den Blauen Garten will. Ich will endlich meinen Frieden finden. Vielleicht kann der

Blaue Garten mein gebrochenes Herz heilen!" Lilith war völlig außer sich, aber Ariadne traf ihr Herz. „Erst hat Dionysos mich getötet, dann Eros, dann Asul, und Pazuzu und Asmodei haben mein Herz getötet. Ich will nicht mehr. Ich lieb dich über alles, Lilith, aber ich will nicht mehr so leben. Wenn du mich liebst, gönnst du mir die Erlösung meiner Seele, denn sie ist nur noch voller Löcher. Ich kann und will nicht mehr. Ich will nur weg, denn das ist der einzige Ausweg aus meiner Hölle!" Lilith schaute sie fest an. „Wann gehst du?" Ariadne richtete sich auf. „Ich wollte dich noch einmal in die Arme nehmen, weil ich dich immer so geliebt habe und du mein Balsam auf der Seele bist. Ich gehe jetzt und werde in Liebe an dich denken, wenn ich im Blauen Garten bin, denn mein letzter Gedanke soll keinem Mann gelten, sondern der wundervollsten Frau, der ich je begegnet bin! Es ist schön, dass wir beide uns in Liebe vereint haben. Nur mit dir habe ich es nie bereut, und du hast mich so glücklich gemacht, aber die Männer haben mich gebrochen. Verzeih mir, und denk ab und zu lieb an mich, und wenn ich fort bin, sei glücklich, denn deine Schwester ist dann endlich erlöst von ihrem qualvollen Dasein!" Lilith konnte Ariadne nicht mehr sehen durch ihre Tränen, und geschockt ließ sie ihre Geliebte gehen in Liebe und Verständnis. Lilith akzeptierte ihre Entscheidung, denn sie liebte Ariadne und wusste schon lange, dass sie gehen würde. So sollte Ariadne ihren Frieden im Blauen Garten finden, denn Ariadne hatte ihren Frieden verdient!!!

Die Baumeister erfüllten Ariadne ihren Wunsch, und sie fand sich im Blauen Garten wieder, aber den ersehnten Frieden fand sie nicht!

Asmodei war außer sich, als er Ariadne nicht fand. Warum war Pazuzu nicht da? Seine Aufgabe war es, auf sie aufzupassen. Hatte Asul Ariadne geholt? Was war bloß passiert? Aufgebracht suchte Asmodei Pazuzu auf und stauchte ihn zusammen. Pazuzu versuchte ihn zu beruhigen. „Ariadne war bei Lilith, alles war in Ordnung. Sprechen wir doch erst mal mit Lilith. Vielleicht ist sie bei Appollyon." Lilith ließ sich nichts anmerken und verriet Ariadne nicht. Es machte Lilith richtig Spaß, Asmodei so schwitzen zu sehen, das hatte er mehr als verdient! So eilten die Männer zu Appollyon, der völlig fassungslos war. „Wie, sie ist weg? Wenn Asul sie hätte, hätte der sich schon längst gemeldet, aber ich schicke einen Spion hin, der sich diskret umschaut, denn Asul darf nicht wissen, dass Ariadne weg ist. Sonst sucht er sie noch und findet sie vielleicht vor uns. War schon einer bei Ariell?" Asmodei fielen fast die Augen raus. „Was soll sie denn bei dem, das ist doch schon lange vorbei?!" Appollyon sagte es ihm ungern, aber da musste Asmodei jetzt durch. „Nun, ich weiß alles, und das mit Pazuzu und dir war nicht zu übersehen. Aber Ariadne hatte einen geheimen Liebhaber, der stets die Kamera ausgeschaltet hat. Vielleicht ist sie bei dem!" Appollon, der dabeistand, bekam hochrote Ohren, sagte aber nichts. Asmodei war es ganz komisch. „Wer ist der Mann? Sie hat mich verlassen wegen eines anderen …" Asmodei fiel völlig in sich zusammen, und Appollyon versuchte die Situation zu retten, indem er sich um alles kümmerte. Ariell lachte sich kaputt, als Appollyon ihn verhörte. „Ich versichere dir, ich bin nicht der geheime Liebhaber. Ich habe Ariadne seit einer Ewigkeit nicht gesehen. Aber ich habe doch gesagt, Asmodei bricht ihr das Herz. Soll sie doch mit dem geheimnisvollen Liebhaber durchbrennen. Meinen Segen hat sie!" Doch darauf konnte Appollyon es nicht beruhen lassen, denn er machte sich große Sorgen um Ariadne, dass ihr auch etwas passieren könnte, wo sie jetzt ohne Schutz war. Asul hatte sie nicht, wie sein Spion herausfand. Aber wo war sie? Er sprach mit den Baumeistern, die ihn abblitzen ließen „Du hast dich nicht genug um deine Schwester gekümmert, und jetzt ist sie halt weg. Dich geht nicht an, wo sie ist!" Nicht nur Asmodei starb tausend Tode, auch die anderen Männer, die Ariadne nahestanden! Asmodei ging so weit, dass er in Betracht zog, dass Ariadne zu Eros oder Dionysos zurückgekehrt war, aber auch bei den beiden fand Asmodei sie nicht und zog sich völlig in sich zurück, damit niemand sah, wie schlecht es ihm ging.

Leider fand Ariadne nicht ihren Frieden im Blauen Garten. Ohne Abbadon zerfiel sie in tausend Stücke. Ihre Seele verlor sich im dunklen ihres Seins. Ohne Abbadon war sie verloren und wurde so krank in ihrem Sein, dass sie nur noch eines wollte: sterben! Der Himmel konnte ihrer gepeinigten Seele nicht helfen, die so dahinschwand, dass kaum noch etwas von Ariadne übrig blieb. Doch zu Asmodei wollte sie auf keinen Fall zurück, denn ihr Herz durchlitt Höllenqualen seinetwegen. So gab es für Ariadne nur noch einen Ausweg, den Freitod, als Erlösung ihrer Schmerzen und kranken Seele.

Asul konnte es nicht fassen, als Ariadne auf dem Monitor erschien. „Ich habe einen letzten Wunsch an dich, Asul, beende es! Bitte komm zu mir und töte mich, ich will nicht mehr leben! Ich bin ganz allein im Blauen Garten. Komm allein, und wir sehen noch dem Sonnenuntergang zu, bevor du mich an dem Ort tötest, wo meine Seele erlöst wird durch dich!" Ariadne wartete keine Antwort ab und schaltete einfach den Monitor aus. Asul holte tief Luft. Was war geschehen? Warum wollte sie sterben? Seid wann war sie nicht mehr in Abbadon? Das war alles so überraschend für Asul, dass er sogar ein wenig traurig war. Was war mit seiner Kämpferin passiert, dass sie einfach aufgab? Nie hatte Asul eine stärkere Frau als Ariadne kennengelernt, was war mit ihr passiert? Asul machte sich auf den Weg und traf auf die einsame Ariadne, die am Ufer den Sonnenuntergang beobachtete. Eigentlich wollte Asul mit ihr sprechen und Antworten auf all seine Fragen, aber Ariadne war wirklich schlimm dran, und er ließ sein gewohntes Spiel. Still setzte er sich zu ihr und schaute dem Naturspiel zu, aber vor allem ergründete er die tiefen Furchen ihrer Seele, die sich auf ihrem Gesicht widerspiegelten und jeglicher Erklärung entzogen!

Eros war allein, als die Baumeister ihn als Ersten informierten „Eros, das ist jetzt deine Chance, dein schlechtes Gewissen reinzuwaschen. Ariadne ist im Blauen Garten. Asul ist bei ihr und wird sie töten, wenn die Sonne untergeht. Vielleicht schaffst du es, rechtzeitig da zu sein, um diesmal zu verhindern, dass Asul sie tötet, denn er hat sie damals getötet, nur die Liebe ihres Bruders Appollyon hat sie wieder zu Leben erweckt, und sie wurde Teil von Abbadon! Lauf denn, diesmal kann sie keine Liebe der Welt zurückholen, wenn sie stirbt!" Eros überschlug sich fast und rannte

um das Leben von Ariadne. Dionysos war im wilden Festgelage mit seinen Frauen, als ihn die Information der Baumeister wie ein Blitz traf. Alles ließ er stehen und liegen und machte sich sofort auf den Weg. Die Baumeister waren so unverschämt, nur Appollyon zu informieren, und übergingen Asmodei. In Sekunden machten sich Appollyon, Asmodei und Pazuzu auf den Weg.
Die Sonne war untergegangen, und Asul betrat mit Ariadne ihr kleines Haus. „Asul, ich habe solche Schmerzen, bitte mach es kurz und schmerzlos!" Erschöpft legte Ariadne sich auf das Bett. „Ich will im Bett sterben." Asul schluckte, denn Ariadne war vollkommen am Ende. Sacht setzte er sich zu ihr aufs Bett „Ich will dir etwas sagen, bevor ich dich töte." Ariadne schaute ihn müde an. „Ariadne, ich liebe dich! Bitte mach mit mir noch einmal so Liebe wie beim ersten Mal! Dann erfüll ich dir deinen Wunsch! Ein Schwerthieb, und es ist vorbei. Ich gebe dir deine Erlösung!" Dabei zog er das Schwert aus der Scheide und legte es neben sich. Ariadne schaute in seine Augen und sah, dass er sie wirklich liebte, das überraschte Ariadne sehr und berührte sogar irgendwie ihr Herz. „Noch einmal Liebe machen, und das war es dann? Das passt zu meinem ganzen Dasein!" So nahm Ariadne ihren Erlöser in den Arm und erfüllte seinen Wunsch. Asul traten Tränen in die Augen und Zorn, dass eine Frau so sein Herz berührte. Er richtete sich auf und nahm das Schwert. Voller Wucht schlug er zu, aber nicht Ariadne traf er, sondern Eros in den Rücken, der sich dazwischengeworfen hatte!

Kapitel 12

Ariadne konnte ihren Augen nicht trauen. Als Asul ausholte, um sie zu töten, erschien vor ihr Eros und lächelte sie an. Ariadne war nackt, hatte gerade Geschlechtsverkehr mit Asul gehabt und schämte sich zu Tode vor ihrem Mann! Das war so verrückt, wie ihr ganzer Verstand umnachtet war, und dann diese Begegnung mit Eros nach achthundert Jahren, das war zu viel für sie, und Ariadne wurde ohnmächtig. Der schwer verletzte Eros sackte in ihre Arme. Qualvoll stöhnte er. Dionysos traf zeitgleich mit den Männern von Appollyon ein. Alle schauten ziemlich dumm drein, denn keiner wusste, dass der andere von den Baumeistern informiert worden war. Dann erst richtete sich ihr Augenmerk auf Asul, Eros und Ariadne. Sofort rissen sie Asul weg, bevor noch Schlimmeres passierte. Die Männer hatten alle Hände voll zu tun mit Asul, bevor sie ihn rauswerfen konnten. Er tobte: „Ich komme wieder, dann bring ich meine Leute mit! Der Kampf hat gerade erst begonnen!" Dionysos stand sprachlos vor dem Bett, in dem Ariadne mit Eros lag, und konnte überhaupt nicht fassen, was alles geschah. Dann schüttelte er sich und sah nach Eros, der ganz fest seine Ariadne hielt und nicht losließ. Dionysos Mühe war umsonst. „Du brauchst ein Arzt. Du bist schwer verletzt!" Eros weigerte sich. „Apollo soll herkommen. Ich geh nicht. Ich will bei Ariadne sterben. Keiner bringt mich weg. Ich will meine Ariadne im Arm halten, und wenn das mein Tod ist. Ich gebe sie nicht her. Asul kommt zurück und wird sie vielleicht töten. Meinst du, ich gehe?" Dionysos schluckte und rief sofort Apollo. Das alles war zu verwirrend, und da den Überblick zu behalten war unmöglich. Appollyon sah nach Ariadne. „Das war wohl zu viel für sie, nach Jahrhunderten fällt ihr Eros in die Arme!" Pazuzu konnte sich ein Lachen nicht verkneifen und wurde böse von Dionysos angeschaut. Asmodei fand das auch nicht im Geringsten witzig. Da lag nackt seine Frau, und Eros auf ihr drauf, aber

Asmodei hatte sich im Griff. Aufgebracht fragte Dionysos: „Könnt ihr mal sagen, was ihr hier macht?" Eros beschwichtigte Dionysos, denn er war heilfroh, dass Appollyon und die anderen aufgetaucht waren, sonst hätte Asul Dionysos, Ariadne und Eros getötet. „Appollyon ist ihr Bruder. Die letzten Jahrhunderte war sie in Abbadon, haben mir die Baumeister gesagt. Damals hat Asul sie getötet, und Appollyon hat sie ins Leben zurückgeholt. Also halt die Klappe, Dionysos. Ohne die wären wir alle schon tot!" Doch Dionysos kam erst richtig in Rage und ging jetzt auf Asmodei los. „Asul tötet mich nicht, dem reiß ich den Kopf ab! Und du, Bürschchen, hast mich die ganze Zeit verarscht. Du wusstest, wo Ariadne ist, und hast es mir nicht gesagt. Ich dreh dir den Hals um!" Es brauchte alle Kraft der Männer, Dionysos festzuhalten, und Asmodei war es mehr wie ungemütlich. Wie gerufen kam Apollo, der nur die Hände über den Kopf schlug, was denn hier los wäre. Appollyon verwies zu Eros. „Kümmere dich besser um Eros, er ist schwer verletzt. Ariadne ist ohnmächtig. Wir kümmern uns um Dionysos!" Ariadne kam wieder zu Bewusstsein, was bei dem Radau kein Wunder war, und Dionysos war mucksmäuschenstill, denn vor Ariadne wollte er kein schlechtes Bild abgeben. Ariadne rang nach Luft, als sie in die Augen von Eros blickte, dann sah sie die ganzen anderen Leute und hätte sich am liebsten in Luft aufgelöst. Ariadne war nicht in der Lage, einen klaren Gedanken zu fassen. Eros drehte sich auf die Seite, und Apollo versorgte die tiefe Wunde. „Na, sterben wirst du nicht daran, aber das wird lange sehr wehtun. Dionysos sagte mir, du willst nicht weg. Gut, kann ich verantworten, aber ich bleib bei dir. Die Wunde ist verschlossen, doch die durchtrennten Nerven und das Gewebe müssen zusammenwachsen, und das wird sehr schmerzhaft. Asul hat um Haaresbreite dein Rückgrat verfehlt. Du hattest Glück. Aber du weißt, es wäre besser, mit mir mitzukommen!" Eros drehte sich zu Ariadne. „Hier kriegt mich keiner weg!" Ariadne fing an zu weinen und schluchzte: „Eros, du hättest sterben können. Das wollte ich doch nicht! Es tut mir leid!", und sie hatte so ein schlechtes Gewissen, dass sie sich gar nicht mehr beruhigen konnte. Erst Appollyon konnte Ariadne wieder etwas runterschrauben. „Na, ob der so geweint hat, als dich damals Asul getötet hat, wage ich zu bezweifeln!" Dionysos mischte sich wütend ein. „Wir wollten doch nicht, dass Asul sie tötet. Ich habe sie überall gesucht. Was meinst du eigentlich? Wir lieben unsere Frau!" Zynisch kommentierte Appollyon: „Exfrau. Sie hat sich von euch scheiden lassen, und du, Dionysos, hast gleich drei Frauen nach ihr geheiratet, von Trauer kann man da kaum reden, oder?" Ariadne konnte ihren Ohren nicht glauben. „Wie bitte? Drei Frauen hat er nach mir geheiratet? Und du, Eros!" Oh, Ariadne sah ihn so böse an, das reichte für ein ganzes Heer Männer, aber Eros wich nicht zurück. „Ich habe nie mehr geheiratet nach dir. Denn glaube mir, ich bin ebenso gestorben wie du! Ich glaubte, dass du tot wärest, denn ich war es auf jeden Fall!" Da kam kein Ton von irgendwem, und Eros nahm ihre Hand und streichelte ihr liebevoll übers Haar, wie es nur Eros tat und kein anderer Mann je getan hatte. Ariadne war betört, aber riss sich da raus. „Eros, ich bin nicht mehr dieselbe wie früher. An dem Tag, als Asul in meinem Leben erschienen ist, hat sich mein gesamtes Dasein geändert. Was meinst du, was alles passiert ist! Ich bin in den Blauen Garten, um meinen Frieden zu finden, aber ich werde sehr krank ohne Abbadon. Ich habe Asul gerufen, damit er mich tötet und für immer erlöst von meinem Dasein. Eros, ich bin eine total gebrochene Frau. Zu dir und Dionysos würde ich nie mehr zurückkehren. Nach Abbadon will ich auch nicht mehr, denn da bin ich unglücklich. Ich will am liebsten allein sein, und jetzt marschiert ihr hier alle auf: Das kann doch nicht wahr sein!" Appollyon entwich ein großes „Oje!". Apollo schaute ihn an. „Was?" Appollyon nahm rasch seinen Monitor. „Asul kommt mit einem Dutzend Männer. Jetzt geht es zur Sache. Wir brauchen mehr Leute!" Appollon war am Monitor. „Ariell soll sofort mit Pakker und noch einem Dutzend Leuten kommen. Wir haben Ariadne gefunden. Aber Asul weiß auch, wo sie ist. Wir sind im Blauen Garten." Appollon rang nach Luft. „Ich komm mit!" Unwirsch wies er Appollon zurück. „Du bleibst in Abbadon. Ariell soll sofort kommen. Asul ist schon unterwegs. Sofort!" Pazuzu verriegelte die Tür. Asmodei stellte Schränke vor die Fenster. Da war Asul schon da. Das alles dauerte nur einige Minuten, dann war Asul bereits mit seinen Männern im Haus. Bloß alte Waffen waren erlaubt von den Baumeistern, und so gab es ein wildes Schwertgefecht, bei dem alle Männer um ihr Leben kämpften und keiner zum Bett von Ariadne kommen durfte. Obwohl es nur einige Minuten währte, bis Ariell eintraf mit der Verstärkung, schien es den kämpfenden Männern wie Stunden, so brutal ging Asul mit seinen Männern vor. Jeder, außer Asmodei, der immer ein Glückskind war im Kampf, hatte ordentlich was abbekommen und Apollo alle Hände voll zu tun, aber der erste Kampf war gewonnen. Ariell strahlte Ariadne an und setzte sich unverfroren zu ihr aufs Bett. Honigsüß lächelte er sie an und küsste sie, ohne Notiz von Eros zu nehmen. „Was machst du hier?" Appollyon lachte sich kaputt, während Eros und Dionysos Mordgedanken hegten. „Sie will sterben." Ariell strich ihr über die Wange. „Was soll denn der Blödsinn? Warum bist du nicht zu mir gekommen? Ich hätte dich in die Arme genommen und so lange Liebe gemacht, dass du alles vergisst. Dann hättest du ja zu deinem geheimnisvollen Liebhaber gehen können oder wonach dir der Sinn gestanden hätte!" Ariadne schaute ihn fassungslos an, aber noch fassungsloser schauten Dionysos und Eros drein, und nur Eros fand die Sprache: „Der ist dein Liebhaber?" Ariadne wurde jetzt wütend. „Ich will mir endlich was anziehen! Und wenn du es genau wissen willst, er war mein Liebhaber. Was willst du jetzt, Ariell? Du hast nicht mehr mit mir gesprochen und mich gemieden. Du hast mir nie verziehen …" Rasch unterbrach sie Asmodei, der Panik bekam, was wohl passierte, wenn Eros und Dionysos erfuhren, dass er ihr Ehemann war. „Jetzt beruhigen sich alle mal!" Er reichte ihr ein Kleid, in das sie rasch schlüpfte, und flüsterte ihr ins Ohr: „Sag bloß nicht, dass ich dein Mann bin!" Ariadne explodierte. „Ach, so ist das. Deine beiden Liebhaber könnten ja böse auf dich sein!" Asmodei wurde weiß wie ein Laken. „Meinst du, ich weiß nicht, dass du ins Bett gehst mit Dionysos und Eros? Ihr seid der Grund, warum ich sterben will! Nur dass ihr beiden es wisst, Ihr fickt meinen Ehemann!" Asmodei wollte sie aufhalten, aber Ariadne kochte. „Ich wünsch euch drei noch viel Spaß im Bett, ich bleib hier und geh jetzt mal an die frische Luft." Appollyon sprach eindringlich mit ihr. „Du kannst nicht raus, da ist Asul!" Aber Ariadne wollte sich losreißen. „Lieber Asul als das hier drinnen. Asul habe ich gerufen, aber euch nicht!" Appollyon nahm sie bei der Hand „Komm, setzen wir uns! Warum bist du nicht zu mir gekommen?" Traurig senkte Ariadne den Kopf. „Du sprichst doch kaum noch mit mir, seit ich mit Asmodei verheiratet bin. Ich hoffte, du kämest zu mir. Aber du bist nicht gekommen. Ihr alle habt mich allein gelassen. Ariell war weg, du warst weg. Keiner kam zu mir!" Spitzbübisch grinste Appollyon. „Oh, doch, du hast einen geheimen Liebhaber. Du hast Lilith, du hast Pazuzu. Da dachte ich nicht, dass du mich brauchst!" Asul griff wieder an, und diesmal noch heftiger. Das Haus erzitterte unter seinem Angriff. Die Männer taten alles, dass Asul nicht reinkäme mit seinen Kriegern. Jetzt erreichte die Angst Ariadne, denn der Kampf um sie war Furcht einflößend, Die Luft war erfüllt von den Schreien der Männer. Die dunkle Nacht barg nichts Gutes. Die Finsternis tat sich auf vor Ariadne, und sie erinnerte sich an die Flucht und den Kampf, als man sie aus der Festung der Finsternis geholt hatte. Ariadne fürchtete um das Leben der Männer und wurde sehr traurig, denn nicht noch mehr sollten wegen ihr sterben. Natürlich begriff Ariadne aufgrund ihrer Schuldgefühle gar nicht, dass es nicht um sie alleine ging, denn die verschiedenen Seiten wollten einfach siegen. Es war ein Kampf der Parteien geworden, und jeder wollte einfach der Stärkere sein! Eros setzte sich zu der verängstigten Ariadne und riss sie aus ihren Gedanken. „Hab keine Angst, Asul kommt nicht rein!" Ariadne weinte. „Ich habe Angst um Appollyons Männer", und sie erzählte Eros von der Zeit der Festung der Finsternis. Eros schluckte hart bei der Geschichte, und die Wut über sie und Ariell und Asmodei war verflogen. Ariadne hatte wirklich Schlimmes erlebt, und Appollyon und seine Männer hatten einfach das Beste draus gemacht.

Der Feind war abgewehrt und eine Verschnaufpause trat ein, aber der Krieg im Haus hatte es eben so in sich. Asmodei verpasste Pazuzu eine mitten ins Gesicht. „Du Arschloch hast Ariadne erzählt von mir, Eros und Dionysos!" Pazuzu strauchelte und hielt sich an einem Schrank fest. „Ich habe Ariadne gar nichts gesagt. Ich habe es nur Lilith gesagt. Keiner wusste es. Lilith muss es ihr gesagt haben ... Ach, jetzt wird mir alles klar!" Er sah Ariadne an, die verschämt zur Seite schaute. Asmodei war auf tausend. „Was wird dir klar?" Pazuzu war jetzt nur eines wichtig, seine Haut zu retten, auf dass er nicht seinen besten Freund verliere, und er servierte Ariadne auf dem Silbertablett. „So hat Lilith dich ins Bett bekommen! Sie ist die raffinierteste Frau, die ich kenne!" Flammen traten aus Asmodeis Augen. „Du hast ein Verhältnis mit Lilith?" Ariadne hätte Pazuzu jetzt selbst eine reinschlagen können. „Pazuzu hat bestens davon profitiert. Was meinst du, was für einen Spaß wir zu dritt im Bett hatten. Pazuzu war schlechthin der Gott des Sex und hat gar nicht genug bekommen können!" Dionysos und Eros stand der Mund offen, und Dionysos rutschte raus: „Hast du eigentlich mit allen Dämonen geschlafen?!" Im Grunde hätte Ariadne verlegen sein müssen, aber das einst so keusche Mädchen Ariadne war tot, und so konterte sie: „Ich weiß noch ihre Namen und kann sie zählen, also hält sich noch alles im Rahmen, lieber Dionysos!" Asmodei ging auf Pazuzu los, und der wurde schwerer verletzt von Asmodei als von den Männern Asuls! Appollyon musste handeln, denn Asmodei war außer Kontrolle, und so warf Appollyon ihn raus. „Kühl dich ab in Abbadon. Du hast hier nichts verloren. Deine Frau betrügst du nach Strich und Faden mit anderen Frauen und Männern, und sie darf nichts! Hau ab. Da ist der Ausgang!!!"

Es wurde etwas ruhiger, aber Asul saß ihnen im Nacken. Dann wurde Dionysos ganz bleich. „Moment mal. Ich kenne die Geschichte von Appollyon und seiner Schwester Ariadne ..." Apollo sah ihn scharf an, und jetzt wurde Ariadne feuerrot, am liebsten wäre sie im Erdboden verschwunden, und Apollo versuchte Dionysos zum Schweigen zu bringen. „Lass das. Du hast gesagt, sie ist deine Tochter, und ihr Name ist Ariadne. Die Baumeister haben gesagt, dass Appollyon ihr Bruder ist. Natürlich, sie ist Ariadne, der Grund, warum Abbadon errichtet worden ist. Der Ort der verfluchten Seelen. Appollyon wollte allen verlorenen

Seelen eine Heimat geben, da seine Seele ..." Appollyon selbst schritt jetzt ein. „Ja, sie ist Ariadne, und ich hatte eine Liebesbeziehung mit meiner Schwester. Das Kind aus unserer Liebe ist gestorben, und Ariadne hat sich mit ihrer Tochter in den Tod gestürzt, und deswegen bin ich ein schwarzer Gott geworden. Haben wir es jetzt?" In Eros arbeitete es wie wild, denn auch er kannte die Geschichte. „Und du hast nie etwas zu mir oder Dionysos gesagt? Wie konntest du so ein Geheimnis für dich behalten? Wir haben dich nicht nur alleine getäuscht und hintergangen. Du uns ebenso. Das hättest du uns doch sagen müssen!" Eros konnte sich nicht entscheiden zutiefst erschüttert zu sein oder gekränkt, aber Ariadne holte erst aus, denn das wollte sie nicht auf sich sitzen lassen, dass beide Herren sich jetzt aus der Affäre zogen und sie der Buhmann sein sollte. „Ach Eros, du weißt so manches nicht. Dein ach so geliebter Dionysos hat dir auch nicht alles erzählt. Oder hat er dir erzählt, dass ich damals im Himmelspalast schwanger von dir geworden bin? Wir haben eine Tochter, und Dionysos hat sie mir weggenommen als Baby. Ich weiß nicht, wo sie ist, frag deinen liebsten Dionysos!" Eros starrte sie mit großen Augen an. „Ja, du hast eine schwangere Frau, die dein Kind in sich trug, verlassen, und Dionysos hat sich deswegen meiner angenommen. Ich habe ihn so gehasst dafür, dass er mir deine und meine Tochter genommen hat, dass ich ihn so lange bekriegt habe, bis er mich getötet hat!" Dionysos wand sich. „Wir alle kennen die Geschichte!" Eros flippte aus. „Ich kenne die Geschichte von meiner Tochter nicht, du Mistkerl!" Dionysos meinte schluchzend: „Ich mein die danach. Eros, bitte. Es war das Beste. Asul hat sie gejagt, Aphrodite und du ..." Eros brauste auf. „Ich hätte doch Ariadne nichts getan!" Aus der Sache kam Dionysos nicht raus. „Das konnte ich doch nicht wissen. Ich wollte das Mädchen schützen, dass sie nicht so was erlebt wie ich als Kind!" Eros hatte zu starke Schmerzen, deswegen sagte er schnippisch zu Dionysos: „Das Thema besprechen wir in Ruhe, wenn das hier vorbei ist. Ich habe noch ein Huhn mit dir zu rupfen, das kann ich dir sagen!" Eros knickte ein, und Ariadne hielt ihn ängstlich. Apollo sah nach ihm. „Jetzt hört doch bitte alle mal auf. Du bist schwer verletzt und musst dich schonen.

Welcher Krieg ist eigentlich schlimmer? Der draußen mit Asul oder der hier drinnen?" Ariadne brachte Eros ins Bett und legte sich zu ihm. „Es tut mir leid, ich wollte dich nicht aufregen!" Eros nahm sie fest in die Arme und versuchte den Schmerz in den Griff zu kriegen. Apollo gab ihm noch ein Schmerzmittel, und es war ein wenig besser. Appollyon schaute sehr ernst Ariadne an. „Wir können nicht hierbleiben! Asul wird uns alle mit seinen Männern töten. Hier haben wir keine Abwehrmöglichkeit. Wir sind hier auf dem Präsentierteller!" Ariadne litt mit Eros, und alles tat ihr sehr leid. Natürlich hatte Appollyon recht, und sie nickte. Appollyon sah alle an. „Wir müssen schnellstmöglich nach Abbadon, damit wir den Krieg mit Asul ausfechten können. Ich habe hier meine besten Männer und will keinen verlieren. Eros, du und Dionysos geht zurück mit Apollo. Wir kümmern uns um Ariadne. Werde schnell wieder gesund, Eros!" Dieser schoss aus dem Bett. „Ich komme mit nach Abbadon!" Da waren alle sprachlos. Eros in Abbadon, das war so grotesk, dass keiner seinen Ohren traute. Aber Eros traf alle tief ins Herz und machte sich zu einem Sohn Abbadons „Ich bin ebenso verflucht wie ihr. Ich habe meine Frau einst getötet, damit Dionysos sie nicht hat, und habe Asul zu ihr geschickt, der sie getötet hat. Es gibt nur einen Ort, der meine verfluchte Seele wieder heilen kann: Abbadon! Meint ihr, die Schmerzen in meinem Rücken sind schlimm? Nein, die Schmerzen um meine Frau Ariadne sind tausendmal schlimmer. Es sind Höllenqualen, die ich durchleide, und ich will mit nach Abbadon vielleicht finde ich dort mein Seelenheil!" Appollyon zuckte die Schultern. „Was soll ich da sagen? Das kann ja lustig werden!" Er lachte. „Gut, wir nehmen dich mit. Unsere Ärzte werden sich um dich kümmern." Dann kam der Hammer. „Und du, Dionysos, muss deine verfluchte Seele auch geheilt werden in Abbadon?" Schallendes Gelächter kam von den Männern, sogar Eros musste grinsen. Doch Dionysos bewahrte Contenance. „Ich bin nun mal ein grober Klotz. Aber eines kann ich euch versichern: Ich komm mit nach Abbadon!" Pazuzu kam wieder auf die Beine. „Oje, wir haben Lilith vergessen! Schickt sofort jemanden zu ihr, bevor Asmodei ihr was tut!" Appollyon schüttelte den Kopf.

Asmodei war schon bei ihr, aber Hilfe kam früh genug! Appollyon nahm Ariadne bei der Hand. „Du kommst mit zu mir und lebst wie früher in meinem Palast! Mal sehen, was mit Asmodei wird!" Ariadne sah ihn dankbar an und kuschelte sich an ihn.

So trafen alle in Abbadon ein. Unvorteilhaft bekam Dionysos sein Quartier in der Wohnebene von Ariadne, aber Appollyon war nun mal ein Spieler und tat das mit voller Absicht. Doch Ariadne war sowieso nicht da, denn sie war bei Eros. Dionysos blieb nur eine Option, den Frust mit Alkohol runterzuspülen, denn Dionysos war am Boden zerstört. Seine Ariadne hatte wirklich ihr Leben geführt und nichts dabei ausgelassen. Was ihn am meisten verletzte, war, dass sie wieder geheiratet hatte; und dass sich sein Liebhaber als Ehemann seiner Frau rausstellte, toppte wirklich alles. Dann noch eine Affäre mit einer Frau … Oh, das brauchte viel Alkohol!

Ariadne hielt die Hand von Eros, als er wach wurde. Schnell zog sie die Hand weg, und Eros lächelte. „Kannst weiter meine Hand halten!" Doch danach war Ariadne nicht, denn sehr viel ging durch ihren Kopf. Sehr verkrampft begann sie: „Die unselige Liebe zu meinem Bruder Appollyon hatte mich zutiefst mit Scham erfüllt. Ich wollte nur sterben, wurde aber wach im Blauen Garten. Ich sagte den Baumeistern, dass ich sterben wolle. Dann überdachten sie mein Schicksal und sagten, dass ich als Menschenfrau geboren würde und die Männer, die mich liebten, würden mich töten. Verstehst du, Eros, es war dein Schicksal, mich zu töten, genau wie das von Dionysos und sogar Asul. Es war mein Wunsch! Hier in Abbadon fand meine Seele Befreiung, denn hier darf die Schwester ihren Bruder lieben. Abbadon hat mich davon befreit, aber ich bin zu kaputt, und ohne Abbadon kann ich überhaupt nicht mehr sein!" Eros schaute sie sehr ernst an. „Jeder hat die Wahl. Leben oder sterben. Lieben oder töten. Du bist nur mit einer Sache zu weit gegangen, denn alles andere konnte und werde ich dir verzeihen. Aber du hast mit meiner Mutter geschlafen, das hat mich gebrochen, und deswegen habe ich Asul zu dir geschickt." Ariadne atmete schwer und sah tränengefüllt Eros an, aber sie wusste nichts zu sagen, so legte sie sich in seinen Arm.

Was dann geschah, war unfassbar. Eros erzählte zum ersten Mal jemandem von dem sexuellen Missbrauch, den er erlebt hatte. Ariadne verschlug es die Sprache. „Wie wir im Himmelspalast waren, meine Süße, warst du die erste Frau, die mich vergessen ließ. Du hast mich befreit von meiner Mutter, und dafür bin ich dir für immer dankbar!" Ariadne sah ihn forschend an. „Wolltest du deswegen nie Kinder mit mir? Wegen deiner furchtbaren Erlebnisse als Kind?" Eros streichelte ihr durch das Gesicht. „Ich wollte nie Kinder, weil es mich nur an die schwarze Seele meiner Mutter erinnern würde! Aber wir haben ein Kind. Ich werde sie suchen, wenn das vorbei ist. Es ist schön, dass ich ein Kind habe. Und es ist gut, dass meine Tochter schon erwachsen ist, denn ein Kind würde meinem Herzen zu sehr wehtun!" Ariadne schluchzte jetzt herzzerreißend in seinen Armen. „Bitte verzeih mir, Eros!" Er küsste sie auf die Haare. „Ich habe nichts zu verzeihen, ich wollte es dir nur erklären!" Beide hielten sich fest in den Armen und schliefen ein.

Dionysos fiel aus allen Wolken, als Asmodei zu ihm kam. „Du wagst es, hier aufzukreuzen!" Aber Asmodei war ein guter Redner und beschwichtigte Dionysos. „Jetzt hör doch erst mal zu! Dass mit Ariadne und mir ist anders, als du denkst. Die Baumeister haben das beschlossen. Einer von uns musste sie heiraten, damit sie in Abbadon bleiben kann, und das war nun einmal ich. Es war eine Zweckehe. Ich habe Ariadne sehr lieb, aber das ist noch was anderes. Ich war einfach neugierig, wie wohl ihre beiden Ehemänner sind, und wollte euch kennenlernen. Es tut mir leid, Dionysos, das war dumm von mir. Aber wie konnte ich wissen, dass ich mich in euch beide verliebe!" Bei dem Liebesgeständnis verlor Dionysos den Überblick, denn damit hatte er wirklich nicht gerechnet! Asmodei nahm ihn unerschrocken in die Arme und küsste ihn so leidenschaftlich, dass Dionysos vergaß, welcher Tag überhaupt war. Im Bett wurde dann der Rest geregelt, und Dionysos war einfach nur froh, dass Asmodei in seinen Armen war! Bloß an Eros kam Asmodei zurzeit nicht ran, aber das würde er noch regeln. Es gab im Universum keinen größeren Verführer als Asmodei, und keiner konnte ihm widerstehen!

Kapitel 13

Eros wurde von der Krankenstation entlassen und auch bei Appollyon einquartiert. Seine volle Aufmerksamkeit war auf Ariadne gerichtet. Als Asmodei zu ihm kam, war er ganz überrascht über dessen Umgarnung. „Hör mal, lass den Scheiß! Ich kenn dich gut genug und deine Tricks. Du bist der Ehemann von Ariadne, gut, kann ich mit leben. Sonst noch was?" Wild fiel Asmodei über ihn her, was Eros sich mehr wie genussvoll gefallen ließ. Aber was jetzt kam, war wirklich kompliziert. Die Herren hatten alle dieselbe Frau, und jeder von ihnen wollte seine Frau zurückgewinnen. Nur Asmodei war das noch nicht klar geworden, denn er war zu erzürnt über den Betrug seiner Ehefrauen und ging beiden aus dem Weg. Dionysos war noch zu verletzt von Ariadne, aber Eros sah seine Chance. Ungezwungen und ganz locker suchte er eines Nachts seine Ariadne auf, die ihn mit großen Augen anschaute, doch Eros sparte sich alle Worte und nahm sie einfach in die Arme. Bei diesem Liebesakt rann so manche Träne, denn zu lange war es her, und zu sehr taten alle Wunden weh. Ariadne erzählte Eros von der Nacht, wie Asul das erste Mal zu ihr kam, und Eros erstarrte, denn diese Geschichte war wirklich sehr brutal, und Eros verstand jetzt ihre Todessehnsucht. Die ganze Nacht hielt er sie in den Armen und machte kein Auge zu. Alles ging ihm durch den Kopf, und er konnte nur eines, seine Ariadne warm in die Arme nehmen!

Jede Nacht kam er zu Ariadne, wie einst im Himmelspalast, und machte liebvolle Liebe mit ihr, dass Ariadne fühlte, wie sehr er sie vermisst hatte. Anfangs hatte Ariadne noch Vorbehalte, aber Eros liebte jeden Zweifel mit seiner Liebe weg, und Ariadne hauchte ihm ins Ohr: „Ich habe dich auch sehr vermisst, mein Schatz! Aber wir haben ..." Eros überdeckte sie mit Küssen. „Kein Aber, ich will bei dir sein und vergessen!"

Asmodei sponn seine Intrige. Dionysos schlug er ganz weit weg von Ariadne, indem er ihm erzählte von der Zeit, als Ariadne mit Appollyon, Ariell, Pazuzu und ihm zusammen war. Das war zu viel für Dionysos, vier Männer auf einmal, das schlug ihm den Zacken aus der Krone! Natürlich erzählte Dionysos brühwarm alles Eros, der war schon schockiert, aber nahm es wie ein Mann. Trotzdem hielt Eros an seiner Ariadne fest. Also was sollte Asmodei mit Eros tun? Dionysos war ausgeschaltet, und eines war sicher, wenn er nicht Ariadne haben konnte, sollte keiner von beiden sie haben. Die Männer von Appollyon waren ein anderes Problem, um das er sich zur gegebenen Zeit kümmern würde. Vor allem wollte er rausfinden, wer der geheime Liebhaber von Ariadne war. Aber jetzt waren sein Problem Dionysos und Eros. Nur, bei Intrigen ist immer das Problem, sie nehmen ihren ganz eigenen Lauf, und alles kommt dann doch noch anders, weil viele Faktoren zusammenkommen, die nie eine einzelne Person allein in den Griff bekommt. Asmodei kam nicht an Eros ran, der kochte sein eigenes Süppchen. Ohne Problem führte Eros seine Liebesbeziehung mit Asmodei und Ariadne. So ging Asmodei den verwegenen Weg. Eines Nachts, als Eros wieder bei Ariadne war, ging Asmodei unverfroren zu den beiden hin. Ariadne war so überrascht, dass ihr nichts einfiel, was sie hätte sagen können. Wie selbstverständlich legte er sich zu den beiden ins Bett. „Sie ist von uns beiden die Frau, und wir sollten sie miteinander teilen können, oder?" Ariadne wollte was sagen, aber die beiden Herren gingen direkt zu Taten über, und Ariadne vergaß, was sie sagen wollte. Anfangs waren sie die zärtlichsten Liebhaber, die man sich vorstellen konnte, und ganz sacht gingen sie es mit Ariadne an. Das berührte sehr Ariadnes Herz, denn sie waren so umsichtig und lieb zu ihr, dass sie sich öffnete. „Wenn ihr beide wollt, könnt ihr euch küssen. Aber nicht mehr!" Daraufhin küssten sich beide so verführerisch, dass Ariadne der Atem stockte. Ihre homosexuelle Beziehung stellten sie intelligenterweise nicht in den Vordergrund, sondern ihr Werben um Ariadne. Mit der Zeit ging es immer heftiger zur Sache im Bett, und die beiden Männer waren ein Vulkan. Es war einmal die Konkurrenz zueinander, aber auch ihre unterschwelligen Gefühle im Homosexuellen. Natürlich wollten die beiden sich überdies anfassen, hatten aber zu viel Angst, Ariadne dadurch zu verlieren, und ein wildes Begehren herrschte im Bett. Völlig überraschender Besuch stellte sich ein. Zuerst bemerkten sie ihn gar nicht. Als Ariadne um Pause bettelte, richtete sie sich auf und konnte ihren Augen nicht trauen. Dionysos hatte ihnen die ganze Zeit zugeschaut und sagte trocken: „Stört euch nicht an mir!" Die Pause war sehr kurz, denn die beiden wollten Ariadne davon abhalten, zum Nachdenken zu kommen. Jede Nacht kamen Eros und Asmodei zu ihr, und Dionysos schaute einfach zu. Aber die Ausmaße im Bett wurden zu heftig, und Ariadne reichte es. „Gut, bis hierher und nicht weiter. Ich schlage vor, ihr beide macht es jetzt und beruhigt euch endlich, denn das ist mir zu viel. Jetzt schau ich euch zu, denn mir reicht es; keine Frau steht das Stunde um Stunde durch!" Ariadne stand auf und warf sich ein Nachthemd über. Dann setzte sie sich auf das Sofa vor dem Bett. Die beiden schauten sie mit großen Augen an. „Was ist jetzt? Meint ihr, ich bin blöd und versteh nicht, was mit euch los ist? Ihr unterdrückt eure Begierde zum anderen, und deswegen ufert alles komplett aus. Ihr müsst nicht warten bis nachher! Ich will jetzt sehen, wie ihr beide es miteinander tut!" Eine gewisse Verunsicherung war bei den beiden Männern spürbar, aber die Leidenschaft siegte, und beide machten den hingebungsvollsten homosexuellen Sex, den man sich vorstellen konnte. Ariadne war fassungslos, denn die beiden waren wie füreinander geschaffen, es war das perfekte Zusammenspiel von Lust und Liebe, das sie sich vorstellen konnte. Ariadne war so überrascht über das, was sich vor ihr auftat, dass selbst die Eifersucht separat in ihr verschluckt wurde, denn es war unglaublich, was da zwischen den beiden passierte, das war die höchste Form von Homosexualität! Nicht im Geringsten hatte es etwas Abstoßendes für Ariadne, denn dazu war es viel zu mitreißend und aufregend, aber Eifersucht kam da schon auf, denn nie konnte sie da mithalten! Zuerst bemerkte sie gar nicht Dionysos, denn viel zu aufwühlend war das Liebesspiel der Männer im Bett. Erst als Dionysos sie zu sich zog, schaute sie erschrocken in seine Augen. Dionysos küsste sie so wild, dass Ariadne ihren Namen vergaß, und als er sie auf seinen Schoß zog, explodierte sie bei seinem Eindringen. Ariadne versuchte irgendwie den Überblick zu behalten, aber das war vergebens, denn was Dionysos mit ihr machte, schleuderte sie in ein anderes Universum, und die Rollen wurden getauscht: Jetzt schauten Eros und Asmodei zu, denn Dionysos kam erst richtig in Fahrt. Ariadne hatte völlig vergessen, wie phänomenal es immer mit Dionysos im Bett war, und sie konnte gar nicht mehr aufhören seinen Namen zu stöhnen, sodass Eros und Asmodei jetzt von Eifersucht gepackt wurden, doch sie hätten niemals gewagt, Dionysos zu stören. Als dieser seinen ersten Liebesakt vollendet hatte, dachte Ariadne nur: „Das kann doch nicht wahr sein." Dionysos schaute die beiden an und sah ihre Eifersucht, die Ariadne völlig entging, denn sie rang nur noch nach Contenance und kriegte das beim besten Willen nicht mit. Dionysos nahm sie noch mal und noch mal, dass Ariadne völlig losgelöst war. Der Gott des Sex machte seinem Namen alle Ehre, aber das war halt Dionysos. Dann hatte er die beiden genug geärgert. „Also was jetzt? Ich habe gehört, Ariadne, du befriedigst gerne einen Mann oral. Diese Erfahrung fehlt mir, denn ich wollte dir nie zu nahe treten. Du warst immer die Reine für mich, dabei habe ich wohl übersehen, dass in deiner Brust eine leidenschaftliche Liebesgöttin schlägt, die es nach Abenteuern dürstet. Du kannst auch mit mir Abenteuer erleben, und ich korrigiere gern mein Bild von dir! Was hältst du davon, wenn du jetzt zu den beiden ins Bett zurückkehrst? Eros und Asmodei dringen in dich ein, und du küsst mein Glied, weil ich das sehr mag!" Ariadne sah ihn fassungslos an, aber Dionysos hatte über die Jahrhunderte nicht die Wirkung auf Ariadne verloren. Was Dionysos sagte, befolgte Ariadne, und alle drei Männer kamen voll auf ihre Kosten und noch weit darüber hinaus! Ariadne lief zur Höchstform auf und verdrehte allen drei Männern komplett den Kopf im Bett, dass Dionysos wohl nicht seinen Zorn vergaß, aber die Lust und die Liebe darüber siegten. Jede Nacht machten sie Liebe bis zur absoluten Erschöpfung. Der Tag war zu lang, um vom anderen zu lassen, und so wurde er zur Nacht, und keiner kam noch zu irgendwas anderem! Natürlich kam immer wieder im Bett Eifersucht auf, aber wahrscheinlich ist das der Motor einer Beziehung mit mehreren. Nicht selten wurde es sehr heiß zwischen Eros und Asmodei, aber Dionysos glich das gekonnt aus, indem er sich dann intensiv Ariadne widmete, und diese vergaß dann wirklich alles. Dass Eros bisexuell war, wusste Ariadne von Anfang an, denn Eros war auch der Gott der Liebe, der Homosexuellen, und dass Eros ab und zu bei einem Mann Zwischenstopp machte, war nichts Geheimes. Nicht dass Ariadne nicht darauf eifersüchtig war, aber sie lernte damit zu leben. Bei Eros akzeptierte sie es mit der Zeit. Bei Asmodei erfuhr Ariadne auch sehr früh, dass er bisexuell war, und sie konnte damit umgehen, auch wenn es ihr schwerfiel, aber Asmodei war so ein Mann, der das Abenteuer nicht nur mit Frauen, sondern genauso mit Männern brauchte. Ariadne begriff das umso besser jetzt und konnte es um einiges besser aufnehmen. Aber Dionysos hatte immer seine Bisexualität vor Ariadne versteckt, und diese konnte es einfach nicht begreifen; das machte ihr am meisten zu schaffen. Eros und Asmodei harmonierten perfekt zusammen. Beide waren aktiv und passiv, und jeder konnte beim anderen alles ausleben. Aber Ariadne fragte sich, wie Dionysos da reinpasste. Auch wenn Ariadne sehr mulmig zumute war, wollte sie es wissen, selbst wenn es ihr das Herz brach. „Dionysos, du machst nie etwas mit den beiden, warum?" Dionysos war völlig überrumpelt. „Ich will dich nicht verletzen. Ich denke, es ist schon allerhand, dass du es bei Eros und Asmodei zulassen kannst. Und selbst da ist es nicht unproblematisch! Ich gleiche es ja dann aus." Aber Ariadne ließ nicht locker, „Ich will sehen, wie ihr es zu dritt macht!" Dionysos war nicht wohl zumute. „Und was machst du dann?" Ariadne war entschlossen, sie wollte sich ihren inneren Dämonen stellen. „Ich kann gut eine Pause gebrauchen. Ich schau einfach zu!" Das kostete Dionysos viel Überwindung, denn immer war er der Hetero gewesen in den Augen von Ariadne. Das konnte das Ende von allem sein, aber Ariadne bestand darauf. Dionysos ging zu den beiden, die ebenfalls unsicher waren, ob das nicht den Rahmen Ariadnes sprengen würde, doch was sollten sie tun? Asmodei ergriff die Initiative. „Ich bin gerne aktiv und passiv zur gleichen Zeit. Dionysos liebt es, der männlich aktive Teil zu sein, und Eros liebt es, wenn wir alle beide perfekt befriedigt sind!" Asmodei zog Dionysos fordernd zu sich. Alle drei legten sich seitlich zueinander. Asmodei lag in der Mitte; Dionysos zu seiner Rechten, drang Dionysos mannhaft in ihn ein, während Asmodei in Eros eindrang zu seiner Linken und ihn dabei mit der Hand zusätzlich befriedigte. Das war unfassbar, so etwas hatte Ariadne noch nie gesehen. Der Akt war sensationell, und zum ersten Mal begriff Ariadne, was da zwischen den dreien war. Da hatte sich gar nichts geändert. Dionysos war der Mann, der alles diktierte, aber gehörig abhängig von Asmodei und Eros war, denn sie brachten ihn auf den Gipfel der homosexuellen Liebe und Triebe. Alle drei zusammen, verstand Ariadne, was jeden Einzelnen mit dem anderen verband. Asmodei wollte nicht ganz Frau und gleichgestellt mit Dionysos sein. Asmodeis Ego würde sich untertan machen zu Dionysos, aber immer stur seinen Weg gehen. Dass Asmodei Eros liebte, war unübersehbar, auch wenn es ein Tanz mit dem Feuer war. Aber Dionysos war noch mal was ganz anderes. Asmodei war ihm sexuell wie geistig völlig verfallen, denn Dionysos war nun einmal eine Rakete. Asmodei würde sich im Liebesspiel mit ihm verlieren, aber danach würde er die Bestätigung als Mann brauchen, und das holte er sich dann bei Eros. Es war ein Tanz auf dem Vulkan zwischen Dionysos und Asmodei, den es so nur in einer homosexuellen Liebe geben konnte, in der jeder der Herr sein will, aber es dann doch unentschieden ausgeht. Eros war der Raffinierte dazwischen, der gekonnt alle Unebenheiten glättete und Dionysos und Asmodei miteinander verband, um sie zu trennen in seiner ganz besonderen Liebe und Verführung! Dionysos bekam nicht genug und wollte mehr, denn er wollte Asmodei beherrschen, woraufhin Eros sich amüsierte und zu Ariadne ging. Eros lächelte sie an, und Ariadne wusste nicht, was sie dazu sagen sollte. Eros küsste sie.

„Die beiden sind nun einmal unmöglich!" Eigentlich wusste Ariadne überhaupt nicht, wie sie mit allem umgehen sollte, aber Eros verführte sie so gekonnt, dass sie Dionysos und Asmodei machen ließ. Eros nahm sie sehr umsichtig und wischte ihr Zaudern weg. „Lass die beiden doch, wir haben anderes zu tun. Brauchst nicht eifersüchtig zu sein. Es ist was ganz anderes, mit einer Frau Sex zu haben, als mit einem Mann. Uns Männern fehlt nun einmal das Wichtigste: eine Vagina!" Eros gab ihr Zungenküsse beim Eindringen, dass Ariadne dahinschmolz. Von allen Männern hatte Eros das poetischste Glied, denn er konnte in einem Gedicht schreiben und Ariadne nur hingebungsvoll seufzen, dass Dionysos und Asmodei doch leicht irritiert waren, was Eros da trieb. Eros übertraf sich selbst, und Ariadne verlor sich in dem Orgasmus aller Orgasmen! Und das war das Spiel, immer den anderen herausfordern und übertreffen. Es war ein Wettkampf, der keinen Sieger kannte, sondern nur den Moment. Hatte der eine die Oberhand, nahm der andere das Zepter in die Hand. Eros und Asmodei waren ein eingespieltes Team, bei dem jeder dem anderen die Bälle zuspielte. Dionysos war einfach phänomenal, selbst mit beiden konnte er es aufnehmen, aber in der Liebe wurde es dann bereinigt. Dionysos war sehr wohl in der Lage, auch passiv zu sein im Homosexuellen, aber es war die letzte Waffe, um die Gemüter wieder zu beruhigen. Ariadne lernte jetzt erst alle drei wirklich kennen. Zu viel hatten ihre Männer vor ihr versteckt, und erst im Ausleben ihrer ganzen Sexualität begriff Ariadne ihre Männer. Asmodei wollte immer der Meistgeliebte sein und war Spezialist darin, alle in seinen Bann zu ziehen, um alles zu bekommen. Dionysos war der große Macher, dem kein Mann das Wasser reichen konnte, aber im Spiel mit den Männern lernte Ariadne seine weiche weibliche Seite kennen. Dionysos war einfach ein Wesen, das in Wirklichkeit einen ganz weichen Kern hatte. Stets war er bemüht, nicht die Liebe der Männer zu verlieren, sondern ihnen seine Wertschätzung zu zeigen. So hart der Machtkampf auch war, konnte Dionysos für den Preis der Liebe einlenken und butterweich werden in den Armen von Asmodei und Eros. Der Günstling der Stunde war immer

Eros. So wie Eros über allem stand, denn Eros war nun einmal ein sehr gehaltenes Wesen, sprach wahre Liebe aus seinen Augen und Berührungen, wenn er zu weit ging. Eros war das Bindeglied, der immer alles wieder richtete und sehr für seinen kühlen Kopf geschätzt wurde von Asmodei und Dionysos. Aber auch Eros konnte sehr die Haltung verlieren, doch er brauchte das, einmal die Kontrolle zu verlieren, denn sein gesamtes Dasein war nur geprägt von Haltung! Dann waren Asmodei und Dionysos sehr bemüht, wieder alles in die richtige Bahn zu bewegen. Wenn Eros nicht funktionierte, standen die Männer kopf, denn Eros war der geheime Spielführer. Dionysos und Asmodei waren zu sehr damit beschäftigt, wer wohl die Nummer eins sei, dass Eros unbemerkt diesen Platz einnahm, aber nie einen Hehl daraus machte! Zwischen Dionysos und Eros war es wie zwischen einem alten Ehepaar. Die beiden verbanden eine sehr bewegte gemeinsame Vergangenheit und eine tiefe Männerfreundschaft, bei der sich Eros aber immer klar abgrenzte. Nicht dass Eros ihn über alles liebte, aber Eros behielt den Kopf und blieb sein eigener Herr. Sosehr Eros auch verbunden war mit Dionysos, taten beide Asmodei dazwischen sehr gut. Nicht nur, dass die Gewohnheit von beiden unterbrochen wurde, denn Eros und Dionysos waren einfach zu vertraut, auch gab Asmodei den beiden einen neuen Sinn im Liebesspiel zueinander. Dionysos und Eros flammten zu einer neuen Liebe auf, denn die Konkurrenz um Asmodei erinnerte sie, was sie miteinander verband und warum es immer so etwas Besonderes zwischen Dionysos und Eros gewesen war. Der frische Wind von Asmodei tat beiden sehr gut, denn dann und wann verloren sich beide im Grübeln über ihre alte Liebe. Manchmal war Eros erleichtert, dass Asmodei diese zu enge Liebe zu Dionysos lockerte, aber genauso brannte er vor Eifersucht, wenn es zu weit ging. Eros fand in Asmodei seinen perfekten Gespielen, denn dieser war der Liebesgott der Unterwelt und Eros der des Himmels, da konnte wohl keiner ihnen das Wasser reichen. Dionysos tat die zu tiefst begehrende Liebe zu Asmodei gut und machte ihn jung. Dionysos hatte auch einfach zu viel erlebt und stumpfte dadurch in müden Momenten ab. Asmodei ließ alles in Flammen stehen, wenn er sich Dionysos näherte. Und er fand seinen perfekten Part in Eros und Dionysos. Eros war stellvertretend für die homosexuelle Liebe überhaupt, und Asmodei ging vollkommen darin auf. Asmodei liebte das Spiel unter Männern, denn es hatte noch mal einen so besonderen Thrill! Und Dionysos war einfach überwältigend, mit ihm zusammen zu sein, war Leben pur im absoluten Exzess, und Asmodei konnte sich austoben in der dunklen Nacht, ohne Grenzen und Tabus! Gut, die Frage war geklärt, was sich da im Geheimen zwischen den Männern abspielte, aber Ariadne fragte sich berechtigt: Was soll ich dazwischen? Eine Frau und drei Männer, die auch noch bisexuell waren, das konnte doch nicht funktionieren. Zum Schrecken der Männer zog Ariadne sich zurück, sie ging zu Appollyon und bat alle drei, sie in Ruhe zu lassen. Ariadne war sehr nachdenklich und schwieg einfach. Alles ging ihr durch den Kopf, aber sie fand keine Antwort darauf, was sie eigentlich wollte. Appollyon hatte alles mitbekommen und brachte es auf dem Punkt. „Wenn du mit den dreien zusammen sein willst, musst du bisexuell mit ihnen verkehren, aber ob du das kannst, ist eine ganz andere Frage." Ariadne atmete tief durch. „Sie haben sich schon bei mir ab und zu berührt und geküsst, wenn sie Sex mit mir hatten. Ach, ich weiß nicht. Die letzten Wochen waren sehr turbulent. Weißt du, Appollyon, ich bin zu heterosexuell, das ist das Problem. Mit den Dreien ist es ein großes Abenteuer, aber irgendwann komm auch ich ins Nachdenken. Wenn ich ganz ehrlich bin, träumt eine Seite von mir bis heute den „Einen" zu finden. Monogam und ganz gewöhnlich. Eine Zeit konnte ich das mit Asmodei leben, aber Männern wird es schnell langweilig in einer monogamen Beziehung. Das Abenteuer ruft halt. Dann sind die Freunde und außerehelichen Beziehungen wichtiger. Eigentlich wäre ich gerne eine Zeit allein. Weißt du, Appollyon, ich glaube nicht, dass ich je glücklich sein werde. Ich suche etwas, aber weiß nicht, was!" Appollyon bemerkte scharfsinnig: „Den, der dich so annimmt, wie du bist. Einerseits bist du das unverfälschteste und süßeste Geschöpf überhaupt, und ich verstehe, warum Eros und Dionysos dich für die reine Ariadne hielten. Aber in dir schlägt auch was sehr Wildes, was sich dann und wann austoben will. Eigentlich müsstest du sehr gut einen Mann verstehen." Ariadne zog die Augenbrauen hoch. „Ja schon, aber es kann sich nicht immer alles nur um Sex drehen, das ist mir zu viel auf Dauer." Appollyon lachte laut. „Solange du bist, dreht sich bei dir alles nur um Sex. Du löst etwas Extremes in Männern wie Frauen aus. Du bist nun einmal eine Liebesgöttin, und eine stärkere Liebesgöttin als dich gab es nie!" Ariadne lehnte sich zurück. „Blödsinn! Aber bitte, wenn du meinst! Ich möchte mal gerne was anderes machen!" Appollyon amüsierte sich köstlich. „Was denn?" Ariadne war jetzt wie Klein Ariadne von Apollo. „Na, was Sinnvolles!" Appollyon prustete raus: „Willst du jetzt Ärztin werden?" Nun, da musste auch Ariadne lächeln. „Ich weiß nicht, irgendwas eben." Appollyon nahm sie brüderlich in die Arme. „Ariadne, jeder hat sein Schicksal. Du bist so viel mehr als die Frau oder Geliebte von irgendwem. Überleg mal, was du allein in Abbadon bewegt hast. Seitdem du hier bist, ist eine ganz besondere Brise in diese Stadt gezogen. Du hast das Licht in das Dunkle der Mauern gebracht. Du hast so viel Liebe in den Herzen der Menschen von Abbadon geweckt. Mit dir haben wir unsere Hochzeit erreicht. Du kannst nicht ohne Abbadon sein, aber glaube mir, Abbadon kann schon lange nicht mehr ohne dich sein. Du warst nie wirklich ein Teil vom Olymp oder Himmel, weil deine Seele nie dafür geschaffen war. Aber hier in Abbadon hast du dein Schicksal gefunden. Die Bewohner von Abbadon lieben und verehren dich. Als du weg warst in der Festung der Finsternis und ebenso im Blauen Garten, herrschte in Abbadon tiefe Trauer, denn alle hier lieben dich. Was meinst du, warum die Männer alle für dich ihr Leben geben würden? Weil du 'ne heiße Nummer bist oder weil sie dich aufrichtig lieben? Denk nur an Eros, er hat bestimmt nicht über Sex nachgedacht, als er sich zwischen dich und Asul warf, sondern er tat es, um seine geliebte Frau zu retten!" Jetzt durchzog Ariadne wieder Licht. Aber so war es immer, wenn sie mit Appollyon redete, er baute sie so auf wie kein anderer. Appollyon spürte, dass ihr Herz wieder warm wurde. „Das war einfach zu viel Sex, irgendwann ist es gut, und dann sollte ein Mann auch mit der Frau reden. Süße, du bist Licht, und jeder, der dich anblickt, fühlt tiefe Liebe in sich. Bleib bei mir eine Zeit. Ruhe dich aus, und lass dir alles durch den Kopf gehen. Ich werde die Männer von dir fernhalten, und du hast mal eine verdiente Pause!" Ariadne rekelte ihren Kopf und gab ihn einen sanften Kuss auf den Mund. „Ich bereue nichts, Appollyon. Was mich in den Wahnsinn getrieben hat bei den dreien, war die Ungewissheit. Nicht zu wissen, was zwischen den dreien abläuft. Das machte mich sehr wütend und dann sehr depressiv, bis hin zu Selbstmordgedanken. Ich weiß jetzt endlich, was da zwischen den dreien läuft, und das tut mir unendlich gut! Appollyon, da ist Eifersucht in mir, denn die drei passen perfekt zusammen!" Appollyon meinte weise: „Es ist immer Eifersucht im Spiel mit einem Partner oder mehreren, das begleitet jeden. Schau mal, ich kann vielleicht sehr monogam sein, aber meine Frau ist Abbadon. Die meisten Beziehungen bei mir sind kaputtgegangen, weil ich mit Abbadon verheiratet bin, und die Frauen haben diese Eifersucht nicht ausgehalten!" Ariadne lächelte süß. „Ich könnte dich ohne Problem mit Abbadon teilen!" Appollyon sah sie sehr ernst an. „Ich weiß, wir beide würden perfekt zusammenpassen, aber ich bin dein Bruder, und du weißt, das geht nicht. Du musst dir schon einen anderen Mann suchen!" Engelsklar lachte Ariadne auf. „Auf eine seltsame Weise habe ich vielleicht immer dich gesucht, denn du bist der „Eine". Warst du immer und wirst du immer sein. Wir brauchen nicht sexuell aktiv zu sein, um unsere große Liebe zu leben und zu sein. Weißt du eigentlich, dass es mit keinem Mann so schön ist wie mit dir? Ich kenne meine Grenzen und weiß, dass ich nie mit dir zusammen sein kann, aber im tiefsten Herzen meiner Seele wünsche ich mir nichts mehr!" Appollyon sah sie nachdenklich an. „Meinst du, mir geht es anders? Was meinst du, warum ich mich zurückgezogen habe bei Asmodei? Damit ihr euer Leben führen könnt. Aber jetzt bleibst du bei mir, und dann sehen wir weiter!" Und natürlich konnte Appollyon nicht anders, als Liebe mit ihr zu machen. Appollyon war der Grund, warum Ariadne nie glücklich geworden war mit einem Mann. Aber ihm erging es nicht anders, was sollte er tun? So nahm er voller Liebe seine Schwester in die Arme und ließ sie nicht mehr los! Alles andere konnte warten, und Appollyon würde sich zu gegebener Zeit darum kümmern! Im Bett hatte Ariadne sich wohlig bei Appollyon eingekuschelt, dann begann sie zögerlich: „Ich muss dir etwas sagen, weiß aber nicht, wie. Vielleicht wirst du mich dann hassen, aber mein schlechtes Gewissen plagt mich sehr. Ich muss es dir sagen, sonst wird es immer zwischen uns stehen! Appollon ist mein geheimer Liebhaber." Appollyon durchzog ein Blitz. Dann sah er sie an, und sie duckte sich geradezu vor seiner möglichen Reaktion. Appollyon streifte sich durchs Haar und atmete tief durch. Einige Momente brauchte er, bis er es verarbeitet hatte. Ariadne sah ihm fest in die Augen. „Ich glaube, ich wollte mich an dir rächen, weil du mich so allein gelassen hast. Und er war so unglaublich lieb zu mir. Es war das Schönste von allem, wenn er zu mir kam. Ich habe ihn sehr geliebt, weil er mich so aufrichtig und warm geliebt hat!" Ein Grinsen huschte über sein Gesicht. „Du bist immer für eine Überraschung gut. In Ordnung, das hat gesessen, aber ich habe es verdient! Kein Wunder, dass dein geheimer Liebhaber hier nicht aufgekreuzt ist! Willst du ihn sehen?" Traurig senkte sie den Kopf. „Ich würde gerne mit ihm alleine sprechen. Bitte sag ihm nicht, dass du es weißt, er würde sich zu Tode schämen!" Appollyon nahm sie ganz fest in die Arme. „Hör mal, ich bin nicht unser Vater. Ihr habt meinen Segen. Aber das behalt ich besser für mich, sonst dreht Asmodei noch ganz durch. Ich denke über alles nach, Ariadne, und dann sehen wir, was wir machen!" Ariadne lächelte in sich hinein, das war ihr Appollyon, und deswegen liebte sie ihn so unendlich!!!!

Unsicher kam Appollon zu Ariadne, und Appollyon grinste ihn so an, das konnte alles und nichts bedeuten, aber Appollon ging darüber hinweg. Natürlich verfolgte Appollyon das Gespräch auf dem Monitor, denn die Zeit, wo es Geheimnisse gab, war vorbei! Appollon setzte sich auf einen Sessel, ein bisschen zu weit weg von Ariadne. Erstaunt sah sie ihn an. „Bist du böse mit mir?" Appollon rang nach Worten, dann sagte er knapp: „Was soll ich denn von alldem halten? Zuerst verschwindest du auf Nimmerwiedersehen im Schlafzimmer mit Dionysos, Eros und Asmodei, und jetzt lebst du bei Appollyon!" Ariadne reichte seine Distanz, sie ging zu ihm und nahm ihn in den Arm. „Du warst mir auch nie treu, also was soll die Eifersucht jetzt? Ich habe deinem Vater alles erzählt von uns, dass ich dich endlich wieder sehen und dich wenigstens einmal in den Arm nehmen kann!" Appollon bekam hochrote Ohren. „Appollyon weiß alles? Wie hat er reagiert?" Ariadne war gar nicht nach Reden, lieber hätte sie ihn einfach still in die Arme genommen, aber Appollon war zu steif, und es war unmöglich. „Appollyon hat so reagiert, wie er immer reagiert. Nichts verurteilt er und versteht alles. Deswegen bin ich jetzt auch bei ihm, weil er mich immer in die Arme nimmt!" Ein sehr böser Blick begleitete diese Worte. Appollon war jetzt beschämt, und es tat ihm leid. „Ariadne, du musst mich auch verstehen. Immer schon teil ich dich mit Asmodei, jetzt sind da auch noch Dionysos und Eros und Appollyon. Also da bin ich wirklich schon ein bisschen getroffen. Ich habe auch nur Gefühle!" Ariadne streichelte ihm durchs Haar, sodass Appollon ganz weich wurde. „Appollon, Asmodei habe ich vor langer Zeit schon verloren. Eros und Dionysos sind meine Exmänner, und Appollyon ist meine Rettung vor einem absoluten Durcheinander in mir. Ich habe viel an dich gedacht und wollte mit dir reden. Wenn du mir jetzt sagst, das war's, ist es in Ordnung!" Appollon schluckte hart, dann nahm er sie stürmisch in die Arme und überdeckte sie mit Küssen, bis Ariadne kaum noch Luft bekam. Kehlig kam von Appollon: „Ich liebe dich!", und ohne Umschweif landeten sie im Bett, wo Appollon ihr immer und immer wieder sagte, wie sehr er sie liebe. Ariadne konnte nur in einem fort lächeln und flüsterte ihm Worte der Liebe zu im Schwall der Gefühle. Als der erste Ansturm überstanden war, legte sie sich glücklich in seine Arme und kraulte ihm die Brust. „Mit keinem Mann war es so schön wie mit dir. Bei dir fühle ich mich immer so wohl. Die schönsten Stunden habe ich mit dir verbracht, aber oft sehne ich mich nach mehr. Ich wäre gerne zu dir gegangen, aber ich wollte nichts kaputt machen, deswegen bin ich in den Blauen Garten gegangen. Lieber hätte ich mich in deine Arme gelegt und mich ausgeweint!" Appollyon schaute fassungslos zu, denn das war wirklich richtig tiefe Liebe zwischen den beiden, und das hatte er nicht erwartet. Appollyon begriff, wie viel zwischen den beiden war und wie sehr sie gelitten haben mussten unter ihrer geheimen Liebe. Auch wenn Appollon sein Sohn war, konnte er weder ihm noch Ariadne böse sein, denn dazu war es viel zu schön, was die beiden miteinander machten. Appollon liebte sie aufrichtig, das war nicht zu übersehen, und Ariadne war eine ganz andere. Bei keinem Liebhaber oder Geliebten hatte Appollyon so etwas in Ariadnes Gesicht gesehen. Sie war vollkommen ausgeglichen und glücklich. Appollyon schaltete den Monitor aus und gönnte den beiden ihre Zweisamkeit der Liebe! Aber vieles ging ihm durch den Kopf. Asmodei hatte es wirklich vollkommen vergeigt. Appollyon zog jetzt in Betracht, Ariadne Appollon zu geben, vielleicht würden die beiden glücklich werden. Mit ihren drei Männern konnte sie nicht glücklich werden, da wäre der Schmerz der stetige Begleiter. Ach, Appollyon war ratlos, was er mit seiner Schwester machen sollte. Am liebsten hätte er sie bei sich behalten. Asmodei war lange Zeit ein mehr wie hingebungsvoller Ehemann gewesen, das vergaß Appollyon ebenfalls nicht; auch vorher war er ihr immer am nächsten gewesen. Das war eine sehr schwierige Situation, und Appollyon brauchte Zeit, das alles durchzuprobieren und auszutesten, bevor er eine Entscheidung treffen konnte.

Kapitel 14

Kein Zeitpunkt war treffender: Asul zog mit seinem Heer auf. Abbadon wurde von den Männern Asuls eingekreist. Asul rief den Krieg aus gegen Appollyon, und die Mauern erzitterten unter den Kriegsschreien von Asuls Männern. Abbadon galt als uneinnehmbar, aber Asul wollte das Gegenteil beweisen. Seine Streitmacht war übermächtig und angsteinflößend. Die Frauen und Kinder kamen in den am besten geschützten Teil der Stadt, wo ihnen nichts passieren konnte. Es war eine unterirdische Stadt für solche Fälle, in die wirklich keiner reinkam. Die Männer Abbadons waren mehr als bereit für den Kampf. Die Herausforderung von Asul beantworteten sie mit einem Tosen und Rufen, dass Abbadon erstrahlte unter ihrem Stolz und ihrer Entschlossenheit. Jeder Mann würde hier sein Leben geben für Abbadon und noch mehr. Die Kinder und Frauen von Abbadon gaben ihnen die Liebe in die Herzen, dass Abbadon so schön erstrahlte wie nie! Appollyon strotzte vor Selbstvertrauen und riss alle Männer mit, die Schlacht ihres Daseins zu schlagen. Es ging um nichts Geringeres als die Vorherrschaft in der Unterwelt. Nach diesem Krieg würde die Ordnung in der Unterwelt neu definiert werden. Der Gewinner würde der oberste schwarze Gott sein, und alle würden ihm dienen. Es war so weit, die Unterwelt sollte ihre Erfüllung finden, und gebannt schaute alles nach Abbadon!!!

Das Heer von Asul war ein wild zusammengewürfelter Haufen. Von überall hatte Asul Männer angeworben, selbst von Arziell konnte er Krieger gewinnen. Die Meinung über Appollyon war eben sehr geteilt, und die Männer Asuls der Ansicht, dass Appollyon wieder in seine Schranken verwiesen werden müsste. Appollyon stand einer gewaltigen Übermacht gegenüber, aber nicht im Geringsten war er besorgt, denn Abbadon hielt die Stellung! Die Belagerung war beängstigend, aber die Männer von Appollyon standen ihren ganzen Mann und ließen sich nicht in die Enge treiben. Stolz hielten sie Stellung. Anfangs war es ein Verteidigungskrieg, bei dem jeder Mann vor den Mauern in die Stadt wollte und jeder Mann hinter den Mauern genau das zu verhindern hatte. Nur alte Waffen waren erlaubt in diesem Krieg, aber deswegen war er nicht weniger unblutig. Tapfer hielten die Männer von Abbadon die Stellung, und die Unterwelt, wie die Welt der Götter, waren voller Ehrfurcht vor Abbadon und seinen Kriegern. Die Belagerung wurde von Tag zu Tag brutaler, und Mordlust stieg auf, auf beiden Seiten. Die Männer von Appollyon wollten raus, um den Kampf Mann gegen Mann zu beginnen, aber Appollyon hielt sie zurück. „Es sind viel zu viele; sich so einer Übermacht zu stellen im Kampf ist Wahnsinn. Ich würde auch gerne raus, aber das ist glatter Selbstmord! Ich weiß nicht, wo Asul die ganzen Männer herhat, aber allein können wir uns ihnen nicht stellen. Die Kinder und Frauen in Abbadon haben Vorrang, und an sie müsst ihr denken!" Pazuzu war erzürnt. „Wie lange sollen wir uns nur verteidigen? Wir wollen es im Kampf beenden. Seit gut einem Monat belagern sie uns. Wir müssen raus und es beenden! Ich nehme es mit fünf von denen auf und schlag sie kaputt!!!" Appollyon grinste. „Da habe ich keinen Zweifel dran, aber da müsstest du schon zehn auf einmal erledigen!"

Asmodei galt seine Sorge den Frauen und Kindern. „Die Frauen und Kinder müssen hier raus. Sprecht mit den Baumeistern. Es ist ein unfairer Kampf, weil das Leben unserer Kinder und Frauen auf dem Spiel steht! Ich bin mir sicher, das schaffen wir, aber nicht unter den Umständen!" Dionysos warf ein. „Es ist eine Übermacht, aber die meisten von denen sind ziemlich wild und ungestüm. Sie können sich nicht wirklich organisieren, das ist ein Schwachpunkt, den wir uns zunutze machen können. Hauen wir denen die Schädel weg, und die meisten werden sowieso ins absolute Chaos stürzen!" Eros schluckte. „Sehr gewagt, also ich finde, die sind sehr stark und überlegen. Die Mordlust steht denen in den Augen, und einen größeren Antrieb gibt es wohl nicht!" Ariell witzelte: „Für einen Liebesgott schlägst du dich tapfer, aber keine Angst, wir passen schon auf dich auf!" Dionysos hielt ihm sein Schwert unter die Kehle. „Er ist genauso Manns genug wie du und kämpft hier sehr tapfer! Also mehr Respekt!" Appollon ging dazwischen. „Wir müssen jetzt nicht anfangen uns gegenseitig abzustechen!!!" Eine laute Fanfare erklang, und alle kamen nicht aus dem Staunen raus, weder Asul noch Appollyon. Das Banner der Götter zog am Horizont auf, die goldene Sonne auf blauem Himmel. Asuls Männer vergaßen sogar zu kämpfen, und Appollyon konnte mit seinen Männern gar nicht ihren Augen trauen. Eine gesammelte Streitmacht der Götter kehrte in Abbadon ein. Geführt wurde diese Streitmacht von Apollo und, keiner konnte es fassen, Marduk. Es waren die Männer unter den Göttern, die diesem unfairen Kampf eine Wendung geben wollten, und sie waren bereit, mit den Männern von Abbadon zu sterben. Als Marduk hoch zu Pferd an Asul vorbeikam, spuckte er vor ihm auf den Boden. „Jetzt werden wir kämpfen, Mann gegen Mann, und ich habe noch eine Rechnung mit dir offen, die wir in diesem Krieg begleichen werden! Ich werde so viel Männer von dir töten, bis ich dich habe, und dann gnade dir, die Götter!!!" Die Seiten waren jetzt halbwegs ausgeglichen, aber noch war es eine Übermacht, die Asul darbot. Als am Horizont die Antwort auf alle Fragen aufzog: Arziell! Mit seinen Männern kam er, oder genauer, was davon noch übrig war. Asul verlor den Glauben an alles, denn dass Arziell sich jetzt sogar gegen ihn stellte, konnte er nicht fassen. Als Arziell bei ihm ankam, sah er ihn bedauernd an. „Wir waren Freunde, aber was du hier machst, ist einfach falsch! Vielleicht können wir danach wieder Freunde sein; wenn nicht, ist es mir auch egal!"

Als Arziell vor Appollyon stand, konnte dieser es einfach nicht glauben, dass Arziell nach der langen Fehde Stellung bezog. Darauf hatte Appollyon immer gewartet, aber nie war es eingetreten, und jetzt wusste er überhaupt nicht, was er sagen sollte. Arziell war auch sein Freund, aber aus dem Zwist zwischen ihm und Asul hielt er sich raus, bis heute. Doch Arziell hatte überhaupt noch keine Lust zu kämpfen, und ohne Umschweif kam er auf sein Anliegen. „Ich helfe dir, diesen Krieg zu gewinnen, aber dafür will ich was. Du kannst dir wohl denken, was!" Appollyon war wirklich schwer in Verlegenheit zu bringen, aber jetzt bekam er einen hochroten Kopf und wollte still unter vier Augen mit ihm reden. Flüsternd zog er sich mit Arziell beiseite, und Ariell platzte raus: „Na, was der will, kann man sich denken!", und selbst Pazuzu grinste, aber Asmodei schaute drein, als hätte er in eine saure Zitrone gebissen. Dionysos schaute Ariell fragend an. „Worum geht es?" Ariell frei raus: „Geht hier doch immer nur um dasselbe: Ariadne!" Eros fiel aus allen Wolken. „Mit dem hat sie auch was?" Asmodei versuchte die Situation zu retten. „Als sie in der Festung der Finsternis war und gefangen gehalten wurde, hat Arziell sie gerettet!" Dionysos rutschte raus: „Die Geschichte hat mir Eros erzählt, aber sie hat mit allen drei schwarzen Göttern geschlafen? Das ist zu viel für mich!" Pazuzu versuchte Asmodei zu helfen. „Nun, so freiwillig war das ja nicht, Dionysos. Arziell weiß ich nicht, aber Asul hat sie gezwungen. Was für eine Wahl hatte sie denn? Sollte sie Nein sagen?" Nun, das leuchtete sogar Dionysos ein, aber er musste sich erst mal setzen und wieder auf die Reihe kommen. Eros war sprachlos, und Asmodei schäumte. Appollon behielt als Einziger ihrer Liebhaber die Haltung. „Güte, dann soll er einmal mit ihr, und dann geht's los!" Ariell und Pazuzu lachten sich kaputt, die anderen fanden es nicht so witzig.

Marduk und Apollo gesellten sich dazu und erkundigten sich, was los wäre, aber die Männer hüllten sich in Schweigen und bewahrten die Ehre von Ariadne vor ihrem Vater. Das Thema wurde gewechselt, und der bevorstehende Angriff hatte Priorität. Arziell verschwand diskret, und Ariadne war mehr als überrumpelt, aber nach so langer Zeit freute sie sich Arziell zu sehen und ließ es ihn ohne Umschweife spüren in ihren Armen!!!

Die Götter stellten sich hinter Abbadon, und das war ein Zeichen, das nie einer in der Unterwelt je erwartet hätte. Die Geschichte um Ariadne war wie ein Lauffeuer durch die Götterwelt gezogen, und die Götter zollten nicht nur Abbadon den größten Respekt, sondern auch der armen Ariadne. Die Kinder Abbadons erhielten endlich die Anerkennung, um die alle schon lange kämpften. Mehr noch, die Götter stellten Abbadon gleich mit ihnen, und nicht länger war es der Ort der Verfluchten, nein, es war die Zuflucht für alle verlorenen Seelen, die auf Irrwegen einen Platz in Abbadon fanden. Das Verruchte von Abbadon fand Vergebung bei den Göttern, als Zeichen einer ausschweifenden, nach Hilfe rufenden Seele, die sich Klang verleihen musste. Die Götter identifizierten sich mit Ariadne und konnten zum ersten Mal den verrufenen Ort Abbadon verstehen und in ihre Herzen aufnehmen. Abbadon war geboren in den Herzen der Lichtwesen und nicht länger ein Ort der Finsternis, denn alle in Abbadon hatten sich alle Ehre gemacht. Die Verdammten bekamen nun ein Gesicht und eine Geschichte: Ariadne! Die Götter hatten Ariadne immer geliebt, und ihr Schicksal berührte alle zutiefst. Das sollte deswegen mehr als ein Krieg der Unterwelt werden, denn es war auch ein Krieg der Götter, die ihre verlorene Tochter betrauerten und gerne helfen wollten. In ihrer dunkelsten Stunde waren sie nicht da, aber jetzt wollten sie ihrer Tochter zur Seite stehen.

Arziell war stets das Zünglein an der Waage gewesen, und er sollte das Schicksal von Abbadon besiegeln. Ohne ihn wäre alles in einem Desaster geendet, aber im Stillen war Arziell schon lange klar, auf welcher Seite er stand. Am Scheidepunkt der Vorhersehung traf er die einzige richtige Entscheidung und sollte es nicht bereuen!

Die große Schlacht der Unterwelt begann. Die Götter kämpften mit ihren verstoßenen Brüdern und Vätern, Seite an Seite, um Abbadon über alles erhaben und erfolgreich zu sehen. Die schwarzen Götter Appollyon und Arziell hatten zueinandergefunden und wollten mit diesem Krieg die Vorherrschaft von Asul ein für alle Mal beenden. Gut organisiert zersprengten die Streitmächte die Männer von Asul. Es war ein Kampf um Leben und Tod, denn selbst die Unsterblichen konnten den Tod finden im Kampf mit ihresgleichen. Doch Asul hielt mit stählerner Faust sein großes Heer zusammen und bot Appollyon die Stirn. Was nach einem anfänglichen Sieg aussah, wurde gewendet. Das in Panik geratene Heer Asuls ging zum Angriff über. So floss das Blut, und die Männer der Unterwelt, wie die der Götter, fanden den Tod als Besieglung ihres Schicksals. Aber es ging um das Ende der Schreckensherrschaft von Asul, und dafür lohnte es sich zu sterben. Die Baumeister sammelten die Seelen ein und gaben ihnen einen neuen

Ort des Lebens, an dem sie belohnt wurden für ihren Todesmut. Die Männer Abbadons sammelten sich wieder und holten zum Gegenschlag aus. Es war eine mächtige Revanche, die wie eine Welle über Asul hinüberzog. Aber die Männer von Asul kämpften bitter um ihre Existenz und kämpften mit allem, was sie dagegensetzen konnten. Die Schlacht war auf dem Höhepunkt, als Asul sein Schwert auf Asmodei richtete und mit aller schwarzen Kraft zuschlug. Dionysos warf sich dazwischen und wurde komplett am Rumpf aufgeschlitzt. Dieser Schlag wäre der sichere Tod von Asmodei gewesen, aber jetzt kämpfte Dionysos um sein Leben. Die Schlacht ging weiter, als Dionysos auf die Krankenstation kam. Die Ärzte kämpften um sein Leben, wie die Krieger vor den Toren von Abbadon. In Notoperationen versuchten die Ärzte, die hervorquellenden Organe von Dionysos wieder zu heilen, aber zu viele Organe waren verletzt worden. In Stunden wurde ein ganzes Leben gelebt, in denen die Ärzte um das Leben von Dionysos kämpften und Appollyon Asul zerschmettern wollte. Ariadne versuchte alles, um zu Dionysos zu kommen, aber die Ärzte ließen sie nicht rein. Ariadne schrie und weinte und bettelte hämmernd gegen die Tür, sie reinzulassen. Das Heer Asuls begann sich zu verlieren. Asul versuchte mit aller Gewalt, das zu verhindern, aber Appollyon nahm seine Chance wahr und zersprengte die Streitmacht von Asul, die sich in alle Winde verteilte. Asul musste kapitulieren und demütig Appollyon huldigen als neuer schwarzer Gott über alle in der Unterwelt. Aber die Baumeister hatten andere Pläne. Die Ärzte konnten Dionysos nicht retten, und sie ließen Ariadne zu dem toten Dionysos, damit sie sich von ihm verabschieden konnte. Weinend nahm Ariadne den reglosen Dionysos in die Arme. Überall war Blut, es war ein Bild des Grauens.

„Dionysos, du kannst nicht tot sein! Bitte komm zu mir zurück! Ich liebe dich doch! Ich habe dich immer geliebt und werde dich immer lieben, ob du mein Mann bist oder nicht, das ändert nichts an meiner unendlichen Liebe zu dir. Bitte Dionysos, tu mir das nicht an. Du kannst nicht tot sein! Dionysos, ich liebe dich. Du warst der Mann meines Lebens, keiner hat so seine Einkerbungen in meiner Seele hinterlassen wie du. Bitte komm zurück. Ich will wenigstens noch einmal mit dir reden. Das kann es doch nicht gewesen sein. Dionysos, bitte verlass mich nicht. Wir hätten doch Freunde sein können. Bitte Dionysos, tu mir das nicht an!" Ein großer Lichtstrahl kam vom Himmel, und ganz Abbadon wurde in ein gleißendes helles Licht getaucht. Die Stadt bewegte sich und wurde vom Lichtstrahl in den Himmel gezogen. Vor Ariadne und Dionysos stand einer der mächtigen Baumeister und ging zu Dionysos. Mit einem hochtechnischen medizinischen Gerät, das selbst die Götter nicht kannten, schloss er wieder den geöffneten Rumpf von Dionysos. Nach Luft ringend sprang dieser aus dem Bett und sah fassungslos alle an „Wir lassen doch nicht unseren Dionysos sterben, du gehörst in diese Welt. Wir wollten nur, dass Ariadne erkennt, wie sehr sie dich liebt!" Dann ging der Baumeister raus zu dem Volk Abbadons „Wir holen unsere Kinder zurück. Ihr sollt nicht länger in Verdammnis leben. Ihr gehört in die Welt der Götter und habt euch einen Platz unter ihnen verdient. Abbadon wird immer selbstständig bleiben, aber ihr gehört ins Licht. Alle verfluchten Seelen sollen wieder einen Ort im Himmel finden. Der Himmel kann nicht eure Wunden heilen, aber Abbadon kann es. Die Stadt wird in solcher Schönheit erstrahlen, dass ein Glück in Abbadon einkehren wird, das es nie gekannt hat. Ihr alle seid unsere Kinder, und wir haben euch immer geliebt. Die Prüfung habt ihr erfolgreich bestanden, sogar die Götter haben sich alle Ehre gemacht und ihre Prüfung bestanden durch euch. Seid stolz auf alles, was ihr geschafft habt. Aber vergesst nie, ihr habt diesen Krieg gewonnen, weil alle zusammengehalten haben, alleine hättet ihr es nicht geschafft. Im Himmel erwartet euch die Belohnung, und ihr alle werdet finden, was ihr sucht und mehr!!!"

Ganz Abbadon befand sich im Freudentaumel. Nach den Monaten des Schreckens durchzog Abbadon ein nie gekanntes Glück. Jeder in Abbadon wünschte sich nichts sehnlicher in einem Teil seiner Seele, als in den Himmel und am Tag der Abreise der Götter wieder in ihre Heimat zurückzukehren. Abbadon war wie ein halbwüchsiger Rebell, der alles gegen seine Eltern tat, um sie zu provozieren, aber sich insgeheim nach der verlorenen Kindheit und Geborgenheit sehnte. Es war immer dunkel in Abbadon, selbst am Tag war es nur ein trübes Dämmerlicht. Jetzt war alles hell erstrahlt, und so fühlten sich die Seelen der Bewohner von Abbadon. Lichtdurchflutet erkannte jeder Einzelne, wie viel Licht und Schönheit in seinem Herzen wohnte. Die abtrünnigen Kinder kehrten heim und bewahrten ihre Unabhängigkeit. Die Kinder, die ausgezogen waren in die Unterwelt, hatten ihr Dasein geführt und sich in den Augen der Götter und großen Baumeister bewährt. Um nichts anderes ging es je Abbadon. Jeder hier hatte sein furchtbares Schicksal erlebt und war nicht ohne Grund in Abbadon; dass die Götter und Baumeister endlich jeden Einzelnen anerkannten und Teil ihrer werden ließen, war die Bestätigung Abbadons, warum es überhaupt war und so hochgelebt hatte. Abbadon fand den Weg nach Hause, und seine Kinder waren von Glück erfüllt, dass sich nicht in Worte fassen ließ! Ein Name wurde immer und immer wieder vom Volk Abbadons gerufen, bis sie endlich kam: Ariadne! Seltsamerweise war es Ariadne gar nicht so wohl. Wieder zu Hause, beklemmte sich ihr Herz irgendwie. Auch hatte sie gerade erlebt, wie Dionysos gestorben war, und war schwer mitgenommen davon. Gerne hatte Ariadne in der Dunkelheit gelebt, und sie wusste nicht, wie sie damit umgehen sollte. Voller Glück schloss Appollyon sie in die Arme. „Ohne unsere Ariadne wären wir nie erlöst worden! Wir lieben unsere Ariadne!" Zärtlich küsste Appollyon sie und merkte dann ihre Verstimmung. Bedächtig nahm er sie zur Seite und sprach mit ihr allein. Ariadne schämte sich für ihr Gefühl, aber Appollyon nahm alles von ihr, denn auch für Ariadne sollte es der schönste Moment ihres Daseins sein! „Nicht mehr lange, dann kommt das Ende der Erde; das schwarze Loch wird alles in sich verschlingen, die Erde mit ihrer Unterwelt wird es nicht mehr geben, und die Götter werden traurig zurückfliegen in ihre Heimat. Zweihundert Jahre sind nichts, Ariadne! Du hast Abbadon unsterblich gemacht. Nichts liebe ich so wie mein Abbadon. Dank dir werden wir alle ewig sein! Meinst du, einer in der Unterwelt möchte nicht lieber im Himmel sein und mit seinen Urvätern heimkehren! Alle wären in der Endzeit gestorben, und jetzt werden sie alle leben in der Unendlichkeit mit den Göttern! Abbadon ist so etwas Besonderes, und erst du hast ihm die Bedeutung gegeben, die es heute hat. Du hast Abbadon das Leben gegeben, das es verdient hat: das ewige Leben! Ich liebe dich mehr als mein Leben, meine Schwester. Du hast alles zum Guten gewendet und deinen Bruder vom Weltuntergang gerettet. Mein Abbadon findet jetzt seinen Platz unter dem Olymp. Das ist unglaublich, und das hätte ich mir nie zu träumen gewagt, du hast Abbadon und mich zu stolzen Gleichberechtigten der Götter gemacht. Schwester, ich stehe so tief in deiner Schuld mit ganz Abbadon, dass du die meistgeehrteste Göttin unter allen sein wirst, die wir über alles und jeden stellen. Du hast deinen festen Platz in Abbadon für immer, und wir werden dich so lieben, dass du nicht mehr an das Dunkle zurückdenkst, das deine Seele so schmerzend umklammert. Du wirst mit uns so glücklich werden, dass alles nur noch eine Erinnerung ist, die du aber mit der Zeit immer weniger fühlen wirst! Sieh, der Olymp!" Abbadon wurde zu den Füßen des Olymps niedergelassen. Sacht setzten die Baumeister die Stadt ab. Die schönsten Blumen und Bäume waren um sie. Alles war so schön hell und warm, dass selbst Ariadne jetzt lächeln musste und erkannte, wie sehr ihr die Welt der Götter gefehlt hatte! Nie war sie wirklich eine von den Göttern gewesen, aber zu Abbadon gehörte Ariadne. Diese Liebe zu Abbadon im Herzen öffnete ihre Seele für die Schönheit der Götterwelt. Jetzt fühlte sie sich nicht mehr als Fremde unter den Göttern, denn ihre wahre Heimat Abbadon war bei ihr, und glücklich strahlte Ariadne Appollyon an. „Ich hatte die Götterwelt gar nicht so schön in Erinnerung! Abbadon erstrahlt zum ersten Mal so schön, wie es im tiefen Herzen ist! Mit Abbadon kann ich vielleicht endlich glücklich werden unter den Göttern! Aber ich lebe hier, woanders will ich nicht hin. Abbadon ist mein Herz, und nur hier schlägt es glücklich!" Appollyon zog seine Schwester mit nach draußen unter das Volk von Abbadon und tanzte verspielt mit ihr, wie er es früher im Himmelspalast von Apollo getan hatte, als sie Kinder waren. Alle wurden angesteckt davon und umarmten sich und tanzen in absolutem Glück miteinander. Die Kinder von Ariadne kamen zu ihrer Mutter und umarmten sie freudig. „Mama, du hast uns eine Zukunft gegeben. Nicht nur dass du uns das Leben geschenkt hast, du hast allen Bewohnern von Abbadon das Leben geschenkt, und Abbadon wird ewig sein!!!" Dionysos und Eros schauten sich verwundert an und dann Asmodei, der neben ihnen stand, und Dionysos bekam beschwerlich heraus: „Ihr habt vier Kinder miteinander? Also das mit der Zweckehe glaube ich jetzt nicht mehr so richtig!" Aber es war zu viel los, dass alles unterging. Egal wer in der Stadt war, das musste einfach gefeiert werden, und da wurde jeder mitgerissen. Die Götterwelt erlebte so einen Freudentaumel, wie es ihn nie gegeben hatte unter den Göttern. Die Götter betraten Abbadon und feierten mit, denn sie waren geläutert worden und nahmen ihre verstoßenen Brüder und Väter, Töchter und Mütter in die Arme, voller Reue und Ergriffenheit! Apollo küsste seine beiden Kinder und weinte. „Ihr seid wieder zu Hause, ich bin so glücklich, dass ich nur weinen kann! Und ihr verzeiht mir bitte jetzt endlich, was ich falsch gemacht habe! Appollyon, ich war immer stolz auf dich und habe dich immer als Sohn so geliebt! Aber du gehörst in den Himmel und nicht in die Unterwelt, genau wie alle, die sich jetzt bewährt haben, von Asmodei bis hin zu Arziell habt ihr das mehr als verdient!" Appollyon strahlte über das ganze Gesicht. „Papa, das war doch die Prüfung, von den Baumeistern war doch alles so geplant, und jeder hat seine Rolle dabei eingenommen. Mein Schicksal war es, in die Unterwelt zu gehen und diese besondere Stadt Abbadon zu errichten.

Und Ariadne sollte alles wieder in Ordnung bringen. Und du hast immer dein Bestes dabei getan. Es war mir eine Ehre, meine letzte Schlacht in der Unterwelt Seite an Seite mit meinem Vater zu kämpfen!" Weinend nahmen sich Apollo und Appollyon in die Arme und ließen den Schmerz der Vergangenheit heraus, dass er damit beendet sei!

Alles endete in einem übergroßen Fest, bei dem jeder kam und ging. Appollyon tafelte auf in seinem Palast, und keinem fehlte es an irgendwas. An der großen Festtafel ging es ein wenig gesitteter zu, als es sonst der Fall war, da Abbadon hohe Gäste hatte und sich doch von der besten Seite zeigen wollte. Aber ohne Zweifel war die Zeit der wilden Feste noch lange nicht vorbei und wartete nur auf den richtigen Zeitpunkt. Der Alkohol floss nur so in Strömen, denn jeder wollte das Wiedersehen begießen! Der Gaumen wurde genauso verwöhnt von dem besten Schmaus, den Abbadon zu bieten hatte. Die Stadt zeigte sich von ihrer besten Seite und bewirtete alle Gäste nur allzu gut. Jeder fiel den anderen zur Begrüßung in die Arme, und viele Tränen flossen, aber vor allem übertönte den ganzen Saal das freudige Lachen. Viele sangen Arm in Arm, Lieder des Glückes und der Freundschaft. Wochen dauerte das Fest, bis die ersten Gäste gingen und Abbadon so ausgiebig mit ihnen gefeierte hatte, dass ihre Herzen erfüllt waren von Liebe. Doch Normalität kehrte noch lange nicht ein, denn dafür war alles zu schön, um es abebben zu lassen. Viele gingen mit ihren Verwandten oder früheren Geliebten, Ehemännern oder Ehefrauen, in ihr Haus, um im Rahmen der Familie weiterzufeiern. Andere gingen mit den Göttern und bestaunten ihre Heimat. Alles vermischte sich und fand nur eines: großen Wohlgefallen und Glück.

Zwei Gäste gingen nicht, Eros und Dionysos, die mitgefeiert und ausgelassen jede Stimmung mitgegangen waren. Ariadne beobachtete die beiden die ganze Zeit aus sicherer Entfernung, wie auch Asmodei, denn bewusst ging sie den dreien aus dem Weg. Schmachtend schauten sie Ariadne stets an, aber sie zog sich gekonnt aus der Affäre. Als auch noch die drei Ehefrauen von Dionysos auftauchten, zog sich Ariadne immer weiter zurück. Auch als die drei Frauen weg waren, stimmte das Ariadne sehr nachdenklich. Eros bekam gleichfalls Besuch von seinen zwei Freundinnen, und Ariadne verfolgte das mit ebenso großem Interesse. Asmodei war mal hier und mal dort, aber er fand keinen Ort, an dem er blieb. Appollyon beobachtete das alles und nahm sich ein Herz. Am klügsten schien ihm, alle vier an einen Tisch zu setzen, weit ab vom Geschehen. Alle schwiegen, und Appollyon hatte einen Berg Arbeit vor sich. „Irgendwann müsst ihr miteinander reden. Meine Herren, mit Sex ist das nicht alleine zu regeln, deswegen ist Ariadne zu mir gekommen und wollte euch nicht sehen. Aber ihre Gefühle sprechen eine ganz andere Sprache. Eros, wie hat sie sich um dich lieb gesorgt, als du verletzt warst, und Dionysos, Ariadne hat fast den Verstand verloren, wie du gestorben bist! Also reden tut ihr nicht, aber die Ereignisse sprechen für sich!" Ariadne atmete tief durch. „Appollyon, es steht doch vollkommen außer Frage, dass ich Eros und Dionysos immer noch liebe und immer lieben werde. Aber wir können doch nicht alle vier zusammen leben. Das funktioniert nie! Das Problem ist einfach, sie sind bi- und ich heterosexuell. Was die sich vorstellen, sprengt meinen Rahmen. Am liebsten wäre ich gern eine Zeit mal ganz allein, um über alles nachzudenken. Wenn ich einen Mann will, dann in einer Zweierbeziehung. Ich bin diese Dreier- oder Viererbeziehungen satt, das ist alles so stressig und gibt mir überhaupt nicht, was ich brauche. Zwischen mir und Asmodei ist es gescheitert, weil ich eine Ehe mit ihm führen wollte, in der es nur uns beide gibt, aber Asmodei braucht und liebt das Abenteuer mehr als mich. Zwischen Eros und Dionysos läuft eine ganz besondere Schiene, bei der ich immer nur das dritte Rad am Wagen war, und deswegen hat es nicht funktioniert. Die beiden haben das Leben in vollen Zügen genossen, und ich bin dabei völlig untergegangen. Dionysos und Eros waren immer nur mit sich beschäftigt, und ich war todunglücklich. Geht zurück zu euren Frauen und werdet mit ihnen glücklich, denn wir werden es nie werden!" Eros und Dionysos waren sehr betroffen, und Eros warf ein: „Wir alle drei haben etwas gemeinsam, eine Erfahrung, die nur wir verstehen. Ich bin fast von Asul getötet worden, und du und Dionysos seid von Asul getötet worden! Ich denke, das verbindet, oder nicht?" Ariadne sah ihn fest an. „Glaubt ihr, ich habe vergessen, dass ich euch verdanke, dass Asul mich getötet und verfolgt hat? Ihr habt einen großen Teil eurer Schuld abgetragen, und ich zolle euch den größten Respekt! So wie ihr für Abbadon gekämpft habt, also auch für mich, war das beispiellos, und ihr seid bei mir in größter Bewunderung im Ansehen gestiegen. Ihr musstet das nicht tun, und eure Aufopferung für die Sache sagt alles über euch. Ihr seid jetzt Helden, nicht nur in den Augen der Götter und Abbadons, auch in meinen Augen, aber ich werde nicht zu euch zurückkehren. Mein Platz ist in Abbadon. Unter den Göttern habe ich immer in eurem Schatten gestanden, und das wird stets so sein. Aber hier in Abbadon bin ich jemand, und man liebt mich. Ich habe mich nie so geliebt gefühlt wie in Abbadon, und das ist, was ich immer wollte: geliebt werden!!! Ihr beide seid so tolle Männer, aber ein wenig zu toll für mich, denn ich gehe dabei vollkommen unter!" Dionysos und Eros schauten sie geprügelt an, denn sie wussten genau, wie recht Ariadne hatte. Doch Ariadne war noch nicht fertig, denn Asmodei sollte auch noch sein Fett abbekommen. „Und was uns beide betrifft, Asmodei, ich denke, es ist das Beste, wenn wir uns scheiden lassen, denn das mit uns zweien macht nicht mehr viel Sinn. Du kannst ja jetzt zu Dionysos und Eros einziehen und mit ihnen dein Glück finden. Ihr drei tickt gleich, Wein, Weib und Gesang, das passt klasse, und ihr könnt den gesamten Tag wild durcheinandervögeln. Miteinander, den Frauen von Eros und Dionysos dazwischengepackt und wie viel Weiber und Knaben sonst noch dazwischenpassen. Warum heiratet ihr nicht, es stimmt alles doch perfekt? Und nur dass ihr es wisst, ich habe keine Lust auf eure Orgien. Könnt ihr alleine machen, aber bitte ohne mich. Ich habe keine Lust mehr darauf. Wenn ich noch mal mit einem Mann zusammenlebe, dann monogam und in Liebe. Dieses „Bäumchen, wechsle dich" könnt ihr machen, aber ich will nichts damit zu tun haben! Geht und lasst mich in Ruhe!"

Ariadne ging und ließ erstaunt die Herren zurück, denn das war wirklich eine klare Ansage!

Dionysos räusperte sich. „Vielleicht ist es wirklich am besten, wir lassen sie eine Zeit in Ruhe. Vielleicht sprechen wir in ein paar Wochen noch mal miteinander." Appollyon haute noch nach. „Vielleicht hat sie auch einfach recht. Ihr glaubt doch nicht, dass ihr vier zusammenleben könnt und glücklich werdet. Wie soll das funktionieren? Dionysos und Eros, ihr seid ihre Exmänner und sowieso von ihr geschieden. Also ihr habt genau genommen gar nichts mehr mit ihr zu tun. Und du, Asmodei, hast sie sehr verletzt mit deiner Untreue. Schau mal, Pazuzu und Lilith hat sie doch vollkommen akzeptiert als deine Frau und Pazuzu als Liebhaber, aber du hast es ja vollkommen übertrieben. Natürlich hat sie was mit Lilith und Pazuzu angefangen, was blieb ihr übrig, um die Schläge von dir zu verkraften? Vielleicht ist es wirklich das Beste, wenn ihr euch scheiden lasst. Ich geb sie dann Appollon!" Asmodei rutschte vor Schreck fast vom Sessel. „Appollon? Wie kommst du denn auf den?" Appollyon grinste. „Er ist ihr geheimer Liebhaber, und sie ist sehr glücklich mit ihm. Ariadne will eine monogame Beziehung mit einem Mann, der sie liebt, und da ist Appollon genau der Richtige!" Asmodei rang nach Luft. „Also da habe ich auch noch ein Wort mitzureden!" Appollyon würgte ihn ab. „Nein, das entscheide ich, denn ich will, dass meine Schwester endlich glücklich ist! Dionysos und Eros gehen jetzt erst mal, und dann schauen wir weiter. Kannst ja mit den beiden gehen!" Asmodei brauste auf. „Du sagst mir nicht, was ich mache. Ihr alle könnt mich mal. Ich brauch mal meine Ruhe! Tut, was ihr wollt, und lasst mich in Frieden!!!"

Damit war die Runde gesprengt, denn Asmodei ging wutentbrannt. Eros und Dionysos schien es das Beste, etwas Zeit vergehen zu lassen und dann zurückzukommen!

Dionysos und Eros zogen erst mal nachdenklich von dannen mit einem großen Loch in ihren Herzen. Asmodei zog sich zurück in sein Haus. Er weinte und schrie sich die Seele aus dem Leib, denn wie sollte er ohne seine Ariadne sein? Tausend Tode starb Asmodei, wäre doch ohne Ariadne sein Dasein vorbei!

Kapitel 15

Appollyon ging zum Himmelspalast von Apollo, dort, wo er mit Ariadne aufgewachsen war. Alle von früher waren noch da, es war, als wäre die Zeit stehen geblieben, seid Ariadne gestorben und Appollyon gegangen war. Der Empfang war überwältigend und sehr emotional. Natürlich war Apollo auch da und verfolgte alles zutiefst gerührt; nie hätte er gedacht, dass sein Sohn noch mal nach Hause kommt. Appollyon durchwanderte alle Räume, und zuletzt ging er in das Schlafzimmer von Ariadne; es war, als könnte er noch immer ihren Duft im Bett riechen. Es kamen ihm die Tränen, und er legte sich weinend in ihr Bett. Es war eine Zeitreise, und Appollyon durchreiste noch mal seine grenzenlose Liebe zu Ariadne. Dann wusste Apollo, was als Letztes kam, denn Appollyon ging zu Fuß zum Palast, wo Ariadne zerschmettert worden war. Appollyon erfühlte den größten Schmerz in seinem Dasein und konnte seine Schwester und ihr Kind Arm in Arm sehen. Endlich tat Appollyon das, was er nie getan hatte: Er ließ seinen Schmerz raus. Bitter weinte Appollyon und schrie alles aus sich raus. Nachdem er seinen größten Schmerz noch mal durchlebt hatte, sah er Apollo in die Augen, die von Tränen und Bedauern sprachen. Der arme Apollo war völlig fertig, das noch mal zu erleben, und er tat Appollyon leid, deswegen kam dieser wieder zu sich. Fest nahm Appollyon das Gesicht von Apollo in die Hände und schaute ihm tief in die Augen. „Es zählt nur eines: Ariadne lebt! Lassen wir die Vergangenheit ruhen, und finden wir endlich unseren Frieden! Ich will endlich das hinter mir lassen und nach vorne schauen, mit dir zusammen. Komm, gesellen wir uns zu den anderen, und reden wir über all das, was so schön war. Ariadne und ich hatten eine wirklich schöne Kindheit, an die ich mich wieder erinnern will, dass wir die Schatten von damals für immer verjagen und das Licht in uns zu uns komme. Ich liebe dich, lass uns jetzt Vater und Sohn sein, ich bin bereit dazu!"

Apollo atmete auf, und alle Last glitt von ihm. Dann setzten sich alle zusammen, und es wurde so viel im Palast von Apollo gelacht wie nie zuvor! Als Appollyon nach Abbadon zurückkehrte, war sein erster Weg zu Appollon. So hatte Appollyon noch nie seinen Sohn in die Arme genommen, und Appollon fiel aus allen Wolken. „Weißt du eigentlich, wie sehr ich dich liebe?" Appollon verschlug es die Sprache, denn solche Gefühlsanwandlungen war er nicht von seinem Vater gewohnt. „Nein, aber ich sage es dir jetzt. Du bist mein einziges Kind, und nach meinem ersten Kind dachte ich, ich werde nie wieder Kinder haben! Du bist nicht bei mir aufgewachsen, und ich habe nur wenig von deiner Kindheit mitbekommen, eben dann und wann. Aber ich war überglücklich, als du zu mir gekommen bist, Appollon. Du hast mich immer mit Liebe und Stolz erfüllt. Danke, dass du mir so ein guter Sohn warst!!!" Aufgewühlt von allem, kam der Gefühlsüberschwang von Appollyon ein wenig heftig, aber Appollon verkraftete ihn und musste dann lächeln. „Güte, also dass ich dich mal so erlebe, hätte ich auch nicht gedacht. In wenigen Minuten sagst du all das, was ich mir immer gewünscht habe, einmal von dir zu hören. Ja, ich liebe dich auch, und nicht nur als meinen Herrscher, sondern von ganzem Herzen als meinen Vater!" Beide lachten nun und plauderten so ungezwungen wie niemals vorher. Appollon hatte immer zu viel Respekt vor Appollyon, aber die Liebe von Appollyon ließ alles Eis schmelzen. So locker hatten die beiden noch nie zusammengesessen, und es war in wenigen Stunden so, als hätten sie ein ganzes Dasein nachgeholt! Ihre Herzen waren so von Glück erfüllt, dass sie sich so nahekamen wie nie zuvor. Erst jetzt lernten sie sich wirklich kennen, und die unsichtbare Mauer war gebrochen. Nicht dass Appollyon seinem Sohn nie gezeigt hätte, dass er ihn liebte, aber Appollon war ein wenig zurückhaltend, da Appollyon so übermächtig war. Erst jetzt fanden sie als Vater und Sohn zusammen, und das Glück war unbeschreiblich. Trotzdem wollte Appollyon noch was Ernstes mit seinem Sohn besprechen. „Bitte sei mir nichts böse, wo unsere Stimmung gerade so gut ist, aber wir müssen über Ariadne reden!" Beklemmt nickte Appollon, denn ihm war schon klar, wo dieses Gespräch hinführte, aber seit Wochen erwartete er es schon und war deswegen sehr abgeklärt. „Ich kann dir Ariadne nicht geben, weil ich dich zu sehr liebe und auch Ariadne zu sehr liebe. Es würde immer zwischen uns stehen, und ich will nicht meinen Sohn verlieren. Als Asmodei sie geheiratet hat, konnte ich nicht mehr zu Ariadne gehen, denn es tat zu sehr weh, sie mit Asmodei zu erleben. Von Ariadne habe ich mich ein Stück weit abgelöst, ich kann sie loslassen für einen anderen Mann und ihr Leben leben lassen. Es ist nicht einfach, aber sie ist nun einmal eine erwachsene Frau, die ihr eigens Leben hat, und ich bin nun einmal nur ein Gast darin. Aber wenn du sie heiratest, was wird dann aus mir? Ich habe ein Kind verloren, und es war ein furchtbarer Schmerz, der mit nichts zu vergleichen ist. Den Tod von Ariadne und meiner Tochter habe ich nie verkraftet. Bitte Appollon, ich will dich nicht verlieren. Du bist mein einziges Kind. Ich will mit dir noch so viel erleben und vieles nachholen. Es geht nicht, wenn du Ariadne heiratest, dann gehen wir getrennte Wege. Aber du warst doch immer bei mir. Wie soll ich ohne dich sein? Verstehst du, ich liebe dich zu sehr und will dich nicht verlieren!" Appollon drückte seine Hand. „Das weiß ich doch alles! Ich liebe Ariadne, aber wir beide sind nicht zu Frau und Mann bestimmt. Ariadne hat drei Männer, das ist mehr als genug. Aber ich brauchte diese Zeit mit Ariadne, vor allem als sie aus dem Blauen Garten zurückgekehrt war. Ich brauchte es, um mit ihr abschließen zu können. Es war die schönste Zeit in meinem Dasein, aber der Weg von Ariadne und mir endet hier, und ich habe es längst akzeptiert!" Jetzt war Appollyon doch sehr überrascht. Ganz so abgeklärt hatte Appollon das nichts alles aufgenommen, aber er hatte Asmodei und Ariadne beobachtet und begriff, dass sie zusammengehörten. Mit einem lachenden und einem weinenden Auge hatte Appollon das angenommen, denn so würde der Vater-Sohn-Konflikt nie entstehen, und Appollon hing mit seinem Herzen sehr an Appollyon. Stolz sah dieser ihn an. „Du bist wirklich mein Sohn, und das sehe ich jetzt erst richtig, denn so wie du könnten nicht viele denken und handeln! Was hältst du davon, wenn wir beide jetzt gleichberechtigte Herrscher in Abbadon sind? Du bist nicht länger meine rechte Hand. Ich teile meine Regentschaft mit dir, und wir sind endlich Vater und Sohn, ohne den Krieg in der Unterwelt! Lass uns die Früchte unserer Arbeit ernten und endlich das Leben in vollen Zügen genießen!!!!" Oh, und das taten die beiden!

Ariadne saß draußen vor den Toren Abbadons auf der Wiese und genoss ihre Freiheit. Nie durfte sie vorher Abbadon verlassen und war immer eine Gefangene dort, jetzt konnte sie gehen und kommen, wie sie wollte. In der Unterwelt gab es keine Wiesen oder Blumen, denn dazu war es zu finster dort. Ariadne hatte immer die Natur geliebt und sog alles in sich auf. Es war so ein schönes berauschendes Erlebnis, und sie ließ die Sonne auf ihr Gemüt scheinen, das einfach nur lächeln konnte! Zuerst bemerkte sie Asmodei nicht, erst als er sich zu ihr setzte, sah sie ihn. Ein sehr ernstes Gesicht machte Asmodei, doch als er sie ansah, musste er ein wenig lächeln. „Ich wollte dir etwas sagen, Ariadne. Wenn ich weg war, egal bei wem, Dionysos, Eros oder wem auch immer, war für mich immer der schönste Gedanke, dass ich zu dir zurückkehre und dich in meine Arme nehme! Du hast recht, ich liebe das Abenteuer. Aber in einem hast du unrecht, ich habe dich immer mehr geliebt als das Abenteuer. Mit dir habe ich die schönsten und glücklichsten Momente meines Dasein gehabt, und keine oder keinen habe ich so geliebt wie dich!" Ariadne sah ihn fassungslos an, denn das erreichte wirklich ihr Herz und wollte sie immer von ihm hören. Ariadne lächelte. „Komm, machen wir einen Spaziergang. Hier ist es doch wirklich um einiges schöner als in der Unterwelt. Schau dir mit mir diese Vielfalt der Natur an, und vielleicht schweigen wir nur und reden dann später. Vielleicht reden wir aber auch über die schöne Zeit, die wir erlebt haben. Asmodei, ich habe keinen Mann so geliebt wie dich. Wenn wir uns trennen, werde ich nie mehr heiraten, denn ich weiß, keinen würde ich so lieben wie dich. Du warst für mich immer der „Eine". Und nach dir will ich keinen mehr!" In das Gesicht von Asmodei traten Tränen, und Ariadne nahm ihn in den Arm und hielt ihn so lieb, wie keine Frau ihn je in die Arme genommen hatte. Asmodei weinte in den Armen von Ariadne heraus, was sein Herz so schwer machte! Ariadne küsste ihm die Tränen weg. „Asmodei, ich habe auch Mist gebaut und bin nicht stolz drauf. Wir beide haben uns verloren. Du in deinen Affären, ich in meinen Affären, und wir haben uns beide ganz vergessen. Zwischen uns beiden war immer so viel, mehr als es sonst zwischen zwei Wesen ist, und ich kenn dich gut genug, um zu wissen, dass ich nicht mit dir darüber reden kann. Kein Mann hat mich je so in die Arme genommen wie du, und vielleicht liebst du mich doch ein wenig!" Jetzt weinte Ariadne, und Asmodei schnürte es die Kehle zu. „Nach allem, was wir erlebt haben, glaubst du mir immer noch nicht, dass ich dich liebe? Wir haben vier wundervolle Kinder in der reinsten Form der Liebe gemacht. Ich habe dich Nacht um Nacht mit meiner ganzen Liebe gehalten, wenn du in die Dunkelheit gingst. Ich habe immer an dich gedacht und wollte, dass es dir gut geht. Wir haben uns geliebt im Bett, wie es das kein zweites Mal gibt, und du meinst, ich liebe dich nicht? Ich versteh das nicht. Was soll ich denn noch tun, dass du mir glaubst, wie sehr ich dich liebe?!" Ariadne kriegte raus: „Du hast Dionysos gesagt, dass wir eine Zweckehe eingegangen sind. Asmodei, du kannst so lieb und warm sein, aber manchmal bist du so weit weg. Erst das hat mich zum Nachdenken gebracht. Wenn die Baumeister nicht gesagt hätten, dass ich heiraten müsse, hättest du mich doch nie geheiratet!" Asmodei brach jetzt vollkommen zusammen. „Was redest du da? Ich habe das Dionysos gesagt, dass er nicht so wütend auf dich und mich ist und weil ich verletzt war wegen Lilith. Du warst doch dabei. Ich glaube, keiner wollte dich so sehr, wie ich dich immer wollte. Mag sein, dass Ariell ein toller Hecht war, Pazuzu eine Granate im Bett, Appollon sehr einfühlsam und Appollyon natürlich der Größte! Aber glaube mir eines, nicht einer von denen fühlt auch nur ansatzweise das in seinem Herzen für dich, was ich fühle, wenn du in meinen Armen liegst. Nur mit Lilith, da bist du wirklich zu weit gegangen. Es hat mein Herz gebrochen! Du hast keine Ahnung, wie schlecht es mir geht, seit du im Blauen Garten warst. Ich bin aber Tausende Tode gestorben!" Sehr ernst schaute Ariadne ihn an. „Du hast mich vorher getötet, und das mit Pazuzu, Eros und Dionysos; du bist vorher zu weit gegangen. Asmodei, ich wollte sterben wegen dir. Du bist immer so über alles erhaben und lässt dir nichts, aber auch gar nichts anmerken. Du stehst immer über allem, und dafür hasse ich dich! Keiner, nicht mal ich, kommt wirklich an dich ran!" Asmodei rang nach Worten. „Ich bin nun einmal so. Und was ist jetzt davon übrig? Ich bin vor dir auf Knie und bettele dich an: Verlass mich nicht! Ist das etwa erhaben? Jetzt lass ich doch wohl alle Würde hinter mir, meinst du nicht?" Ariadne zog ihn zu sich rauf. „Komm wir gehen rein, es muss nicht ganz Abbadon und die Götterwelt zuschauen!" Asmodei sah sie ärgerlich an. „Ist mir doch egal!" Ariadne zog ihn dicht an sich und musste lächeln, denn Asmodei schaute so wütend drein, wie nur er schauen konnte. Fest drückte er Ariadne an sich und küsste sie wild; verlegen versuchte Ariadne ihm auszuweichen. Als sie durchs Tor traten, hörten sie ein Klatschen, denn ganz Abbadon hatte zugeschaut. Asmodei hob sie in seine Arme und brachte sie nach Hause, und ein Jubeln begleitete sie. Im Schlafzimmer machte dann Asmodei seinem ganzen Gefühlsstau Luft, und Ariadne wusste gar nicht, was sie sagen sollte, so überwältigend war der Liebesbeweis von Asmodei. Tagelang machte er nur eines mit ihr: Liebe! Nicht einen Moment ließ er Ariadne aus den Augen und streichelte sie in einem fort. Überdeckte sie mit Küssen und hielt sie sanft in seinen Armen. Ariadne war zu Tränen gerührt von seiner Liebe. „Asmodei, mit keinem Mann habe ich so etwas erlebt wie mit dir. Ich liebe dich so sehr, selbst wenn du mich nicht liebst, ich liebe dich so sehr, das reicht für uns beide!" Asmodei verschlang sie und ließ sie nicht mehr los. Umso intensiver er sie berührte, umso mehr Sehnsüchte ließ er in ihr aufwachen. Ariadne ging auf in seinen Armen, wie schon lange nicht mehr, und ihr Herz war so mit Liebe gefüllt, dass es überlief in einen solchen Gefühlsrausch, dass Ariadne sich vollkommen verlor in den Armen ihres Mannes und wusste, er musste sie ein wenig lieben. Freudentränen und Tränen ihres Schmerzes rollten über ihr Gesicht, und Asmodei hielt sie noch liebvoller, dass alle Tränen für immer vergessen waren und im Schoß der

Liebe aufgefangen wurden. Ariadne kehrte in den anorganischen Zustand ihrer Seele zurück, so überwältigend war die Liebe, die aus Asmodei sprach mit all seinem Handeln. Die Festung war eingenommen, und Ariadne hauchte ihn an: „Bitte mach mir ein Kind. Das ist das Letzte, was ich mir von dir wünsche. Auch wenn wir uns trennen, bitte, ich will noch ein Kind mit dir!" Nun, das musste Ariadne nicht zweimal sagen, und Asmodei ging zur vollen Tat über. Keines ihrer Kinder hatte Asmodei mit so einer Leidenschaft und Liebe Ariadne gemacht, wie dieses, das er ihr zeugte. Alles, die ganze Vergangenheit, die Gegenwart und die Zukunft vereinten sich im Liebesakt, und es wurde ein Kind der absoluten Liebe gemacht!!!

Asmodei war gar nicht mehr für irgendjemand zu sprechen, denn er wich nicht von Ariadnes Seite. Wenn sie nachdenklich wurde, küsste er ihr in einem fort alle Gedanken weg. Wenn Ariadne traurig war, streichelte er sie so lange, bis sie wieder lächelte. Wenn Ariadne Einsamkeit erklomm, von dem Schmerz, den sie fühlte, hielt er so lange ihre Hand, bis sie warm und voller Leben war. Wenn Ariadne sich verlor im Unklaren der Liebe zu Asmodei, machte er so lange Liebe mit ihr, bis sie ihm glaubte, dass er sie liebte.

Ariadne lag im Bett in seinen Armen, seine Hand streichelte sanft über den leicht gewölbten Bauch. Asmodei hatte nur einen Wunsch, dass mit dem Heranwachsen ihres Kindes auch seine Liebe endlich Ariadne erreichte. Sacht küsste er ihre Lippen. Ariadne zuckte zusammen. „Hast du es gefühlt? Es hat sich bewegt!" Tränen der Freude rannen über ihr Gesicht, Asmodei legte seinen Kopf auf ihren Schoß und spürte es in jeder Faser seines Körpers und seiner Seele. Auch ihm traten Tränen auf das Gesicht, denn es war, als würde seine Liebe endlich zu Ariadne finden. Asmodei überdeckte ihren Körper mit verlangenden Küssen und bewegte sich in sie hinein, dass jeder Winkel in Ariadne ausgefüllt war von Liebe. Wohlig kuschelte sie sich danach bei ihm ein und sagte: „Ich glaube, ein bisschen liebst du mich wirklich!" Die Antwort waren Zungenküsse, die mehr sagten als jedes Wort, und Asmodei umschlang sie, dass Ariadne fast ohn-

mächtig wurde, denn was Asmodei ihr sagte, war nur eines: Ich liebe dich!" Danach sah er sie fest an. „Du hast deinen Ehering ausgezogen, als du zum Blauen Garten bist." Er holte den Ring aus der Schublade neben dem Bett. „Meinst du nicht, dass du ihn wieder tragen solltest?" Das wurde von solchen Küssen begleitet, dass keine Frau hätte Nein sagen können. So zog Asmodei ihr wieder den Ring an und hielt ihre Hand mit dem Ring ganz fest beim Liebemachen, sodass Ariadne den Ring wieder annahm!
Ariadne schmiegte sich an Asmodei. „Weißt du, wie sehr ich dich liebe?" Asmodei küsste sie. „So sehr wie ich dich liebe!" Ariadne schluckte. „Weißt du, wie viel du mir bedeutest?" Asmodei streichelte ihr über den Kopf. „Du bist mein Leben, ohne dich bin ich nur ein halber Mann!" Ariadne küsste ihm den Hals. „Du weißt, dass ich keinen Mann je so geliebt habe wie dich?" Asmodei sah ihr tief in die Augen. „Du bist mein Zuhause, und keine Frau hat je so mein Herz berührt wie du. Wenn ich dich in meinen Armen halte, bin ich ganz bei mir. Keine Frau hat mir je in ihrem Herzen ein Zuhause geben können. Immer war ich schon weg, bevor ich da war. Lilith stand mir immer am nächsten, und sie habe ich am meisten geliebt, aber als ich dich kennenlernte, da wusste ich, das ist die Frau meines Daseins!" Ariadne strich über seine Lippen. „Du bist der Mann überhaupt für mich. Du bist so wundervoll. Keiner hat sich jemals so um mich gekümmert wie du. Wenn ich schwanger bin, bist du einfach umwerfend! Du bist das wundervollste Wesen, das mich je in die Arme geschlossen hat. Du hast nur einen Fehler: deine Untreue!" Asmodei sah sie traurig an. „Ich weiß!" Ariadne legte sich so eng an ihn, wie es nur möglich war. „Du bist der Mann, mit dem ich mein Leben teilen will. Ich wäre so gerne für immer mit dir zusammen. Asmodei, verstehst du nicht, ich will gar keinen anderen Mann als dich. Aber du verletzt mich mit deinem Fremdgehen, und ich räche mich dann an dir!" Asmodei war kurz vor den Tränen. „Ich weiß das doch alles, aber ich bin nun einmal dann und wann auf Irrwegen. Aber glaube mir, ich liebe dich von ganzem Herzen und noch mehr. Nie hätte ich gedacht, dass ich einmal so eine Frau lieben würde wie dich! Aber ich

bin manchmal zu stolz für deine Liebe für mich. Brauche ein Abenteuer, um den alten Asmodei bestätigt zu wissen. Brauche die Eroberung einer anderen Frau oder eines Mannes. Ich habe mein ganzes Dasein so gelebt, im Rausch der Sinne, du kannst nicht von mir erwarten, dass ich mich vollkommen verändere. Meinst du, ich habe mit irgendeiner Frau Nacht um Nacht im Bett gelegen und so Liebe gemacht wie mit dir? Ich bin ein Gefangener deiner Liebe und will ab und zu ausbrechen, damit ich mich nicht vollkommen verliere, denn es macht mir einfach oft Angst! Keiner Frau war ich jemals so verfallen wie dir. Du hast eine Macht über mich, die ich nicht wahrhaben will, und deswegen grenze ich mich von dir manchmal ab. Kannst du mich nicht ein bisschen verstehen und mir meine Fehler vergeben? Ich liebe dich so sehr, bitte lass mir gewisse Freiheiten, dass ich unsere Liebe verkraften kann!" Bittere Tränen weinte Asmodei, und Ariadne fühlte seinen Schmerz. Erst jetzt begriff Ariadne, dass Asmodei in seiner Existenz nie vorhatte, eine Frau so zu lieben, wie er Ariadne liebte. Zum ersten Mal konnte Ariadne ihn verstehen und nachempfinden, was in ihm vorging. Asmodei war ein sehr stolzer und erhabener Mann. Nicht nur, dass er einfach bildschön war, sein Charisma war umwerfend. Ariadne dachte bei sich: Wie vermessen, dass nur eine Frau Anspruch auf ihn erhebt. Und zum ersten Mal musste sie über sich selbst lachen. Asmodei war nun einmal ein Herzensbrecher, und er brauchte das Spiel. Nicht, dass Asmodei nicht lieben konnte, aber nur bis zu einer bestimmten Grenze ließ er den anderen an sich ran. Asmodei war ein Ozean der Gefühle, was man wusste, wenn man in ihn eintrat. Ariadne begriff, dass soeben Asmodei sie so nah an sich herangelassen hatte wie keinen zuvor. Das reichte Ariadne, um ihren Frieden mit Asmodei zu finden. Da sie nun in der Lage war, sich in Asmodei zu versetzen, änderte sich das ganze Bild. Jetzt war Ariadne nicht mehr so verletzt und konnte den Schmerz loslassen. Asmodei war ein Opfer seiner selbst und eigentlich eine sehr tragische Figur. Immer hatte er sich nach Liebe gesehnt, war aber stets nur davor weggelaufen, wenn es zu eng wurde. Was erwartete da Ariadne? Eigentlich wollte er ihr gar nicht wehtun, aber der Schmerz in seiner Brust war zu groß, sodass er ihr nur wehtun konnte, um seinen Schmerz zu überspielen. Eines war sicher, Ariadne und Asmodei waren füreinander bestimmt, also war es jetzt an Ariadne, als Ehefrau zu reifen und endlich ihren Mann zu verstehen, ihn so zu nehmen, wie er eben war. Asmodei war einfach ein wundervoller Ehemann, und das konnte Ariadne beurteilen bei zwei Ehemännern davor. Es sprach so viel für Asmodei, und das wusste Ariadne immer. „Gut, eines ist sicher, du wirst mir nie treu sein. Ich will dir aber treu sein. Wie soll ich damit umgehen?" Asmodei sah sie mit großen Augen an. „Ich habe doch deine Affären immer toleriert!" Ariadne lächelte. „Asmodei, verstehst du nicht, ich will keinen anderen Mann als dich!" Asmodei setzte sich auf und sah sie fassungslos an. Ariadne lächelte ihn ebenfalls an. „Das ist doch das Problem! Selbst wenn ich fremdgehe, denke ich nur an dich!" Das verschlug Asmodei die Sprache. „Verstehst du mein Problem? Ich kann für den Moment, in dem ich mit einem anderen Mann zusammen bin, im Spiel aufgehen, und das habe ich auch getan, aber mein letzter Gedanke galt immer dir, und ich frage mich, was ich da mit einem anderen Mann eigentlich getan habe! Glaubst du, ich fühle bei irgendeinem Mann so was wie bei dir?" Asmodei schaute sie perplex an. „Ich fühle doch auch bei keinen anderen so etwas wie bei dir. Was denkst du?" Scharfsinnig meinte Ariadne: „Und warum gehen wir dann fremd?" Das verlangte nach einem kräftigen Schluck Alkohol, und Asmodei stand auf, um sich einen zu genehmigen. Ariadne folgte ihm und wartete ab, was jetzt von Asmodei käme. „Vielleicht bin ich dir nicht körperlich treu, aber mit meinem Herzen bin ich dir absolut treu; keine Frau und kein Mann könnten je deine Stellung einnehmen. Bitte Ariadne, mach mich nicht total fertig. Ich kann dir nicht versprechen, nie mehr fremdzugehen, aber ich werde mein Bestes geben, dass ich es nicht mehr tu; nur ob ich das schaffe, weiß ich nicht. Ich will dich nicht verlieren und werde versuchen, dir ein besserer Mann zu sein!" Der Alkohol tat sein Übriges. Asmodei fühlte sich in die Enge getrieben und ging in die Offensive. Alles, aber wirklich alles wurde nun Ariadne vorgehalten, vor allem Lilith. Angriff ist nun einmal die beste Verteidigung. Asmodei betrank sich besinnungslos, so war er überfordert mit Ariadne. Als Asmodei im Bett lag und schlief, dachte Ariadne nach. Ihr wurde klar, dass es immer dasselbe Spiel sein würde. Asmodei verletzte sie, und danach wickelte er sie wieder ein. So war es die ganzen Jahrhunderte gelaufen, und Ariadne wusste, das schaffte sie nicht mehr. Asmodei hatte ihr das Herz gebrochen, und es verheilte nicht mehr. Auch wenn die beiden füreinander bestimmt waren, nie würden sie glücklich werden. Ariadne weinte still, denn ihr war klar, dass sie nicht mehr wollte. Sie stand auf und stand vor Asmodei, der tief schlief. Leise flüsterte sie ihm zu: „Ich liebe dich, aber wir beide werden nie glücklich miteinander sein. Ich erlöse jetzt dich und mich. Sei wieder ein freier Mann und genieße dein Leben in vollen Zügen. Du bist nicht bestimmt für eine Frau oder einen Mann. Ich lass dich jetzt los, vielleicht haben wir beide dann endlich eine Chance, glücklich zu werden! Ich werde dich nie vergessen, aber ich werde dich und meine Liebe zu dir für immer hinter mir lassen!!!" Ariadne zog den Ehering vom Finger und legte ihn neben Asmodei auf die Nachtkonsole. Dann ging Ariadne zum Raumwandler und gab die ihr noch bekannten Koordinaten ein, mit denen alles angefangen hatte auf ihrer Reise durch die Dunkelheit! Die Koordinaten hatten sich geändert, aber die Baumeister brachten sie dahin, wo sie hinwollte.

Kapitel 16

Ariadne war angekommen und durchschritt die Räume, die sie zuletzt bewohnt hatte, bevor sie die Götterwelt verließ. Das alte Schlafzimmer war verriegelt und unbewohnt seit der furchtbaren Nacht, die ihm seine Ariadne entrissen hatte. Aber im zweiten Schlafzimmer fand sie ihn. Tränen traten auf ihr Gesicht, als sie den schlafenden Marduk sah. Sacht legte sie sich zu ihm und umarmte ihn. Obwohl sie es nicht wollte, wurde er sofort wach und drehte sich erschrocken um. Als Marduk Ariadne erblickte, konnte er seinen Augen nicht trauen. Sie wischte sich die Tränen aus dem Gesicht. „Ich versteh sehr gut, dass du nicht mehr im Schlafzimmer schlafen konntest, nach dem, was da passiert ist!" Ariadne konnte sich nicht halten und weinte hemmungslos Stunde um Stunde in den Armen von Marduk. Alles war so präsent und die furchtbare Nacht würde nie in ihr vergehen. Aber Marduk musste sie nichts erklären, denn er war dabei gewesen, und zum ersten Mal konnte sie den Schmerz dieser Nacht hinauslassen und war nicht allein damit. „Weißt du, Marduk, ich bin wirklich damals gestorben. Ich habe einen Teil meiner Seele verloren in dieser Nacht. Ich habe nie zu mir zurückgefunden. Auch was dir passiert ist, war so furchtbar für mich. Appollyon hat mich wieder ins Leben zurückgeholt, aber eigentlich weiß ich gar nicht, was ich hier tue! Ich bin einfach gestorben und nie mehr in Ordnung gekommen!" Marduk sah sie gefasst an. „Meinst du, mir geht es anders? Ich war danach nie mehr der Alte. Ich bin mit dir gestorben in dieser Nacht und habe es nie verkraftet. Ich dachte, du bist wirklich tot, auch wenn ein Teil in mir sagte, du lebst noch. Aber insgeheim dachte ich: Der Tod ist besser für sie! Wie sollte deine Seele das je verkraften, da ist es besser, tot zu sein!" Ariadne legte sich in seinen Arm und tat das, was sie die ganze Zeit tun wollte: Stunde um Stunde weinte sie in den Armen von Marduk, bis es ihr besser ging. Nicht länger war sie allein mit ihrem Schmerz. Als sie mit Appollyon gelebt hatte, ging es ihr auch gut, denn er war in der Nacht dabei gewesen, und sie musste nichts erzählen. Nie hatte Ariadne mit jemandem über diese Nacht gesprochen, nur Ansätze davon preisgegeben, aber Marduk brauchte sie nichts zu sagen. Ariadne war heimgekehrt zu allem Ursprung, und nach dem anfänglichen Schmerz kehrte Frieden in sie ein. Nie konnte sie Asul hinter sich lassen, aber Marduk auch nicht, also hatten sie etwas gemeinsam. Marduk musste sie nichts vorspielen oder ihren Schmerz verbergen, denn er litt selber bis heute unter dieser Nacht. Wenn zwei denselben Schmerz haben, wird er leichter!

Ariadne war nach drei Tagen in der Lage, sich mit Marduk an einen Tisch zu setzen und etwas zu essen, denn er redete auf sie ein. Als hochschwangere Frau müsste sie auch an ihr Kind denken. Nach dem Essen setzte sie sich mit Marduk zusammen und begann: „Ich will keinen Ehemann mehr. Dionysos und Eros sind nicht ohne Grund meine Exmänner, und mit ihnen will ich nie wieder was zu tun haben. Aber ich kann nicht zu meinem Vater Apollo gehen, denn er wird vielleicht versuchen, mich wieder mit Dionysos und Eros zu verkuppeln, das will ich nicht. Ich kann auch nicht zu Appollyon, denn er wird versuchen, mich zu Asmodei zurückzuführen, und ich will nicht mehr die Ehefrau von Asmodei sein. Am liebsten wäre ich wieder in den Blauen Garten gegangen, aber dann verraten mich vielleicht die Baumeister aufs Neue und sagen Appollyon, wo ich bin. Marduk, ich will keinen Mann mehr! Bitte gib mir meinen Frieden. Ich brauche einen Freund, der mich ab und zu mal lieb in die Arme nimmt, aber nie mehr will ich einen Mann. Keinen Ehemann und keinen Liebhaber. Marduk, keiner hat mich wirklich geliebt, alle haben nur sich selbst in mir geliebt. Für meine Ehemänner war ich Eigentum und für meine Liebhaber ein nettes Spiel und Abenteuer. Aber dir kann ich sagen, was ich nie jemandem gesagt habe. Marduk, ich bin so einsam! Bitte halte mich, und bleib bei mir!" Herzzerreißend weinte Ariadne, und Marduk drückte sie fest an sich, sodass sie sich fühlte. „Marduk, ich hatte so viele Liebhaber und drei Ehemänner und sogar eine Geliebte, aber ich war immer so einsam. Letztendlich ging es sowieso immer nur um Sex, und die Momente der Liebe wurden aufgefressen vom Schmerz der Verletzung. Weißt du, ich liebe Asmodei sehr, aber er hat mir das Herz gebrochen, so wie Dionysos und Eros. Ich will mit keinem Mann mehr intim sein. Ich werde sowieso nur betrogen und hintergangen. Bitte, kann ich bei dir bleiben? Dass du mit mir ab und zu etwas redest. Mich mal in den Arm nimmst, wenn ich Nähe brauche? Mir ein Freund bist und nicht mehr von mir willst? Du kannst auch Frauenbesuch haben, dann mach ich mich rar. Ich habe da kein Problem mit. Aber bitte kann ich bei dir bleiben, und du sagst niemandem, dass ich bei dir bin?!" Marduk lächelte und strich ihr die Haare aus dem Gesicht. „Natürlich kannst du bei mir bleiben, aber du darfst das Haus nicht verlassen, sonst sieht dich vielleicht einer. Du wärst eine Gefangene hier." Ariadne lachte bitter. „Mein Vater Apollo hielt uns Kinder versteckt, abgeschnitten von der ganzen Außenwelt. Bei Dionysos und Eros war ich nur eine Gefangene, nichts durfte ich tun und nur das Haus verlassen, wenn einer von ihnen dabei war. Ständig war ich unter Beobachtung. In Abbadon war ich auch eine Gefangene. Wegen Asul durfte ich keinen Schritt rausmachen, und immer wurde ich per Video beobachtet. Da ließ mich Appollyon nie aus den Augen. Meinst du, das macht mir noch was aus, eine Gefangene zu sein? Nur diesmal wähle ich die Gefangenschaft und bekomme sie nicht aufgezwungen! Bei dir bin ich dann eben eine freiwillige Gefangene. Weißt du, ich wollte damals in der Unterwelt nicht heiraten, aber es war Bedingung, dass ich in Abbadon bleiben konnte. Jetzt muss ich nicht heiraten, um einen Unterschlupf zu finden, oder?" Laut lachte Marduk und war ganz der Alte, was das Herz von Ariadne warm werden ließ; es war schön, dass nicht alles in ihm gestorben war. „Wir beide heiraten? Du bist meine Ziehtochter, ich denke, das wäre sehr unmoralisch und würden die Baumeister nicht zulassen! Pass auf, ich bin dir jetzt das, was ich früher für dich war, eine Art Vater, und ich glaube, das brauchst du am dringendsten. Ich werde nichts bei dir versuchen, auch wenn es etwas schwerfällt, aber ich respektiere voll und ganz deine Wünsche. Ich glaube, du brauchst jemanden zum Reden und der sich um dich kümmert, und das werde ich tun! Wann kommt das Kind?" Ariadne war ganz überrascht, denn obwohl ihr dicker Bauch unübersehbar war, hatte sie vollkommen ihren Zustand vergessen. „In zwei Monaten." Mardunk beäugte sie grinsend. „Hochschwanger den Mann zu verlassen ist schon heftig. Was ist mit dem Vater Asmodei?" Ariadne wand sich, aber platzte wütend raus: „Es ist mein Kind. Ich hatte ihm gesagt, auch wenn wir uns trennten, wollte ich noch einmal ein Kind von ihm, und er war einverstanden!" Marduk amüsierte sich köstlich über Ariadne. „Na dann! Also ich sage keinem was. Du kannst dein Kind hier in Ruhe bekommen, und wenn du willst, hier aufziehen, aber spätestens als Erwachsener sollte dein Kind schon seinen Vater kennenlernen!" Ariadne rang nach Luft, aber lenkte dann ein. „Einverstanden. Bis dahin hat Asmodei mich sowieso vergessen und sich drei Neue zugelegt. Wie Dionysos, der hat ja gleich drei nach mir geheiratet. Und Eros ist auch nicht so ohne, ich habe seine beiden Gespielinnen kennengelernt!" Marduk freute sich, dass die patzige Ariadne noch lebte. „Was erwartest du, so sind eben Männer. Dionysos und Eros ohne Weib, das glaubst du doch selber nicht. Aber deine Meinung über Asmodei ist nicht besser!" Ariadne ließ die Schultern hängen. „Nein. Doch weißt du, das ist auch gut so, er soll so leben, wie er es tat, bevor ich da war. Asmodei ist ein absoluter Frauenschwarm. Gut, die Frauenwelt hat ihn halt wieder und sogar die Götterwelt. Das ist ein großes Jagdgebiet, und Asmodei wird mich dann vergessen, und das ist, was ich will! Warum hast du nicht mehr geheiratet?" Marduk zuckte die Schultern. „Nach Ishtar, war mir nie mehr nach einer Ehefrau. Man kann auch ohne Trauschein schöne Stunden erleben. Und nach der Sache mit Asul war mir nicht mehr nach so viel Nähe mit irgendjemandem. Dann und wann eine Frau, die ich gernhab, aber bitte nicht zu kompliziert. Die Vergewaltigung von Asul und dein Tod haben schlimme Spuren bei mir hinterlassen, und ich konnte nie wieder jemanden wirklich zu mir lassen!"

Asmodei brach vollkommen in sich zusammen und suchte überall Ariadne, aber fand sie nicht, denn niemals hätte er vermutet, dass sie bei Marduk war. Dionysos und Eros machten sich große Sorgen um Asmodei und halfen ihm suchen. Auch wenn Eros und Dionysos die ganze Zeit vor Eifersucht kochten, als Ariadne und Asmodei zusammen waren, so hatten Eros und Dionysos begriffen, was die ganze Unterwelt und Götterwelt wusste: Ariadne und Asmodei gehörten zusammen. Deswegen hatten sie sich nicht mehr eingemischt. Aber die gemeinsame Suche nach Ariadne führte sie wieder zusammen, und Eros und Dionysos wollten unbedingt Ariadne wiederfinden, um Asmodei vor dem Wahnsinn zu retten. Asmodei war in so einen Ausnahmezustand, dass Eros und Dionysos ganz bange wurde! Die Baumeister hüllten sich in Schweigen, trotz des Drucks von Appollyon gaben sie nicht nach und behielten das Geheimnis für sich. Asmodei brach vollkommen in sich zusammen und wollte nicht mehr leben, und seine Freunde und Appollyon hielten ihn vom Schlimmsten ab, denn Asmodei wurde fast vollkommen verrückt.

Einer beobachtete das alles und verstand die Tragik von Asmodei, weil er selbst ein Mann war und wusste, es gibt keine treuen Männer, nur Mangel an Gelegenheiten. Für sich entschied Marduk, dass Asmodei genug gelitten hatte. Am Tag der Geburt seines Kindes setzte Marduk sich in Kontakt mit Asmodei und ließ ihn kommen. Ariadne lag bereits in den Wehen, als Asmodei zu Marduk kam. Asmodei sah wirklich schlimm aus, und Marduk streichelte erst mal seine Seele, bevor er ihn zu Ariadne ließ. „Ich habe sie hier aufgenommen, weil sie mich darum gebeten hat. Nicht ein Mal ist etwas zwischen uns passiert. Sie hat viel geweint und mit mir über Asul gesprochen. Ich glaube, sie brauchte es, zum Ort des Verbrechens zurückzukommen. Jeder hat Lager, die er zurücklässt und dann und wann wieder aufsucht! Ich glaube, sie liebt dich sehr, denn sie sagte mir, sie will keinen Mann oder Liebhaber mehr haben. Sie wollte nur einen Freund, und das war ich ihr. Ich habe alles mitbekommen, und du tust mir wirklich leid. Beenden wir das jetzt. Halte ihre Hand, wenn euer Kind das Licht der Welt erblickt, und seid wieder Frau und Mann."

Dionysos und Eros waren auch gekommen und konnten nicht fassen, wo Ariadne war. Aber sie hatten jedes Wort von Marduk mitbekommen, und ihre Gemüter waren beruhigt. Anständig blieben Dionysos und Eros bei Marduk und warteten. Asmodei war vollkommen neben sich, als er in das Zimmer von Ariadne kam. Sie lag auf der Seite, das Gesicht von ihm abgewandt. Der Arzt schaute ihn mit großen Augen an, denn er wusste, wer er war. „Ihr Mann ist da!" Ariadne drehte sich um, und die Tränen liefen nur so über ihr Gesicht, denn Asmodei sah furchtbar aus. Abgezehrt setzte er sich zu ihr aufs Bett und nahm fest ihre Hand. Ariadne drehte sich wieder zum Arzt, zog aber Asmodei ganz dicht zu sich. Asmodei war so aufgeregt, dass er kein Wort rausbekam, sondern einfach nur ihre Hand hielt, aber das war das Wichtigste für jede Gebärende, die Hand eines geliebten Menschen zu halten während der Geburt!

Ein bildhübsches Mädchen gebar Ariadne, und Asmodei war fassungslos, denn es war ein Abbild seiner Mutter. Als Asmodei sie in den Armen hielt, weinte er entfesselt und küsste seine Tochter. Dann sah er Ariadne an, die nicht verstand. „Meine Mutter ist zu mir zurückgekehrt. Ich werde dich und meine Tochter so lieben, dass alles Dunkle in Licht taucht. Dein Grauen soll in Vergessenheit geraten und das Grauen meiner Mutter auch. Ich werde dir der beste Ehemann sein, den es überhaupt geben kann und meiner Tochter ein Vater, der alles Geschehene wieder gutmacht. Du hast mir das größte Geschenk gemacht, das irgendein Wesen mir machen konnte. Du hast mir meine Mutter zurückgebracht. Egal ob sie nur so aussieht wie meine Mutter oder sogar ihre Seele in ihr wohnt, das ist, was ich mir immer gewünscht habe, meine Mutter noch einmal in den Armen zu halten!" Die Stimme eines Baumeisters erklang. „Asmodei, sie ist deine Mutter. Finde jetzt deinen Frieden!!!" Ariadne konnte gar nicht glauben, was passiert war. Asmodei zeigte den Männern draußen sein Wunder und war am Weinen wie ein kleines Kind. Alles kam in ihm hoch, und Dionysos konnte ihn dann endlich beruhigen. Marduk brachte Ariadne ihre Tochter, und die Männer redeten mit Asmodei, auch Appollyon war erschienen und konnte am besten Asmodei erreichen. Ariadne war zu schwach zum Aufstehen, konnte aber alles hören und mitverfolgen. Asmodei erzählte alles über seine

Mutter bis hin zum grauenvollen Ende. Das Baby schlief ganz fest in den Armen ihrer Mutter, sodass Ariadne ebenfalls einschlief, aber es war besser, denn in Asmodei taten sich Abgründe auf, die Ariadne zu viel geworden wären. Ariadne hatte zu viel erlebt, daher hätte sie nicht verkraftet, wie schlimm es in Wirklichkeit um ihren Mann stand. Mit welchen Dämonen er kämpfte in sich. Marduk konnte am besten Asmodei verstehen und war froh über sein Handeln, dass er Asmodei verraten hatte, wo seine Frau war. Asmodei erzählte den Männern sogar von seiner Vergewaltigung, und da war Marduk wirklich fertig. Keiner der Männer konnte das nachempfinden, aber Marduk. „Ich glaube, Asmodei, es ist das Beste, du bleibst eine Zeit hier. Ariadne muss erst mal auf die Beine kommen, und ich glaube, wir beide sollten uns unter vier Augen unterhalten. Du musst jetzt zur Ruhe kommen. Geh nun zu Ariadne und deiner Tochter, und schlaf etwas mit ihnen. Wenn es dir ein bisschen besser geht, reden wir beide mal miteinander, aber bitte ohne Ariadne, denn das ist zu viel für sie. Ich werde dann mit Ariadne reden, stellvertretend für dich. Deine Frau muss alles wissen von dir, nur sollte es ihr schonend beigebracht werden, und das ist über einen Dritten immer am besten!" Asmodei kuschelte sich bei seiner Frau und seiner Tochter ein und schlief ganz fest bei ihnen ein. Ariadne wurde in der Nacht wach und drehte sich zu Asmodei, der sofort seine Augen öffnete. Sie gab ihm den liebsten Kuss, den sie ihm je geben hatte. „Schön, dass du gekommen bist!" Asmodei sah sie sehr traurig an und holte ihren Ehering aus seiner Tasche. „Jetzt läufst du bitte nicht mehr weg, sonst werde ich noch wahnsinnig!" Er zog ihr den Ring auf und gab ihr den absoluten Kuss eines Ehemannes. Ariadne strich über sein schwarzes Haar. „Ich liebe dich, und das war das Letzte, was ich dir gesagt habe, als ich gegangen bin! Und das wird immer das Letzte sein, was ich dir zu sagen habe!" Asmodei schloss sie fest in die Arme und hielt sie mit aller Liebe, bis sie wieder einschlief mit ihm. Seine Tochter warm eingerollt in der Seite zwischen ihnen.

    Als Asmodei am Morgen aufstand, war es, als wären Steine von seinem Herzen genommen worden. Die Nacht mit den zwei wichtigsten Frauen seines Seins hatten seine Seele geradezu befreit. Nicht nur, dass er Ariadne wiedergefunden hatte, seine Mutter war wieder bei ihm, und Asmodei war so glücklich wie noch nie in seinem Dasein. Still betrachtete er beide im Schlaf und konnte gar nicht fassen, was er da sah. Lange schaute er beide einfach nur an, und dann wurde ihm klar, dass er endlich am Ende seiner langen Reise angekommen war und endlich alles wieder gut wurde. Als Ariadne wach wurde, lächelte Asmodei, wie er noch nie gelächelt hatte. Es war ein Lächeln so tief aus dem Herzen, dass Ariadne sich innerlich zwicken musste. Ist das wirklich wahr? Zum ersten Mal war die bleierne Melancholie von Asmodei fort. So hatte Ariadne ihn noch nie erlebt, und er öffnete ihr sein Herz. „Mit dem ganzen Fremdgehen bin ich nicht einfach vor dir weggelaufen, vor allem bin ich vor mir selbst weggelaufen! Ariadne, ich konnte dir gegenüber nie zeigen, wie sehr meine Seele verletzt war, deswegen bin ich dann und wann halt weg und habe mich in Abenteuern verloren. Aber doch nicht, weil ich dich nicht liebe. Es tut mir leid, wie sehr ich dich verletzt habe, und ich werde mich bessern!" Ariadne sah ihn ernst an. „Du redest zu wenig mit mir, das war immer das Problem. Du machst immer alles mit dir selbst aus, und dadurch grenzt du mich von dir ab! Du bist dann immer so kühl und distanziert. Ich komm überhaupt nicht an dich ran, und das tut sehr weh. Warum lässt du mich nicht zu dir?" Asmodei sah sie sehr beklommen an. „Ich lass doch niemanden zu mir! Aber du bist die Erste, die mir ein Zuhause gibt. So gern wie bei dir war ich bei keinem zu Hause. Zählt das nicht?" Ariadne sah ihm tief in die Augen. „Du kannst nicht immer nur weglaufen. Wenn du nicht mit mir reden willst, rede mit jemand anderem, aber bitte, rede endlich mit jemandem, was dein Herz so schwer macht! Keiner kann alles mit sich selbst ausmachen. Jeder braucht jemanden zum Reden!" Asmodei nickte und nahm sie dann lieb in die Arme, bis sie wieder einschlief.

Asmodei ging zu Marduk, und die beiden saßen sehr lange zusammen, weit ab von den anderen. Tagelang setzten sie sich zusammen, und jeder erzählte von sich. Marduk machte sein Herz frei, indem er über seine und Ariadnes Vergewaltigung erzählte. Die Abschlachtung von Ariadne war das Schwerste davon. Und Asmodei erzählte Marduk von der blutigen Rache seines Vaters und wie ihn die drei Männer vergewaltigt hatten. Vor allem sprachen sie über das Danach, die Leere und den Schmerz. Die beiden waren Opfer und konnten bestens den anderen verstehen. Die Erfahrung zu teilen, war eine große Bereicherung für beide und eine Therapie, die beiden unglaublich guttat. Keiner betrat das Zimmer, wenn sie zusammensaßen, und ungestört verarbeiteten sie das, was sie so lange schon mit sich rumtrugen. Das Schweigen über die Verbrechen war gebrochen, und der Schmerz fand seinen Weg nach draußen, weil er nicht mehr unter Verschluss gehalten wurde. Die Demütigung fand Erleichterung durch das gemeinsame Schicksal. Die Hilflosigkeit des Verbrechens an einem geliebten Wesen fand Erlösung in der Akzeptanz. Beide nahmen nun die auferlegte Schuld an und konnten damit umgehen, auch wenn es schmerzte, aber sie begriffen, dass sie nichts ändern konnten, nur die Art, wie sie damit umgingen. Der Schmerz hatte nun einen Namen und konnte endlich benannt werden. Der spezifische Punkt war gefunden, und sie konnten darauf zeigen, sodass der Schmerz nicht mehr in ihnen umherirrte!

Ariadne kam wieder schnell zu Kräften und Marduk nahm sich nun ihrer an. Sehr wohl war es ihm nicht, aber er musste stellvertretend für Asmodei mit ihr reden. Er ging es an. „Ariadne, dein Mann hat Furchtbares erlebt. Wusstest du, dass er brutal von drei Männern vergewaltigt worden ist?" Ariadne fielen fast die Augen raus. „Was?" Marduk fuhr fort. „Seine Mutter ist vor seinen Augen von mehreren Männern zu Tode vergewaltigt worden, unter anderem von ihrem eigenen Ehemann, also dem Vater von Asmodei!" Ariadne musste sich setzen, denn das war zu viel für sie. Marduk nahm neben ihr auf dem Sofa Platz. „Ich will nicht ins Detail gehen, das ist auch nicht wichtig, nur dass du die Bindungsängste von Asmodei verstehst, ist wichtig. Er braucht manchmal Zeit für sich, um wieder ins Reine mit sich zu kommen. Dann betrügt er dich eben, aber Ursache ist sein Schmerz. Asmodei will seinen Schmerz keinem zeigen, deswegen läuft er weg. In Liebesabenteuern vergisst er den Schmerz und kann sich am besten damit helfen. Aber Asmodei liebt dich über alles und will dich nicht verlieren. Er braucht dich, Ariadne!" Asmodei hatte von draußen zu gehört und kam jetzt rein. Geschockt sah Ariadne ihn an. „Du hast mich immer so lieb getröstet, wenn es mir schlecht ging. Du hast dich so rührend um mich gekümmert wie keiner. Du hast mich immer in den Arm genommen und gehalten. Ich kenn den Schmerz, den du durchlebst. Aber nie hätte ich dich zurückgewiesen, wie du es tust! Ich habe dich immer geliebt und zu mir gelassen, egal, wie weit weg ich war. Du bist alles für mich, Asmodei. Warum stößt du mich zurück? Ich könnte dich doch in die Arme nehmen und trösten. Wenn du nicht mit mir reden willst darüber, gut, versteh ich, aber du könntest meine Liebe zulassen. Du bist dann immer so überheblich und hart zu mir, dass es mich zutiefst trifft. Wenn ich in meine Abgründe gegangen bin, habe ich immer erlaubt, dass du mich in den Arm nimmst. Kann ich nicht dich in den Arm nehmen, wenn es dir schlecht geht? Warum weist du mich zurück?"

Asmodei setzte sich zu ihr und sagte ehrlich: „Weil ich zu stolz bin, Hilfe anzunehmen! Ich mache es lieber mit mir aus!" Ariadne atmete tief durch. „Ja, das war immer dein Problem! Aber ich bin deine Frau, und bei mir brauchst du keinen falschen Stolz zu haben, weil ich dich so liebe, wie du bist!" Asmodei nahm sie weinend in die Arme; besser konnte er ihr sein Bedauern nicht zeigen über das Unvermögen, sich ihr zu öffnen.

Asmodei und Ariadne gingen zurück nach Abbadon mit ihrer Tochter. Natürlich gab er sich die größte Mühe, keine Dummheiten zu machen, aber das war ein sinnloses Unternehmen. Nur jetzt konnte Ariadne anders damit umgehen. Sie freute sich jedoch sehr, als Dionysos sie besuchte. In Abbadon war alles wunderschön erblüht, die Blumen und Pflanzen der Götter hatten sich vereint mit der Stadt, und es war atemberaubend. Dionysos ging mit Ariadne spazieren im Garten des Hauses. Nach anfänglichen Floskeln überrumpelte er sie: „Marduk hat mir erzählt, was du über mich gesagt hast." Oh, da war Ariadne gar nicht wohl zumute. Dionysos schüttelte den Kopf. „Warum, meinst du, habe ich mir drei Ehefrauen genommen?" Ariadne sah ihn eingeschüchtert an. „Ich nahm mir drei Frauen, damit ich den Verlust von dir verarbeiten konnte. Und ich versichere dir, selbst drei Frauen konnten dich nicht ersetzen! Ariadne, auch wenn du es nicht verstehen kannst, aber du warst für mich immer die „Eine"! Ja, ich hatte viele Frauen und Männer, natürlich, aber du warst stets die „Eine", und niemand hat je diesen Platz eingenommen, denn was ich für dich fühle, werde ich nie mehr bei jemandem fühlen!" Ariadne rang nach Worten, aber sie wusste beim besten Willen nicht, was sie dazu sagen sollte, war sie doch gänzlich damit überfordert! „Ich war dein erster Mann und werde immer die Nummer eins sein. Sag du mir jetzt, dass du nichts mehr für mich fühlst. Dann werde ich nie mehr zu dir kommen und dich alleine lassen mit Asmodei. Aber sag es mir ins Gesicht, dass ich endlich mit dir abschließen kann. Denn nicht nur mir geht es furchtbar, Eros leidet genauso und weiß nicht, was er tun soll! Also sag es mir nun!" Da stand nun Ariadne vor ihrem Dionysos, den sie immer so geliebt hatte. Absolut klar war, was sie sagen musste, aber sie war wie ein Blatt im Wind und sprach die Wahrheit aus: „Dionysos, ich habe dich immer geliebt und werde dich immer lieben. Was mich mit dir verbindet, kann ich in keine Worte fassen. Es ist einfach dieses unglaubliche Gefühl, das du mir gibst. Du warst einfach DER Mann in meinem Leben, und als du gestorben bist, konnte ich es nicht fassen, denn du musst für immer sein! Ohne dich ist diese Welt nichts, bist du doch der beeindruckendste Mann, den ich je kennengelernt habe! Aber bitte, was stellst du dir vor? Oder was denkt Eros? Natürlich sind Eros und ich uns sehr nahegekommen, und ich liebe ebenso Eros noch aus ganzem Herzen! Ihr wart nun einmal auch meine Ehemänner, und mich verbindet ein ähnliches Gefühl zu euch wie zu Asmodei. Ihr seid nicht einfach meine Liebhaber gewesen, wir haben eine sehr lange Zeit als Mann und Frau zusammengelebt; meint ihr, das ist einfach vorbei und vergessen? Auch wenn wir geschieden sind, das Band zwischen uns wurde nie getrennt. Egal was ihr mir angetan habt, wenn ich mit euch zusammen bin, fühle ich dieselbe Liebe wie einst. Aber Dionysos, das geht nicht. Ich kann doch nicht mit drei Ehemännern zusammenleben. Nicht nur, dass es mich sexuell überfordern würde, auch emotional könnte ich das nicht verkraften. Also wo soll uns dieses Gespräch bitte hinführen?" Dionysos war die Worte über und schritt zur Tat. Unverblümt verführte er sie im Garten, da half alles verschämte Aufseufzen von Ariadne nicht. „Aber Dionysos!" Fest, so fest wie nur Dionysos sie in die Arme nahm, umschlang er sie im Blumenbett. Dann zog er ihr Gesicht zu sich, um sie leidenschaftlich zu küssen und dann fest anzuschauen. „Ich komme nach Abbadon mit Eros. Wir bleiben bei unserer Frau. Nirgendwo anders werden wir je glücklich. Wir lieben dich zu sehr, um von dir getrennt zu sein. Unser Platz ist bei unserer Frau in Abbadon!"

Die Autorin

Lara Steinkamp, Jahrgang 1973, arbeitete als Krankenschwester und absolvierte im Abendstudium nach der Arbeit eine Ausbildung zur Psychotherapeutin, doch ihre wahre Leidenschaft galt schon immer dem Schreiben. Sie hat einen autistischen Sohn, der zudem Epilepsie hat und um den sie sich mit großer Liebe kümmert.

Der Verlag

„Wer aufhört
besser zu werden,
hat aufgehört
gut zu sein!

Basierend auf diesem Motto ist es dem novum Verlag ein Anliegen neue Manuskripte aufzuspüren, zu veröffentlichen und deren Autoren langfristig zu fördern. Mittlerweile gilt der 1997 gegründete und mehrfach prämierte Verlag als Spezialist für Neuautoren in Deutschland, Österreich und der Schweiz.

Für jedes neue Manuskript wird innerhalb weniger Wochen eine kostenfreie, unverbindliche Lektorats-Prüfung erstellt.

Weitere Informationen zum Verlag und seinen Büchern finden Sie im Internet unter:

www.novumverlag.com